迷失的橡樹

短篇
小說集

李安娜——著

歲月的縫隙於白駒僅一步之闊
不依不饒的是時間的沙漏
它們一點一滴悄悄流經你的手
不敢去回望昔日溫馨的村落
所有刻骨銘心的愛早已成歌
外面的世界多麼精彩灑脫
繁華的都市被燈紅酒綠包裹
雖然高尚難免被喧囂攪和
車水馬龍窒息到無法思索
油鹽醬醋令人越來越淺薄
為換取五斗米什麼不能忍受
螻蟻尚且偷生人亦須存活
縱然在花團錦簇的他鄉異國
人生又有多少選擇
並非你天生懦弱
別問是誰的錯
惟有讓自己愛戀上那無盡的寂寞

序

好友安娜正在把以前的舊作整理出版。她將其中的《迷失的橡樹》發到我的電子郵箱，叫我看看，並寫篇序言。

安娜才思敏捷，筆頭勤快，散文、小說、詩詞、遊記，樣樣拿得起。除了擺上自己的部落格，她常以文會友，樂此不疲，同時投稿報社，發表專欄。她收集在《迷失的橡樹》裡面的有三十一個短篇，都是近五年來的力作——以一九四九年後福建廣東香港等地為背景的〈都市閒情〉十二篇；以開放改革後海外遊子的生活作素材的〈異國情緣〉十二篇；旅遊河內、西藏、西歐、東歐的〈旅人小札〉七篇。

作者把一個個動人的故事娓娓道來，就像畫家的速寫，用素描的手法把一個個人物勾畫出來，栩栩如生。她惜墨如金，不在乎太多細節鋪陳，但對人物內心世界的描寫卻是細緻入微、絲絲入扣。讓你讀著他們的曲折人生，無可奈何的處境，悲歡離合的遭遇時，會不期然地感受到他們艱辛的呼吸，為了生存而默默忍受的屈辱，最後過上好日子流下的苦澀淚水。

作者從茫茫人海中挑選了這一班小人物。在那個政治運動如海浪的年代，一波未平一波又起，能夠熬過劫難已算是你的造化了。雖說都是歷盡艱辛、經歷曲折離奇，但在作者的筆下，每個人物都有血有肉，性格獨特。讀著讀著，黃伯、翠翠、霜菊、黃鶯、薔薇、杏秀、海倫、叮噹……一個個呼之欲出。你或許會覺得他們似曾相識，或許看到了某熟人的輪廓，甚至好像見到自己的身影。是啊，這些芸芸眾生原本是人海中的一朵朵浪花，潮汐沖刷沙灘後留下的一枚枚貝殼，安娜把他們撿起來放到你的手中，讓你去閱讀、去撫摸、去遐想……

除了讀書、寫作、品茶，作者也酷愛旅游。她篤信「讀萬卷書不如行萬里路」的信條，每次旅遊之前必定做足功課，把那裡的歷史文化弄清楚。她的〈旅人小札〉雖然都是日記形式的短篇，但你看到的遠不只是美麗的湖光山色，而是融合著人文景觀、歷史故事的旅程。同時，你還會讀到懷念六世達賴倉央嘉措的詩篇，讀到一個越南家庭九死一生的慘痛經歷。

感謝安娜讓我先睹為快，同時我從心底裡期待著她有更多的精彩作品問世。

唐同康
於美國加州首府
二〇一四年十月三十一日

目次

異國情緣

旅人小札

都市閒情

愛視美眼鏡
EYE'S MATE OPTICAL
尚书房
FOOT M
Tel:93
愛視美眼鏡
colourmix
colour

黃伯

華燈初上，港島鬧市人流如鯽，喧囂不堪。車輛擁擠，紅綠燈前堵著一條條車龍。商店櫥窗燈火通明，行人道上滿是等公車的下班人潮。沉靜的海灘外蒼黑的海面，白浪翻滾著撲向岸。岸邊山坡的小街上，咖啡酒吧和餐館一家接一家，夜市已經陸續開張。有家酒吧播放著音樂，高昂的音調，生存郁積的焦慮升華在很高的音階上，琴弦上的長音猶如光影一劃而過，彷彿壓抑得到了宣洩。到這裡過夜生活的中西人士漸漸多起來。

La—So—LaDoLaSo—Mi—SoMiRe—MiSo—MiReMiDoTiLa—DoTiLa……對街微弱的路燈下，一位衣冠楚楚的老人家拉著二胡，七情上臉地演奏〈牧羊姑娘〉。老者穿著白襯衫，繫著紅領帶，與遠處衣衫襤褸的失明人士用大喇叭播送口琴的賣唱，簡直不可同日而語。雖然琴音有些荒腔走板，調兒亦非如泣如訴，匆匆趕路的人沒有停留，亦少有人用心去欣賞，但老人依然鄭重其事，哪怕冷漠的路人丟下銅板不多，似乎堅持的是一種專業精神。這位老人今晚為了多掙幾個小錢，比往常遲收工，避過了一場災難。入夜時分，當他拖著疲憊的身子回到灣仔交加老街時，幾乎撞上一群逃命的男人。「火燭啦！火燭啦！」富國大廈一個單位，面積約六十平方米，內有三十個出租床位，住著二十八條單身漢。有人倒翻天拿水失火，造成三名住客無法逃生而死亡。

僥倖置身事外的老人叫黃伯，三十年前在鄉間教小學。農村小學教師必須是多面手，通常語文、算術、體育、音樂全能，因而就讀師範時什麼都要學一點。八十年代初黃伯已屆知命，假如當年可預知今天國家福利制度那麼優越，教員每月有幾千元退休金，他也不會來香港。那時他每月四十多元工資要養一大家子，鄉下口糧不夠吃，兒女遇上文革讀不成書沒有出路，只好拜託南洋的堂兄弟作假公證，說是死在菲國的父親有遺囑，申請過去繼承財產。當然來到香港為的是工作掙錢。

初抵埗住的是有小福建之稱的北角，幾個同鄉合租一個小房間。但那時節尚未有東區隧道，需乘坐渡輪到觀塘工業區上班。黃伯是搭不得車船的「富貴」命，一上車船就頭暈，因此只能選擇在觀塘住，便成了「籠民」。香港寸土尺金，大部分人居住公寓，單位面積狹小，一個四人家庭普遍只能住在四十到八十平方米的空間，能住市區面積達一百平方米的家庭，生活已經相當富裕。「籠屋」是應運而生的香港特產，二房東向業主包租下破爛的舊樓宇，間隔為一個個單位，置一排排雙層或三層鐵架床，床身四周圍上鐵籠（以保護私人財物）。負擔不起租金的赤貧人士，唯有居住在每人平均約二平方米空間的「籠屋」中，是為「籠民」。曾經有個十五英尺乘三十五英尺的單位內住著五十個人，平均每人佔地一平方米，連一口棺材的大小也不如。

八十年代黃伯在一家機器廠打雜。這家工場生產金屬製品，幾十部啤機（沖床）不停衝壓金屬碎件，他的工作是將這些不銹鋼碎料洗乾淨。每天清晨至午夜，沖床複製的一桶桶碎件，分不同形狀不同尺寸倒進大鋼筒中，燒熱水加化學清潔劑洗滌，再烘乾，然後分門別類裝入麻袋，以便進一步生產。這份工作給他許多好處，他撿了個電飯鍋，買罐冬菜，三餐就在水房解決；晚間女工回家了，可以在此洗澡、洗衣；下午茶時間，師傅們差他去買點心，時常有人請他喝杯咖啡吃隻雞腿；下班時帶回一壺熱水，睡幾個鐘頭又再上班掙錢。每天加足班月入近兩千元，扣去租金三百元，他一文不花，年尾竟有一、二萬餘錢。

最傷腦筋的是：工廠放年假長達兩個星期，黃伯非回鄉不可，他又坐不得車船，勢必搭飛機。飛到城市還要轉車山區，全家人都擁來接機。黃伯每趟回鄉都不買東西，工友送給他大量舊衣物，無形中省下許多錢。衣錦榮歸第一件事：殺豬還神，歲晚在家門口擺幾圍飯菜，宴請鄉親。第二件事：置買房子，城裡一套房子十二萬，先付一半首期，讓兒子一家人遷戶口去當城市居民，再籌點資本作小生意。第三件事：招郎入贅，別讓女兒嫁出去受窮，留家鎮守祖業。人生的三大目標務必一件一件辦好，這就是他拼命工作的動力。從香港工業最興盛的時代，一直到工業北移夕陽西下，是他最燦爛的人生。

「黃伯，有沒有申請老伴來香港團聚，快點搬離籠屋？」社工問他。

「沒讓她申請，我哪有本事在香港置家！」黃伯答。

當黃伯完成他的人生三部曲之後，公司結束北移，他一次過收到服務二十年的八萬元遣散費，年過七旬，從此退休。因為沒有工作，除了籠屋他無處可去。夏日酷暑，外面氣溫高達三十二度，籠屋更處於「煉獄」中，室內氣溫直逼三十七度，熱得睡不安、吃不下，室友只能到商場、圖書館等處乘涼，甚至到避暑中心留宿，成為季節性露宿者。高齡津貼不足餬口，黃伯明白不能坐吃山空，他搬到灣仔與老鄉陳伯住籠屋，尋找到另一條出路——獻藝。遺憾的是陳伯葬身火海，從此黃伯又是孤單一人。

淒苦的歲月在琴弦上流，琴聲隨海風飄送。恨悠悠，怨悠悠，天意如弓，際遇似弦，這嗚咽著的胡琴聲，在替誰訴哀怨，鳴不平……

二〇〇九年十一月四日

梧桐葉落

深秋的清晨，通往湖濱的林蔭道上，一地闊大的梧桐葉，就像鋪上金黃色的地毯。微微涼風吹起，黃葉零星飄落，帶著一絲兒滄桑。藍天點綴著片片浮雲，倘佯在波光如鏡的湖面上，湖水倒映出如眉的垂柳和蒼翠的遠山。淡淡的陽光，柔和的彩霞，大地剛剛蘇醒，四周寧靜寂寥。晨運者踩著落葉發出沙沙聲響，樹上百鳥清脆婉轉地啼唱。秋日的朝陽衝破晨曦的薄霧，照亮一池綠水，染紅梧桐樹梢。徐斌早起下樓來，在花園打打太極，到附近蹓躂蹓躂，消磨不再寶貴的時光。年逾半百，一頭濃密的烏髮已開始稀疏灰白，時間本該十分珍貴，但無所事事令他惘然若失。人生究竟要些什麼？這樣一個懷舊的季節，懷舊的天空，懷舊的園景，讓他有太多的傷感。

他是一個渺小的人物，就像那一葉知秋的梧桐。出生時父母寄予厚望，起了個令他一輩子汗顏的名字，他從來上不到文武雙全的檔次。求學時代成績一般、相貌平常、言辭乏味，沒有一丁點文藝細胞。門坎高的子弟因為他們純正高貴的血統輕視他，書香濃的同學也因為他們良好的文化背景莫視他，他只是個郊區菜農的兒子。今天人尊稱他美籍華裔人士，不曉他在地球的另一半過的非人生活。一年三百六十五天，他只在感恩節休息一日。一天十幾個小時呆在餐館廚房內，病了只吃成藥不敢看醫生，頭髮長了家裡的女人替他剪。加洲荷里活電影揚名世界，他從未看過一場。舉世聞名的迪士尼也沒去過。他不曾輝煌過。

今天舊同學相約到他的居停會所來開派對，潮流興起校友會、同學會、聯誼會，似乎都想從失落的過去找回什麼補償。男生女生們三三兩兩，腳下悉窣作響向湖邊走來，幾個女人看到徐斌，驚呼著撲過來。第一個上前的是位五大三粗的女人。

「徐斌，你還記得我嗎？我是方珍！」方珍拉起他的左手大方地撫摸，神情有如母親見到失散多年的兒子。

「當然記得，團支書方珍。」他忙答道。

拉他右手的是全班最矮的小妹，分別幾十載小妹似乎沒再長高，只是由小姑娘變成小老太，一臉的皺紋。兩人後面站著個標緻的女人，套頭毛衣配牛仔褲耐克球鞋，輕掃娥眉，淡施脂粉，裊裊婷婷。啊，徐斌的心一跳，當年班上的文娛委員嬌嬌，她仍舊那麼漂亮，歲月對她如此寬容，站在同代人面前，手采依然。兩人互相握了手，徐斌找不到合適的話說，幸好人都來齊了。

人們被趕下一條舢舨，嬌嬌坐在徐斌旁邊。小船徐徐蕩向煙波浩淼的湖心，木槳撥浪嘩嘩作響，浪花有節奏地拍擊船舷，陣陣惆悵湧上徐斌的心頭。嬌嬌打破尷尬，輕聲唱起歌。

歌聲將他們化為昔日的毛丫頭和毛小子，徐斌不覺唱和起來。他曾經偷偷地喜歡能歌善舞的嬌嬌，但那時女孩身邊全是出類拔粹的男生，窮小子連做夢的資格都沒有。今天依然嬌豔的女人就在自己身邊，可除了感慨沒有衝動，大家皆經歷了怎樣的歲月啊。他們曾一起度過純真的少年時代，共同經歷過文革劫難。想起上山下鄉到農村的苦難歷程，想起偷渡出境時幾乎滅頂的險象，想起流落異鄉艱苦創業的辛酸，淚花在眼眶中打轉。

太陽升上中天，照得人渾身暖洋洋，划槳的都嚷又餓又熱，於是小船往岸邊靠攏。泛舟之後的節目是豐富的自助餐，飽餐後有興趣的人可以上臺跳舞，也可以點唱。嬌嬌熱情地問徐斌想吃什麼，徐斌按住她的肩膀，說應該讓男生為女生服務。他拿了兩個盤子，一個裝生蠔一個盛三文魚，端到嬌嬌面前。嬌嬌說不曾生吃過怕不敢。徐斌在生蠔上加了番茄醬，給三文魚點了檸檬汁，鼓勵她嘗一嘗。嬌嬌果然說很好吃。於是他倆一同享用，仿如一對情侶。

許多舞林高手早已技癢，一對對跳起交誼舞，舞步純熟而美妙，雖是一群小老頭伴徐娘。嬌嬌問徐斌跳嗎，他猛搖頭說，不行，你跳舞我唱歌。嬌嬌受到老班長的邀請上臺了。徐斌點了一支歌，拿起麥克風唱起《拉茲之歌》：到處流浪／到處流浪／命運伴我奔向遠方／奔向遠方／我沒有約會也沒有人等我前往／孤苦伶丁／露宿街巷／我看?世界象沙漠／那四處空曠沒人煙／我和任何人都沒來往／活在人間舉目無親／任何人都沒來往／好比星辰迷茫在那黑暗當中……

歌聲戛然而止。忽地大堂靜下來，舞步和嬉鬧也停止，沒有回報禮貌的掌聲，一片無言的靜寂。接著是嬌嬌嚶嚶的哭聲，她伏在方珍的肩上飲泣，多少往事湧上心頭，百感交集。當年因為家庭成份差不能進文工團，為了逃避下鄉嫁給一個政工幹部而離異收場。小妹沒下鄉雖未吃過大苦，但一直當小販也沒過上好日子。方珍回城進了工廠，卻早早就下崗。或許每個人都連想到自己的苦處，所有在場者皆突兀而靜默。還是老班長機伶，示意播送一段輕鬆的音樂，才讓大家稍稍鬆馳下來。方珍像母親一樣拍拍嬌嬌的背項，女郎方破涕為笑。嬌嬌上臺要過麥克風，向大家鞠個躬，說觸景生情令各位掃興不好意思，自罰獻唱，竟自唱了毛阿敏的《思念》。然後陸續有人接著唱，都盡了興才回去。

散場後徐斌回到樓上住所，心情久久未能平伏，倒了一杯紅酒站到陽臺。樓下白天是美麗的湖泊和幽靜的園林，夜間燈火閃爍，星光點點。買這個單位花去他一半身家。三十年來他掙的錢不少，卻多數落入女人的腰包。偷渡到美國初期為了取得正式身分，舉債兩萬美元進行假婚交易，這筆高利貸錢債令他白白浪費五年光陰。那個假妻子白種女人既要賺他的錢，又鄙夷黃種男人演這場移民醜劇。為了應付移民局，他與那女人共處一室，因為不懂英文，處處受她欺負，除了要交房租，還要付一切不知名的費用，言語不通只能幹夏天剪草冬天鏟雪的重活。而後他和一個臺灣女人結婚，兩夫妻日以繼夜地拼搏，總算可以買房子，可以送兒女讀一流學校。老婆認為買房子應向銀行借貸，錢用來頂一家餐館，傳統的觀念和不願負債，令他堅持先還房錢再買店鋪。待到儲夠買餐館的錢，頂手費大幅提升，而還了房貸房價卻大跌，老婆指責他窩囊，夫婦矛盾日深，僵持不下終於離婚。美國的婚姻法極維護女權，房子歸了女人，男人分到的現金十分有限，幸好孩子都自立。然而美國青年十八歲就獨立，他們僅會在感恩節回去看父母，單身老人不住公寓就得進養老院。幾十年奮鬥換來如此結局，意興闌珊之下思鄉尤甚，遂萌生退休回鄉的念頭。

然而孤家寡人的日子未免鬱悶，國內只有妹妹一家人走動，妹子倒疼惜大哥，熱心為他牽紅線做媒。有個中年女人對他很有意思，做的美容生意，人也不俗，但他本能地懼怕能幹的女人，相比之下自已顯得太平庸。有個年輕女子說願意陪他到美國落地生根，言談中總是數落國內制度的弊病。他覺得人家是衝著他的護照而來，為的是出國拿綠卡，恐怕當他跳板。可若真要長住這裡，他又忐忑不安，擔心國內的醫療服務。正思緒如麻，手機鈴聲響起，是嬌嬌的聲音。她說，上來坐坐歡迎嗎？她還在湖邊散步。徐斌說，不如我下來陪你，就收線下樓。

太陽已經西斜，遠遠的湖邊有個優雅的背影。徐斌快步走去，她聽見皮鞋踩著落葉的沙沙聲，轉過身一臉燦爛的笑容。嬌嬌揚手示意他坐在長櫈上，自已過來倚在他身邊，掏出一本破舊的小冊子。徐斌接過來看，紙張已多處破損，鋼筆字跡也都模糊，那是本留言冊啊！一頁一頁翻過，多數人的贈言都是正兒八經的，無非是抄錄毛主席的語錄和詩詞，一派雄心壯志的革命字眼，也有些是讚美的辭句，都是當年時興的文化。他看到自己那一頁了，那些難看的字令他臉紅起來，可是其中的內容完全出人意表：「當我落葉歸根之時，你還會記得我嗎？」啊，徐斌完全忘記寫過這樣的贈語，不相信自己曾經這麼富有詩意！更難得的是嬌嬌將這小本子珍藏至今，多麼叫人感動！他的眼睛濕了，拉住嬌嬌的手，淚水滴落在本子上。

夕陽慢慢落山，一陣風起吹皺湖面，晚霞映照下波光粼粼。一些兒微微的涼意，樹上的葉子落的更密，飄落在長櫈上，跌落在他們身上。樹高千丈落葉歸根，本是自然規律，何況這裡是祖先的土地。徐斌彷彿有所領悟，拖著嬌嬌的手，溫暖細膩的女人的手，兩人緩緩朝家走去。

是誰在播〈落葉歸根〉那首歌：「命運的安排，遵守自然的邏輯，誰都無法揭謎底……我卻像落葉歸根，墜在你心間。」

二〇〇九年十一月二十九日

接腳阿姑

說起來秀梅是我的親戚。八十年代中有一年回大陸閒極無聊，先生說，去看看姑丈，就住在附近。走進幾條交錯的小弄，一座精巧的小洋樓出現在眼前，這是祖上的產業，姑丈的父親曾在南洋經商。姑丈和三個已成家的兒子共住一幢樓宇。朝外的大門洞開，徑直走進去，小小的庭院鋪著水泥，四圍擺著一盆盆花草，牆邊有道大水溝。偌大的畜水池和洗衣池接著自來水管，一條膠質管子細水長流，據說竅門是將水龍頭開到最小，僅讓它能夠滴出水滴而使水不成線，水錶就不會動。有眼小水井，井水是洗地澆花用的。水井旁邊有道小門，裡面黑漆漆擺上大鍋小灶，是個大廚房。

或許是聽見樓下的聲響，一個女人下樓來，瞧她白白胖胖的，寫著一臉的笑：「怪不得今天一早聽見喜鵲叫哪，真的有貴客到呀！」後面跟著下樓的是老態龍鍾的姑丈。「秀梅，快泡茶！」姑丈拿出最好的鐵觀音，指揮這位叫秀梅的女人去廚房燒水。我坐在大廳的酸枝椅上，看他們男人點煙相敬，這才想起過海關時買了兩條健牌香煙，急忙拿出來孝敬。水滾沖了茶，秀梅一杯杯地端給我們，姑丈介紹她給我，道是「接腳姑」——姑姑過了身，秀梅是姑丈再續弦的老婆。

這個大大咧咧的女人，人人直呼其名，只有我照禮數稱她「阿姑」。或是她見少有人對她敬重，對我特別親切，才廝混半天竟跟我熟的很。她帶我看房子，說讓男人喝他們的茶抽他們的煙吧，煙霧騰騰，沒的當抽油煙機。小小的庭院，樓上樓下各有一廳三房及衛生間。祖上蓋房子原指望家族興旺和諧，豈料子孫多了又各自為政，只好在樓上天台加建兩個小廚房，長子、次子住樓上，姑丈和老么住樓下。衣服、被褥都晾曬在天臺上。她說幾兄弟各人自掃門前雪，院子、樓梯、洗手間、天台大家儘管用，清潔工作卻只有她做。

「他們年輕人上班忙，我這當晚娘的多做一點無所謂，可是他們全當應該的。」姑姑嘀嘀咕咕。

嫁給姑丈已經是秀梅的第三次婚姻。她是一九三五年生，屬豬，那年整整五十歲，姑丈已逾耳順。姑丈是港人，當年算得是令人欣羨的人家。然而姑丈過往只是個普通打工仔，姑姑得病後又長年在鄉下陪伴，實際上並無甚錢財。一把年紀死了老婆，續弦只是想老年有個伴，卻遭幾個兒子極力反對。母親尸骨未寒父親再娶，晚輩不敢忤逆老頭子，卻對這位新婆婆頤指氣使，盡將不滿發洩在秀梅身上。兒子們有他們的想法也難怪，以前日子艱難，他們的娘為一家子操持，光是四個爺們的吃喝就不簡單。記得「瓜菜代」的年頭，四條漢子像餓狼，餐餐一大鍋粥飯，不理稀稠都掃光。幸得有親戚在郊外漁村，村人來度宿絕不空手，蛋呀魚呀蠔仔呀，日子才過來了。可姑姑就辛苦了，除了服侍一大家子，招待留宿者，夜裡還得車衣加工，沒日沒夜地操勞。等到兒子都出身了，姑丈又去了香港，眼看生活好起來，她竟一病不起了。可話說回來，各有各命，怨不得別人啊！

秀梅招手示意我進她的房，那房間曾是姑姑住的，家具還是幾十年前的老樣子。

「來，幫我理毛線。」秀梅從大皮篋內取出一捲草綠色蜜蜂牌羊毛，毛線分明是帕來品。「這是你姑姑的遺產，幾個媳婦都眼紅老頭子給了我。」

秀梅沒啥居心，一點不避諱，把毛線繞在我手上，一邊捲成球一邊嘮叨起家中瑣事。她本是國營廠工人，下崗退了休，每天清晨去萬石巖水庫晨運，因而認識了姑丈。看來姑姑病在床上時，姑丈已經有了「外遇」。冷眼覷她，長相比年齡年輕至少十年，果然是徐娘半老，如老舍所言，「胳膊是胳膊腿是腿」。

「他那大兒子媳婦不是人哪，瞧打的我一身傷。」秀梅聊熟了，捲起袖子讓我看她的手臂，又紅又紫，一片瘀腫。

「他們竟敢打人？」我看到她的傷痕，但有些懷疑。

「你再看我的頭髮。」秀珠撩開一頭秀髮，我瞧見部分頭皮上有傷口結了痂。

我突然心痛起來，雖然她並非至親，但遭人虐待實在可怕，現在是什麼年代呀！秀梅對著我嗚咽起來，說人人都勸她別下嫁老頭子，光是這幾個兒子媳婦就難對付，她太傻了。為了討好大兒子，她的一筆補償金給借出去，問他們要就找碴兒說她挑撥老頭子生事，兩公婆一個扯頭髮一個用腳踢，毒打晚娘一頓。要不是看在一家人份上，該報警控告他們。

「其他兒子好嗎？」我想起鄉下俗語：「一個歹婆婆，兩個歹媳婦」，亦即如果兩個媳婦都說不好想必是婆婆的錯。

「二兒子人老實，但她女人心眼不好。你姑姑病重時二媳婦一直在旁伺候，她圖的是婆婆戴的金項鍊。豈知姑丈將項鍊給了我，她就惱怒成仇，不與我講話。倒是老么和太太都很大方，孝敬父親亦從不說我的是非。」

她讓我看了頸項上的金飾，一條分量不輕的粗鍊子。我望著她的眼睛，陽光從窗子照進來，映照一張亮麗的圓臉，鼻子嘴唇都嫌厚重，黑沉沉的大眼睛揉著金色的光，眼神是誠實的。可是清官尚且難斷家務事，外人又能說什麼呢？

男人們吸飽了煙喝夠了茶，該吃午飯了，我說請他們吃飯，建議秀梅帶我們出去，飯後去哪兒走走，好多年沒回來該到處看看。姑丈走在前頭，說去「好清香」。「好清香」出名地道小食，不禁令人想起燒肉粽、蚵仔煎、扁食、粿條、沙茶麵……口水幾乎流出來。

來到昇平路，我的心一頓，門面怎這麼破？店子仍掛著國營的牌子，桌椅破破爛爛，一地垃圾。什麼小食也沒有，除了麵條，每碗一元八角加糧票。我掉頭想走，但姑丈道是全市最便宜的了，原來他有請客之意，只好依了他。看到處髒兮兮的，真叫人倒胃口。姑丈算什麼華僑啊，這麼吝嗇，難為秀梅貪圖他是港客。

飯後逛到渡輪。藍色的鷺江像條緞帶，近景是來往頻繁的渡海小輪，遠處點點風帆，顛簸在波濤洶湧的怒海上，如詩如畫，對江的龍頭山沐浴在金燦燦的日光中。我想渡海，正躑躅間，秀梅拖著我的手，去到碼頭一個停靠站，貼著我耳朵說，她兄弟掌舵，請我們遊船河。四人蹬上一條遊船，秀梅兄弟熱情地打了招呼，進艙開他的船去了，就為我們幾人當環島遊船長。小時除了乘渡海小輪到龍頭，也常坐舢舨到三丘田，環鼓遊還是第一次呢。明媚的陽光照耀下，海鷗飛翔，海風拂面，海浪擊舷，舒適暢快，心裡真感激秀梅的熱誠招待。

在船上秀梅告訴我，她的第一次婚姻是二十歲。

五十年代初中華人民共和國剛誕生，人民意氣風發鬥志昂揚，投入國家大建設。鷺島上紅旗飄揚，彩綢舞動，大街小巷張燈結彩，百姓群情激昂慶祝建國。秀梅十七歲上離開郊外漁村海澄，白天去紗廠做工，晚上參加掃盲班，剛摘掉文盲帽子旋即成為工會積極分子。她長得標緻，能歌善舞，演街頭話劇最是強項，自然是宣傳隊的中堅。那時有個南下軍人找宣傳隊的領導說項，若秀梅肯跟他過日子，立馬有身分、有地位、有洋房、有保姆，姑娘是有些動心的。可是聽說男人北方有髮妻，幾個兒女歲數比自己還大，猶豫起來。不合她沒有官太太的命，另一個女孩子乘機說她壞話，搶了她的彩主動委身老軍人，否則她就在幾十萬人之上了。

秀梅的猶豫是有另一個緣故，那人的官職與軍人相比就小得多了。參與文娛活動令之認識一名文化幹部，兩人共墮愛河，終於結成革命夫妻，還響應國家號召增添人口，迅即生下兩個兒子愛國和建國。兩人在一條陋巷租了套兩房一廳的單位，上班時就將孩子交給隔壁照看，裡裡外外忙碌卻踏實，相信社會主義的日子一天天好起來。

豈知一九五七年丈夫被劃為右派，原因是否男人搶了某領導人心目中的女人，就不得而知了。丈夫被批鬥後送去勞改，丟下年輕的妻和兩名幼兒。為了保住工作保住城市戶口，女人必須與丈夫劃清界線，丈夫也同意妻子離婚的要求。從此秀梅母兼父職，奈何文化程度差工資低，撐持單親家庭十分吃力。一個家總有些活計是該男人做的，漏雨要搬架木梯上屋頂修瓦，燒了保險絲要重駁，買米挑煤也需要體力。樣樣自己來真會累死，勞動鄰人或同事幫忙，難免引來風言風語，有些男人想占便宜，多數女人似防瘟神一般。而後三年飢荒，母子糠糠菜菜過的什麼日子啊？二十五歲上的秀梅，雖說生了兩個娃子，仍是細皮嫩肉，胸高臀肥細腰身，老婆是黃臉婆的男人怎不滴溜溜盯著？

那一年夏天颱大颱風，全區斷水斷電，屋頂的瓦片吹的七零八落，煙囪也給吹走了。秀梅摟著兩個孩子縮在屋角，混身沒一處是乾的，孩子嚇得哭了一夜。日子不能再這麼過下去了，將心一狠，決計再覓第二春。風雨一停，她回廠當著領導和同事的面，拖著同車間一個男師傅的手，拉他到自己像被打劫過的家。

「老余，這家從此有你的一份，咱們重建家園。」

這男人是個老實的外縣人，平時對秀梅雖有好感，卻萬萬不敢逾越，想不到一場風暴得了個家。秀梅三十歲上結了第二次婚，之後生下女兒綿綿。日子就像平常人一般，流水一樣地過，婚姻生活讓秀梅心身舒展，越來越煥發出女人味。每天早晚，丈夫騎著自行車，妻子坐在後架上，響起一陣清脆的鈴聲，一輛單車風馳電掣而過，羨慕死多少鄰人和同事！

可惜好日子過不了多久，文化革命搞的天翻地覆慨而慷。工廠的學徒在某些人的授意下，貼起秀梅的大字報，說她前任老公是右派，現任老公家庭成份高，本人則是大破鞋，到處惹別人的男人……人們罰她掃地洗廁所，下工廠大食堂洗碗，秀梅是拿得起放得下的性情，批鬥就批鬥，只求有工資拿，也不理人家的鄙視。只是老余受不了，尤其是那些罵秀梅破鞋的文章，似乎令他無地自容。男人悶悶不樂起來，夫妻之間感情一落千丈。更糟的是兩個孩子小學畢業就不給升學，說是黑幫子女，他們無所事事到處閒逛，結伙打架惹事生非。郁結令男人患上世紀絕症，患癌死去。這場婚姻維持了十年，那年秀梅四十歲。

結過兩次婚，帶著三個孩子的女人是鐵了心的，反正兒女們長大了。想不到後來社會形勢發生改變，第一任老公脫掉右派帽子，恢復了工作。兒子都結婚成家了，他們游說父母復婚。秀梅卻不肯，她覺得舊情已逝，與前夫只剩下友情，樂得做單身女人逍遙自在。將近五十歲的女人，看起來風韻猶在，穿著裙子，騎著車子，輕盈飄逸，風騷起來魅力猶存。多少同齡女人為之氣結！可是想不到八十年代中工廠下崗，每天無所事事，這才真正地精神空虛，惶惶不可終日。孩子們不會聽她絮叨，女人需要傾聽的對象，另一個社會對她有很大吸引，或者這是她第三次結婚的原因。

再見秀梅是幾年後的事了，八十年代末她持單程證來港，同獲批準的還有其漂亮的小女兒，那是第二次婚姻所生。我突然明白她為什麼忍辱負重嫁給姑丈，為的是讓小女兒來香港。一個母親的苦心經營啊！

他們三人租住在北角一幢唐樓頂層的一個房間。姑丈僅有的存款除了交租金和上期，還可以買幾件簡單家具電器。秀梅母女即日去找工作，姑丈買菜做飯。抵港那年秀梅已近五十五歲，白天在工廠幹活，晚間包下住樓的清潔工作，做了三年儲下十來萬。女兒不願跟他們住搬了出去，姑丈年紀大又無法做事，香港租金貴，收入的一半交了租，姑丈那把年歲還得爬六層樓梯，兩人就商量一起回鄉度晚年。

姑丈為人小器又慳吝，喜歡湊牌局又怕輸，通常與那些退休後衣食無憂年事已高的老人一起玩，即使三缺一也打三人牌，當然輸贏不大。有趣的是捨不得買一張痲將檯，圓飯桌當竹戰場。秀梅不過癮，常甩了老頭與鄰人打，姑丈難免嘀嘀咕咕。老倆口有磨有合，磕磕絆絆過日子，後來姑丈大病了一場，全賴秀梅服侍方痊癒。姑丈的兒子媳婦總該感謝這位晚娘吧。秀梅仍享受退休金，自己的兒女也有孝敬，一個女人既當看護又做女傭，倒不曾占姑丈的便宜。

小時看過傳統戲劇《二度梅》，今人亦喜用「梅開二度」比喻再婚。秀梅三度婚姻，不曉該如何形容她？

二〇一〇年三月二十日

杏紅柳綠

每個週末翠翠都睡到日照中天，孩子們不用上學都找節目去了，自己勞累了五天總該好好休息一下。翠翠是個單親母親，離婚將近十年獨力帶兩個孩子，大兒子常樂二十歲上了大學，小兒子常喜十歲讀小學四年級。翠翠是個能幹的女人，在一家製衣廠工作整整三十年，從十四歲入廠當女工一直做到升任管理人員。工廠二十年前搬上深圳，由於紡織品產地配額限制，一部分工序仍留在香港，翠翠受到老闆器重而留用。愛情失意事業如意，人生不能樣樣美滿，這女人是感恩的，每個星期天都和兒子去教會作主日崇拜。

從今日起生活將發生變化，因而她一早就醒來。翠翠的工資甚是可觀，以前住在公共屋村，省吃儉用儲下筆錢，金融海嘯令不少人破產，買了房子斷供者為數不少，她趁這時機買下個二手單位，給了三成首付，其餘銀行按揭。這是座位於填海區政府與私人發展商合建的屋苑，十幾幢高達四十層的大樓巍然聳立，二十八樓面海朝南三房兩廳兩廁的單位。大兒子考上大學寄宿去了，空了一間房，節儉慣的翠翠很覺浪費。那天前夫來看兒子聊起他的處境，翠翠對過氣老公甚表同情，軟下心腸答應幫助他。

翠翠與前夫是青梅竹馬。六十年代香港草根階層生活艱苦，許多家庭三世同堂，擠住在鋅鐵皮搭的寮屋或天台小樓，父母晚上拉塊布帘子，孩子都睡在地上。隔壁住著常氏父母和三兄弟，兄弟依次名叫國華、國建和國強，老么國強比翠翠大兩年。窮孩子們常在一起玩，踢球、捉迷藏、放風箏，小不點翠翠屁顛屁顛地跟著。國華十二歲就當學徒，男孩長大了知道羞恥，夏天常帶領弟弟爬到人家貨車上睡覺。國建才滿師，國強也到了拜師學藝的年齡，都進了工廠。翠翠比常家兄弟有文化，讀了三年初中才做工廠妹。

再一次用拖把洗了地板，兩個洗手間也抹得清潔乾爽，窗明几淨令翠翠很滿意。翠翠將大兒子的房間租給國強，每月收三千元房租包水電，一來幫人家的忙，二來幫自己家計，這是不能讓政府人員知道的，居屋不可以出租。剛收拾完畢就聽見按門鈴，她一邊急急照鏡子梳理頭髮，一邊答：「來了！來了！」

鐵閘外站著一對男女，拖著個大皮篋。男人五十不到，身材偉岸，頭髮有些灰白，是個風流瀟灑的主兒。女子二十七八，搽著口紅染著金髮梳著馬尾，著一套連衣裙配高跟鞋。

翠翠打開門，連聲道：「請進請進，住下就是一家人別客氣。」

男人正欲作介紹，小兒子常喜一陣風進了屋，對著男人叫：「爸爸回來啦！」

國強借勢攬住孩子指著女人說：「這位是你紅紅阿姨。」

紅紅急忙打開皮篋，找出一件花紙包著的禮物說：「你一定是常喜，阿姨送架遙控車給你玩。」

常喜見到車子高興死了，大呼小叫地拿去公園玩了。

翠翠靦腆地說：「孩子沒規矩，妹子莫怪。」

紅紅道：「常喜不錯，姐姐要工作又要帶孩子不容易。」

翠翠又說：「快將行李收拾好，超市在樓下，要聊的日子長著，我還趕去市場買菜呢。」說完就遞給紅紅一串鑰匙，拉上自家房門，拿起錢包下樓了。

雙層單人床下層只有三尺半寬略嫌狹窄，褥子和其他家具都齊全，也有空調機。紅紅把衣服通統取出塞進抽屜，將空皮篋放到上層，地方還算寬敞，大都市寸土尺金，相當不錯了。為今之計只能將就，在外面隨便找一個小單位少說月租萬元，怎負擔得起？反正國強要回深圳上班週末才來，自己一個人生活上也簡單。想起來是自己向往香港，住深圳花園樓房比這裡好多了，這些年來她沒做事，每天就養狗、種花、閒散。但沒有工作的女人只能攤大手板向男人拿錢，國強掙的不多，如此下去終非長久之計，於是她想自己掙錢儲蓄。既然拿到單程證，不來白不來，既來之則安之，住下再說吧。「咱下去超市買點日用品，不好什麼都用人家的。」紅紅拉上房門挽著老公恩恩愛愛地出了門。

翠翠在街市買了好多菜，賣雞、鴨、海鮮的小販笑問：有客啊，又不過節怎肯大破慳囊？翠翠臉紅紅地，說兒子回來吃飯唄。心下也覺得自己傻，平常精打細算的，今天特大方起來啦。急急回家洗菜煲湯，將雞內臟給常喜煮了碗麵，自己隨便吃兩片麵包充飢，收下晾曬的衣物拿出熨斗，孩子的校服和自己上教堂的衣服該熨燙，其他的摺疊起來，大兒子回來又會有一大堆要洗的。

翠翠一會兒熨燙衣服，一會兒跑廚房看火，瞧見小兒子常喜一邊吃麵一邊玩弄遙控車，罵道：「別把心野了，功課做完了嗎？」

「還有明天呢，急什麼！」常喜囫圇吞下一大碗麵條，擦擦嘴問：「阿姨來咱家住，爸爸也不走啦？」

「人家問你只說是阿姨，小孩子記住別多嘴。」翠翠繼續熨衫頭也不抬。常喜拿起車子又出去了。

國強和紅紅拎著大包小包開門進來，盡是洗髮水、沐浴露、衣架、電風筒、牙膏、面盆等零碎物件。紅紅不打算做飯，一個人吃麵包、盒飯就解決了，先將就些等找到工作再考慮其他。她從錢包抽出幾張千圓大鈔送到翠翠手裡。

「姐姐，這是按金和這個月的租金，你點一點。」

「那我不客氣了。」翠翠老實地接下錢數了數。

「親兄弟明白帳，應該的嘛。」國強趕緊表態，他特地要紅紅親手交租，免讓翠翠誤會是他給的家用。這些年來男人只每月自動轉帳給兒子二千元生活費，從來沒多付一文錢，大半輩子都是入不敷出。

「今天起要勞煩姐姐多指教了。」紅紅用半鹹淡的粵語甜甜地說。

紅紅和國強輪流到衛生間洗澡，嘩嘩的流水聲不歇停。翠翠收拾好衣物忙做飯。在廚房裡待了兩個鐘頭，外面除了聽見抽油煙機的聲響，還聞到飯菜的香味。翠翠端出一盤盤香噴噴的白切雞、蒸石斑、炒芥藍、蒜蓉蝦，捧出一大鍋濃骨湯，聞見的都垂涎三尺。剛加了張凳子，放好五雙筷子，大兒子常樂開門進來了。

「好香啊，媽媽太捧了！」常樂抓起雞腿就吃，這小伙子比國強還高大。

「沒規矩，去洗手！」翠翠打了大兒子一下，這時小兒子也進了門。「叫你爸吃飯！」

「爸爸吃飯！阿姨吃飯！」常喜放開喉嚨。

人坐齊了，常樂看到紅紅，登時沉下臉來不再嘻皮笑臉。國強給兩個兒子挾雞腿雞翅膀，常樂挑出來放回母親碗裡，空氣似乎凝重起來。翠翠不停將菜挾給紅紅，朗朗地說：

「今天阿姨剛來，難得大家一起吃飯，這些菜不吃完就是嫌我做得不好。」

「謝謝姐姐！」紅紅端起碗笑了笑，大口吃起來，氣氛才鬆弛下來。

或許大家都餓了，只見筷子上下晃動，人人大快朵頤好似風捲殘雲，真個吃的乾乾淨淨，翠翠心滿意足。

「姐姐你做飯辛苦，洗碗讓我來。」紅紅爭著收拾殘局。

兩個女人都到廚房洗刷去了。國強點起支煙，與大兒子坐在客廳聊天，小兒子自做功課。紅紅抹抹手進房取出一罐茶葉，翠翠燒滾開水，沖了一壺茶端出來。國強喜歡問大學的生活，他只讀過幾年書，打了大半輩子牛工，不曾想到自己的兒子會成為大學生，這些年從未關心兩個兒子，現在倒是有一點懊悔。天生的浪子飄泊不定，若不是為了安置紅紅，差點就與兒子成了陌路人。

翠翠料理完廚房進自己房間洗澡，主人房有衛生套間。今天是有些累，但心情卻不錯，往日就她一個人對著電視，抑鬱的心情總揮之不去，今天是快樂的。她邊洗邊哼起粵曲，看自己的身體並未衰老，正是風韻猶在。換上睡衣坐在床前吹頭髮，常樂敲門進來，說要回校睡覺。翠翠明白兒子長大了，他能夠接受父親再婚已不容易，未必能與父親的女人相處。

「明天教會見！」兒子親了一下母親的臉頰道別。

「明天見！」母親微笑地看著兒子出去。

這一夜只有小兒子常喜睡得最甜，在夢中玩遙控車笑出了聲。翠翠累了卻睡不著，她已經一個人過了將近十年，很少失眠。現在隔壁睡著兩公婆，一個是前度老公，一個是她的情敵，這種電影中才有的情節，竟是如此真切。輾轉反側不覺想起年輕的時光，那時她長得像出水芙蓉，整條村的小伙子都討好她，常家三兄弟也不例外。

常家大哥國華自己開了山寨工廠當老闆，兩個弟弟都替大哥打理廠務，村裡的女人多在他們那裡兼職，翠翠的娘分身乏術便拿活計到家中加工。國華的娘不止一次對翠媽說，你翠翠給我哪個兒子當媳婦吧，我一定當女兒疼她。有一回翠翠替母親交貨走進工廠，聽見國華在電話裡大聲罵人，粗話連篇，羞得她僵在辦公室門口不敢出聲。待國華發現少女滿臉通紅傻呼呼站著，自己也覺難堪，嘿嘿笑起來。他打量這水蔥兒似的姑娘，彷彿剛認識她，這些年來自己一心撲在事業上，當年的小跟屁蟲變成大姑娘了，自己也該談戀愛啦。

「翠翠來看我啊？」他沒話找話。

「替我母親送貨。」翠翠羞答答，頭也不抬。「國華哥好有本事。」她是真心佩服和贊賞。

「我有本事你肯跟我嗎？」國華本欲調侃，想不到弄巧成拙。跟你？什麼意思？你當我是什麼？翠翠生氣了。她心想，我又不是舞女等上岸，用這口氣跟我說話。於是扭頭不理走了。

或許她沒有做老闆娘的命數，一個寫字樓的女孩上班不久就抓住國華，兩人乾柴烈火很快便結婚生子。世界興快餐文化，翠翠失誤了。國華的生意蒸蒸日上，置了大廠房買了新住屋，一家人都搬進市區去了。自從常家兄弟離開翠翠的視線範圍，女孩寂寞起來，儘管製衣廠的藍領師傅白領先生多的是，裙下不乏追求者，但沒人得到姑娘的青睞。她常常獨自徘徊，一個人看電影，形單影隻，也不知道自己想要什麼。

有一天她去看功夫片《少林寺》，竟然在銀都戲院門口撞見國強。小伙子英俊瀟灑，身邊還有一班男男女女，估計是同事。

「嗨！」國強打了招呼。

「嗨！」翠翠禮貌地回答。

就只這一聲「嗨」，兩人之間燃起愛的火苗。第二天國強就在製衣廠門口等女孩下班，自此愛火愈燒愈旺。他們迅速結婚生了大兒子常樂，小日子過得普普通通，孩子讓岳母帶，翠翠未曾放棄工作。

光陰荏苒，歲月如梭，兒子一天天長大，但看到父親的機會卻越來越少。工廠北移成為發展趨勢，國強隨大哥的廠北遷，長年生活在深圳，趕貨加班時連假日也無法回家。國強是個耐不住寂寞的角色，沉迷聲色犬馬，煙、酒不離口。下了班在宿舍枯坐的肯定不是男人，當今的世界，女孩子都叫嚷「莫讓青春空白」，即使傍不上大款，找個港客養起自己，對一個人笑也好過陪百十個人笑。國強理所當然地有了二奶，他那份工資不養女人也要餵外圍馬，養馬養人差別不太大吧。

翠翠是個傳統女人，一直在等丈夫浪子回頭，況且後來她又意外懷孕了……

紅紅也睡不著，她想的是自己贏得一個男人，那失敗的女人沒有恨她卻接納她，簡直不可思議！對國強的這個安排她曾激烈反對，可是偌大的香港紅紅不識一人，國強的家人又非常傳統，從來不承認這個「壞女人」，沒有人肯幫忙，他倆只好冒險一試。對於常家的人把紅紅當成「壞女人」，她是不服氣的。哪怕國強不愛自己也會有別的女人，現在是哪個世紀，香港人這麼古板！或者翠翠是善良的，不至於加害自己吧，若說對不起的也就這個女人。紅紅的思緒回到十年前初南下的日子。

那年她剛讀完中學，學著人一窩蜂趕往深圳跑，多少人在這個神奇的都市發跡！初來乍到沒有人事沒有本事，只能進工廠當女工，每天從早做到晚，加班加點收入不過二三百元，睡的是八人一房的大蒸籠，吃的三餐豆腐冬瓜包菜，工頭監視著你，上廁所都不能隨意，簡直非人待遇。紅紅受不了，三天就辭工不幹。可吃的住的立即成了問題，先找一家飯館試工，吃住是解決了卻好不到哪裡去。她長了心眼與客人聊天，收下他們的名片下班聯絡，幾個月後跳槽到東莞一家酒吧當公關。小妮子長得唇紅齒白裊裊婷婷，懂得鶯歌燕語般地招徠客人，賺到不少小費，可堅持「一站」「二坐」絕不「三躺」，倒也保得住清白之軀，後來還升任「大家姐」，管著新來的小妹妹。

她不是假清高是苦無機會。有一晚來了一班熟客，他們是附近工廠的夥計，經常喝到半夜。席間有人不勝酒力，胡言亂語越吵越兇，幾乎與同伴打起來，出動保安來維持。今晚這張檯有人請客買了單，一些人先打的走了，扔下那個鬧事爛醉如泥的家伙。店子就快打烊了，大家說拖他到門口算了，明天酒醒了自會走。紅紅不忍心，將一條濕漉漉的冷毛巾摔到這男人臉上，硬是叫人拖起他，叫了輛的士，自掏腰包付了錢，吩咐司機送到那家工廠去。司機與酒吧相熟，到工廠大門口讓警衛扶醉鬼進去，這隻醉貓名叫常國強。

國強天生不會喝酒，粵人稱啤酒是「鬼佬涼茶」，而他不能喝又要逞能，三杯下肚就出洋相，沒一點酒品。這一回臉丟大了，雖然廠裡的警衛不敢聲張，但還是全廠都傳開了，有人還打了小報告給他哥，老闆整天黑著臉。國強心裡不痛快，夜間一個人踱到酒吧來了。紅紅醒目地叫夥計給他來汽水，說先生你不能再喝，今晚若喝醉可沒人來擺平，國強笑著默許了。而後他來得更密，紅紅這姑娘倒是能喝，陪男人喝啤酒卻只准對方喝汽水，兩人成了朋友。

彼此互吐苦水。紅紅感嘆謀生的艱難，國強也訴說他的壓抑，他受不了大哥的專制，跟了大哥一輩子仍兩袖清風，更氣憤的是現在還要受侄兒的氣，跑到東莞另謀職位結果還算差強人意。

紅紅說：「天下烏鴉一般黑。」

國強說：「到處楊梅一樣的花。」

南北兩地言語不同意思是一樣的。

「乾杯！」紅紅喝了她的啤酒。

「勝！」國強乾了他的汽水。

後來國強還是回大哥的廠，一人之下百人之上總比寄人籬下強。他問紅紅肯不肯跟他去深圳，紅紅掙扎了一輪答允了。他們取出所有積蓄作首期，在沙灣買了個單位，國強有了新家，把香港老家忘光了。翠翠忍氣吞聲多年，家人支持她離婚，國強受父兄之命回港協商，卻又把前妻搞大了肚子，這婚又怎麼離？一個離不了一個嫁不了，國強成了兩棲動物，新世紀這種動物多的是不希罕。然而紅紅是黃花閨女跟了他的，娘家父母是文化人僅只一個女兒，怎生向親戚朋友交待？為此兩人不停吵架。姑娘堅持一定要正式結婚，還要申請到香港，她可以自己掙錢！

國強通常倒頭就睡，可今晚床太狹窄，令他渾身不舒服。他是個少動腦筋的家伙，混世魔王般地過日子，天跌下來自有長人頂，惟有女人令他不得安生。他的工資雖高，但要供樓要負責孩子，更有永遠填不滿的馬會。小假日上茶樓，大假期陪老婆回娘家省親，因而負債累累。他也曾試著與人合資搞地下工廠，結果分文未賺還賠本，是沒當老闆的命啊！想當年老大長袖善舞，捐款商會當主席，搖身一變擠入上流社會名利雙收，用最低工資聘用殘疾人仕，博取「慈善家」美名。常家風水都流入長房，時也命也！

翠翠是個好女人，為他守候，替他生養兩個兒子，同意與他離婚讓他可以娶紅紅為妻，現在又幫她看住這個年輕女人。今生欠她太多了！他本不願讓紅紅到香港，綁住養她不起，放任又擔心她飛走，深感力不從心。是否前世欠下的情債呢？要是發達就好了，兩頭都顧到，可是逢賭必輸，也歸咎於命啊！別想了，睡一睡，明早得趕回廠，他是沒有假日的人，賣身給了大哥，預支了一筆錢來安置紅紅，必須加班用工作償還。

國強一早搭火車北上，工廠離深圳尚有一個鐘車程，想便宜就得等巴士，搭計程車太貴了，又不能報帳。工廠效益低會計那邊銀錢卡得很緊，以前可用公款風花雪月，現在難了。現今工廠都很難做，初時為吸引外資地方政府給予很多優惠，現在土地值錢巴不得趕廠家走，什麼環保費、保險金、最低工資，就等你哪一天破產。

國強合上眼打了個盹，聽人喊：沙灣站到。睜開眼他的家就在那裡，但紅紅闖香港，家已不家，別理再睡。也不曉過了多久，終於有人拍他的肩頭，說老友你該下車吧。他最恨人拍他的肩膀，賭徒是不許人拍肩膀的。開口想罵，抬頭看路標果真到了，慌忙下車。穿過十字路口步入工廠，門衛一臉堆笑，說強哥您來得及時，大家都不知怎辦呢？這是座同字殼的建築，兩面宿舍一面廠房另一面是幅牆，隔壁是家印刷廠。人人當他大人物讓開了路，原來有個女工被沖床鍘了手指，一地鮮血。國強見慣不怪，機器廠免不了發生這類事，先送醫院治療再理賠，工人的命本不值多少錢。這等事讓自己更心煩而已。他擔心的是自己又孤家寡人，這日子怎麼過？

主日翠翠母子去教會，紅紅買了幾份報紙看廣告，看上的用紅筆圈起來。如今香港沒有工廠，金融機構沒資格去，只有酒樓、商號僱人，一一記下電話。快餐店請侍應，先去看看吧。她逛了幾家商場，麥當勞、肯德基都請人，可是工資太低，一個鐘二十多元，一般一天只做幾個鐘，肯定是繁忙時間，還不累死？就算吃漢堡包不需給錢，幾時攢夠交租？超市請收銀員，問了幾家，工作時間都太長，且是全無意義的工作，算錯錢還要賠！店鋪請營業員，似乎只能當營業員。她乘地鐵到市區，總算與一家商店談妥，每天從午後至晚上九點站櫃檯，周末假日做到十一時，輪休一至五臨時安排，底薪只有四千元，靠佣金遞增。

星期一。翠翠一早給常喜準備好牛奶麵包，看著他吃了登上校車，自己匆匆拿飯盒裝冷飯剩菜，趕車上班去了。紅紅睡到十點多，梳妝打扮完畢下樓吃了份早餐，當早餐也好午飯也罷，時間差不多了。吃飯和車費每月起碼要花三千元，租金尚成問題，但她決不氣餒，事在人為，不可能連自己也養不起。「我還年輕，這就是我的資本。」她飄飄然地上了巴士，搭巴士便宜，反正有時間，非繁忙時間很多座位空著。到了商場店鋪還沒開，保安見是新來上班的姑娘，閒聊起來都是浙江人，十分客氣。終於等到店長來開門，收拾櫃檯就緒。

紅紅起初有點緊張，整個下午根本沒人走進舖子，直到傍晚才見人多起來。她站了大半天，什麼也沒賣出，同伴似乎也沒多少生意。下班時有些難堪，同事都是小伙子，沒人瞧不起她，店長是個中年男子，一再鼓勵她：「冇計，生意清淡，假日會好滴。」她悻悻地點頭道拜拜，換了衣服走了。下車在「7-11」買了零食上樓，常喜和翠翠已經入睡，紅紅靜靜地吃完麵包和牛奶，洗了澡進房，倒頭便睡下，她深感並非勞累而是精神疲累。香港人不易做啊！

紅紅終於做成了生意，一週的生意額比較同事並不差，店長誇讚了她，令新人信心大增。週五傍晚起手腳一直未停過，忙得團團轉，打烊了顧客還不願走。她搭最後一班車回家，在樓下大排檔吃了碗車仔麵，要了魚丸、雞爪、豬皮、魷魚，突然覺得好餓好餓。上樓打開門，屋內靜悄悄的，這才想起已近子夜時分，算是星期六了。快睡，明天看來更忙呢。

週末逛街的人特多，年輕人都不肯蝸居室內，看了電影就找吃的，吃了就找花錢的場所。紅紅的店鋪賣的是名牌運動服和球鞋，顧客自然多。今天從早到晚沒一刻消停，累得氣喘兮兮，連時間也忘了，店長特地提醒她去吃飯。回程在車上睡著了，直到抵總站車長喊她下車。她想快洗個澡休息，明天還得忙。國強睡得死一般，他該等得不耐煩了吧？洗了澡躺上床，國強撲上來硬是要親熱，可她累壞了，動也不想動，任由丈夫張狂。國強見自己百忙中趕回來卻不得討好，索性抱起毛毯到客廳沙發睡。

星期天翠翠見國強無聊，游說他去教會，他不理睬。紅紅邀請他一起去吃早餐，他沒好氣地答要賭馬。常樂昨晚沒回家，各有各精彩。待紅紅上班去，國強頓時覺得自己成了多餘的人，誰也不在乎他。看了幾份報紙，為的找賭馬訊息，然後踱到商場賽馬會，這裡早就賭徒雲集。他到櫃檯要了一疊彩票，將報紙鋪在地上坐下去，與人談論哪隻熱門哪隻狀態勇，每場都圈了幾張。再想想要贏大錢須靠冷馬，又買幾場最冷的，直到錢包所餘無幾。開場了，望著電視拼命喊，結果場場敗北。想想回去沒多大意思，徑直回深圳了。

沙灣的家沒有女主人像個狗窩，國強越想越氣憤，整晚無法入睡對住電視發呆。天朦朦亮，他倒下一杯白酒，喝完腦子發脹頭痛欲裂，猛地將杯子摔破，碎玻璃彈起割傷了腳指也不覺疼，醉倒在沙發上。星期一紅紅休假，晚上只睡了幾個鐘頭，想起冷落了老公不安心，一早趕回沙灣，這才發現一腳鮮血昏睡沙發的老公，好在沒啥事。流著淚用熱毛巾替他敷額頭，幫他消毒上藥包扎傷口，打電話去工廠替丈夫請假，然後默默收拾房間洗衣服床單。陪了老公一整天，國強的大男人心態得到滿足。幾番溫存，紅紅表演得很投入卻深深感到心力交瘁。

吵了又好，好了又吵，這樣的日子周而復始，習以為常。沒有賽馬的季節，周末國強回來太無聊，就帶常喜去單車徑踩單車，兩父子玩得興高采烈，回到家翠翠照例佳餚美食款待。吃過飯三人看電視，儼如父慈子孝夫妻恩愛之家。禮拜天國強帶小兒子去看老父親，老人家已臥病在床等日子。立冬老父撒手人寰，大哥登報賣訃文，治喪的名單上老么的妻室是翠翠，翠翠自始至終披麻帶孝，三跪六叩行為人子媳之禮，紅紅不屑也不爭這名聲。

紅紅拼命掙錢，她是個聰敏的女人，很快上位，工資和獎金跟著提升。店裡僅只一名女員工，彼此都相處得很好。有晚下了班，店長提議去吃日本料理，他請客。第一次與同事吃壽司飲清酒，大家都很開心。散席後店長說太晚了，男人老狗不用怕，我送紅紅一程吧，他有部二手車。紅紅不好推辭就上了車，一路無話。店長算得一表人才，待人斯文有禮，四十上下尚未有女朋友，有樓有車條件不錯。近來他對紅紅明顯地獻殷勤，紅紅的心思複雜起來了。

快過年了，紅紅準備回娘家，國強為要花費一大筆錢煩心。那晚他與常喜打籃球，父子玩得一身臭汗，兒子洗了澡輪到父親洗，煤氣爐火種卻滅了。國強大喊：「這天時洗冷水凍死人喲！」翠翠躺在床上看《大長今》，叫他進房洗。國強磨磨蹭蹭洗了好久，出了浴室賴到翠翠床上不出去，兩人扭成一團做起愛來。畢竟是老夫老妻，翠翠也不扭捏，盡情享受男人的雨露，算是重溫舊夢吧。國強真正坐了兩棲動物之實。夜裡紅紅回來，國強總要有恩愛表示，雨露均勻嘛。借口太擠將身子逼近，剛伸出手擱在她胸口，紅紅扭轉身撥開，說大姨媽來了。男人正中下懷，呼呼大睡。

春節工廠商店都放大假，往年國強都陪紅紅回去，今年硬是不想去了。女人本能的第六感令紅紅直覺出了問題。

「為什麼年年都去今年不去？」紅紅咬住不放。

「為什麼年年都去今年不可以不去？」國強也不示弱。

紅紅只好自己回去，她明知有古怪，但老公本來就是人家翠翠的，是我不仁在先不能怪人家不義，她讓了我那麼多年，我吃什麼醋？說出來人家一定會笑是報應。翠翠也責備國強應該一起去，國強就如實道出自己的原委：因為不懂普通話，因為岳父母與自己幾近同齡，做這女婿實在蹩腳！再說大家能交談些什麼？他們以為香港人有錢，豈知我比他們窮！為了紅紅的面子撐得多辛苦！終於不必到處去擠，不須應酬那些親戚，總算過了個愜意的年。

紅紅善於觀言察色，相處一段日子覺得翠翠為人簡單，並不敢明目張膽與自己爭男人，既然寄人籬下就暫且不動聲色，好歹一家人。國強一個人在深圳你又能管得住他嗎？男人就是那德性！最要緊自己有錢說話才有份量。瞧這些天報紙上的八卦新聞，何鴻燊八十多歲了幾房老婆還爭風吃醋，難道不為錢為那糟老頭？你常國強不過是塊瘦骨頭，食之無味棄之可惜，假若你身家豐厚，我就非爭不可！

探親回來後紅紅覺得身子疲乏，每年回鄉都要應酬親戚朋友，吃得胃腸不妥睡眠也不夠，難怪國強討厭。今個春節花的是自己的錢，只想威威風風地請一班姐妹玩個痛快，可埋單結帳時難免心疼，辛辛苦苦積攢的錢像流水般落入櫃檯，只換取了面子上的光彩，值得嗎？她決定結束這種無謂的瘋癲，提早回香港休息兩天再戰江湖。母親見她趕著走，還以為女兒捨不得她老公呢。父親曾擔心女兒女婿年齡相差二十多難能融洽，這回竟開玩笑說：「也許你倆沒有代溝！」

小別勝新婚，年輕女人的吸引力自是大過徐娘，國強奮戰了幾場蒙頭大睡，睡醒又趕著北上，開年後工人陸續回廠，他有好多要事做。紅紅本想睡一整天彌補所有疲勞，突然肚子劇痛，下體流出許多血，嚇得大喊大叫哭起來。國強出去沒鎖門，翠翠聽到哭喊聲趕過來，見門虛掩竟自推開，只見紅紅抱著枕頭，白床單染得血紅，急忙打九九九。一會兒救護車「吣吓吣吓」開到樓下，幾個穿制服的救傷員推著帆布床上來，翠翠已經開門等待。紅紅被抬上擔架，翠翠自稱姐姐跟著上了救護車。

在急診室做過刮官手術，紅紅總算止住出血，醫生說是小產，應該沒有大礙。

醫生問：「你不是第一次吧？」

紅紅臉色蒼白地點點頭。

「這是習慣性流產，今後即使再有孕恐怕都很難保住胎兒，除非在床上躺足九個月，否則對大人胎兒都很危險。」醫生殘酷地下了結論。

紅紅淚汪汪地被送往住院病房。翠翠去小賣部買了牛奶麵包，強制紅紅吃下去，說生孩子聽天由命，都是女人受罪不生也罷，紅紅忍不住又哭了。翠翠說，睡一覺醒來就沒事，我去買菜熬點湯，醫院的伙食不好，晚上給你送飯來。

翠翠走後紅紅睡不著，她想起以前一發見有了就去做人工流產，才會導致今日。記得有一回曾對國強說，想為他生一個孩子，嚇得國強大驚失色。常喜已是意外，再來一個他如何負擔？為了排遣紅紅的寂寞，國強買回一隻西施狗，兩公婆當那狗如親生子，對著狗兒自稱爹地媽咪，每日替牠洗澡梳毛髮，冬天還為牠織毛衣，上茶樓便打包帶回豬扒肉骨，放假出外送去寄寵物酒店，真真地成了對狗爹娘。可是紅紅不死心，家庭沒有孩子怎算美滿？孩子成了她的奢望。

床頭的手機響了，是店長來電，馬上刪除。春節期間這男人天天發短訊問好，當然不能讓他知道自己的真實處境，同事們一向只知她才來香港一年住姐姐家，幸虧港人不會探討別人的私隱。國強會從翠翠那裡知道消息，才懶得打給他，甚至有些恨他，他來了又如何？生活如此混沌，不曉何去何從，休息好了還要繼續為食宿奔波。

紅紅覺得自己好累好累，迷迷糊糊地彷彿顛簸在一輛車上，她記起來，一班姐妹包了旅遊車到郊區玩。車子開到一處三岔路口停下來。

司機問坐在旁邊的紅紅：「你想走哪條路？」

紅紅不識路，惆悵了一會，回答：「隨便吧，我也不曉得。」

司機便向右邊開過去，看似一條洋洋灑灑的大道，可是走了好久好久，姐妹們眾說紛紜，說走錯路啦。司機不滿地回答：「回不了頭，這是高速公路！」

惟有繼續走繼續走……

二〇一〇年四月二十一日

表兄嫂

房子剛裝修好，正要靜靜地美美地享受一下，卻接到表嫂玲瓏從英格蘭來電，說想經香港去大陸一個月，住不起酒店，請收容她幾天。香港是個留食不留宿的地方，表嫂在此住過二十餘載，豈會不明白？真是強人所難！親戚一場又不好意思推辭。她倒說的瀟灑，什麼時候到英國去，也住她那裡。見鬼，她距離倫敦多遠，到了希思路機場還要轉機，誰會去找她？念在三十年前剛到香港時她帶我去過海洋公園，算了，表嫂這人盯上誰誰就難逃其視線。

說起來表嫂與表哥離了婚，該不算親戚了吧？表哥多少年來消聲匿跡，表嫂卻抓住一班親戚不放，紅白喜喪照例知會所有親人，好像她壓根兒沒離開過這個家族似的。那天接電話是星期日，我和表妹在茶樓吃茶，表妹聽了笑得前伏後仰，差點噴出口裡的燒賣。

「這難纏的家伙看上你了，好自為之吧。」

「我告訴她房子賣了，租人家的地方不方便還不行？」

「除非你斷絕六親，否則搬了家也逃不掉！」

「我說不夠住，都多少年沒見面，她能知道我的近況？」

「她一定打聽過你買多大的房，兒女成家後家中住多少人，你忘了表兄當年怎樣跌入她的陷阱？」

表妹的話果然令我的思緒起伏，回到很久很久以前的鄉下。

提這些往事就要講上一代人了。我二舅是愛國華僑，五十年代周恩來開萬隆會議時，二舅代表印尼華僑出席，還與周總理照了一輯相。愛國的情懷令二舅色盲，五九年回國省親時，明明看到鄉間開始醞釀饑荒，回印尼還大力宣揚三面紅旗的勝利。六十年代初印尼排華，他將剛成人的表哥遣送回國，在銀行存了一萬元人民幣，告訴兒子：存款的利息給你作求學的生活費，父母對你的照顧到此為止，回祖國母親的懷抱吧，偉大祖國前途無量。兒子上船時，二舅給了他一張與周總理的合照，父子訣別。

表哥名叫思閩，顧名思義二舅寄託了他思鄉的情結。思閩一表人才，濃眉大眼風度翩翩如電影明星，迷倒了集美僑校所有女生。那時國人皆保守，基本上處於禁慾的狀態，只有僑校是另一番天地。來自外國的年輕人受西方思想影響，他們不願墨守成規，政府也給予特殊的照顧，只要不張揚，男歡女愛沒問題。在一個聯歡晚會上，思閩唱了一曲印尼民歌〈星星索〉，磁性的歌喉加上投入的情感，換取了經久不息的掌聲。女孩子們狂叫「再來一個」，由雜亂的喝彩變成齊整的有節律的鼓掌。思閩欲罷不能，成了風頭最勁的「校草」。

許多女生寫信求愛，思閩知道自己的身價，一一相約篩選。他像王子選妃，挑中了一個身家豐厚姿色出眾的少女，傳說女孩的罐頭食品一年也吃不完，名貴衣物幾大箱，家中還在不斷地郵寄；她的銀行存款不知有多少，隨意買一棟花園小洋房似乎不成問題。郎貌女財姻緣注定佳偶天成，他倆如膠似漆有影皆雙，寒暑假到處遊山玩水羨煞旁人。我們這些窮親戚只是從二舅信中得知表兄回國，從未見過他本人，好些故事還是後來才知道的。相對於國人，思閩讀了幾年補習班，過的是神仙般的日子。畢業的時日到了，女朋友考上北京一所高校，他卻名落孫山，連大專都沒門兒。女朋友說，你留級一年再考吧，我會等你。思閩拒絕了，他知道自己非讀書的料子，況且女孩一走，根本不可能再享受富裕的生活。於是面對現實，僑聯替他安排到濱城化工廠。這是家國營廠，算是很好的待遇，他又無一技之長，只能當普通工人。

工廠在郊外，平時住廠裡的集體宿舍，思閩最愛上夜班，白天騎著飛鴿單車進城，逛一趟「金記」咖啡館，看一兩場電影，反正玩累了上夜班可以偷偷睡覺。偌大的車間，主管巡視時未必發覺，且工人都互相包庇，尤其是女工誰都願意幫他。未嫁的女工偷偷喜歡他，只苦於不同車間少交往；結了婚的女人看到自己身邊的醜丈夫，也暗戀這個小白臉。俗語有言「近水樓台先得月」，同車間同班組的機會自然大了。又道「不怕人醜，只要就手」，思閩何須擔憂沒有相好！黃花閨女最好，生過孩子的半老徐娘也不拒，他幾乎成了大眾情人，往日是「校草」，今時是「廠草」，樂的逍遙自在。從不曾對哪個女人真心，也不曾想過結婚成家，伯父寫信替他介紹對象，他以浪子作借口推辭了。伯父以為侄兒仍戀著他的舊女友，稱讚他有情有義。

廠裡來了新畢業生，是個做化學分析的女孩子，老家在東北。男朋友專程送化學師進廠，幫女朋友打掃宿舍，技術員可以住獨立房間。小伙子分配在北方，兩人打算申請調動成功才結婚，男子安置好女友就上任去了。北方的女孩子皮膚白皙雙頰緋紅，自有一種南方佳麗未及的北國風韻，把個思閩看呆了。這個閱人無數的男子，從未將女人放在心上，這回卻動了真情，有一絲兒不知所措。他留意這孤獨的女孩子，似乎老去傳達室等情人的信。由其表情可以判斷：倘笑靨迎人顯示剛收到來信，這個週末將留廠打毛線，反覆讀那封情信；若是落落寡歡即是沒信來，寂寞難耐，自己就有接近的機會。

週末的東北女孩帶著憂鬱的神情。傍晚思閩在飯堂磨磨蹭蹭吃了晚飯，故意站在她身邊洗碗。「嗨！」他打了招呼。女孩望了望四周沒人，肯定是問自己，就笑了笑算是答覆。看到這笑臉他的血液幾乎激盪起來。

「進城嗎？順便載你去。」裝出一種可有可無隨你便的口氣。

「方便嗎？」女孩正想進城買點東西，模稜兩可。

「絕對方便，樂意效勞之至。門口見！」他揮一揮手，去取自行車。

女孩換下工作服，穿上一襲白底藍碎花連衣裙，裊裊婷婷地朝工廠大門口走，此時當地人都回去了，大門已關上。門房劉老頭見了，問：「沈虹，進城啊！」這麼大的廠那麼多女人，但姑娘長得標緻信件又多，劉老頭自然記住名字了，那些阿珍、阿花想記住也難。姑娘點點頭扭著腰肢穿過傳達室出了廠，思闓在路口一早瞥見了。

沈虹坐上後座。思闓渾身是勁虎虎生風，連上坡都不必下車，半個鐘就到市區。他不敢造次，問姑娘要去哪。沈虹說，就去百貨公司買些零星用品。過了幾個街口在中山路人多處停了車。

「你回家吧，我搭公車回去。」沈虹下車時說。

「我沒有家，就到處逛逛，等你一齊走。」思闓付三分錢將車交給人看。

「你的家在外地？」沈虹不覺看了他一眼。

「我的家在外國。」思闓淡淡地。

於是兩人沒再說啥，沈虹任思闓陪他上樓逛櫃檯，買了牙膏、香皂、內衣褲的，思闓替她拿也不介意。看看時間尚早，思闓壯著膽子說，影院放映《冰山上的來客》，不如去看一場，沈虹不置可否。取了車子姑娘坐上去，到中華戲院，售票處掛著「滿座」的牌子。沈虹有些意興闌珊，思闓讓她看車，轉到後面小巷子，沈虹以為他去解手，豈知才一會兒功夫，見他興高采烈地揚著兩張票子。少女笑了，這笑又讓他癡了許久。

寄了車子進場，黑壓壓地已經開演了，檢票員用手電替他倆找位子，人頭湧湧座無虛席。沈虹明白是高價買的票子，想給他錢又怕拂了人家一番情意，忐忑不安起來。從頭到尾兩人沒說一句話，各自在心裡作戰，劇終散了場取了車也還是靜默無語。快到工廠門口沈虹才開口說，感謝你陪了我一晚，我想先進去，請你遲一步，說完徑自跑進傳達室。思闖在外面乖乖地等了十來分鐘才進廠。

思闖的生活開始發生變化，新的美女引不起興趣，與他曾有一手的女人更令他心煩，情場浪子頓時檢點起來。然而沈虹不是遠遠地避開他，就是與一班女工為伍，根本沒有機會接近。春節就快到了，人事部替外省的工友購買火車票，他看到沈虹也擠進去。

「嗨！幾時回瀋陽？」

「一月三十號，你也買票？」姑娘顯得有點尷尬。

「去青島玩幾天，反正無家可歸。」

「祝你玩得開心！」

「祝你回家大團圓！」

沈虹的男朋友也回東北團圓，他們就在春節訂了婚，那是沈虹特地告訴思闖的，還送了他一份精心包裝的糖果。思闖隨口道了聲恭喜，鎮日若有所思悶聲不響。這個星期上夜班，他照例找機會到更衣室偷睡。才躺下去，一個女人撲上來，不由分說扯他的褲子。他太饑渴了，何苦為誰堅守呢？於是又日益放浪起來。

糊裡糊塗地過了一段時日，社會上有些風吹草動，隨著報刊雜誌批判《海瑞罷官》和「三家村」，文化革命烈火熊熊燃燒起來。工廠也搞起革命，出身高的，有歷史問題的，生活作風不好搞腐化的，統統給揪出來批鬥。曾聽老婆對某君讚不絕口的，懷疑老婆不忠的，貼出報復的大字報，指桑罵槐矛頭直指思閩。工廠附屬的半工半讀學校紅衛兵當時得令，他們查出思閩來自國外，除了生活作風腐敗，還有里通外國特務嫌疑，硬是將他拖出去剪掉長髮，強制之白天掃地、洗廁所、餵飯堂的豬，晚上寫檢討交代。一個風流瀟灑的浪子受到這等遭遇，呼天搶地叫喊要去僑委告狀，誰來理他？

思閩不服氣也沒用，他終於明白這世界是瘋狂的，瘋子當道有理說不清，僑委的頭頭都自顧不暇，好漢不吃眼前虧，得過且過罷。有天他去到飯堂後面的豬舍，看到一人影閃過，本不想理會照舊去餵豬，卻見一個五短身材的女孩走進來說，思閩你這傻瓜還餵豬啊，車間的人都分成不同派別，好多人不上班幹革命去了，誰憑什麼指揮誰？她不由分說搶了餵豬的瓢盆扔得遠遠的，拖著思閩的手，叫他快去洗澡換衣服，帶他去見一些人物。思閩果然聽話，將多日的晦氣洗滌乾淨，刮去鬍鬚噴了古龍水，穿上洗燙過的襯衫，忘了在搞革命差點連領帶也繫上。此時的思閩完全變成另一副模樣。剛才那個五短身材的女孩跳上車，嘀嘀咕咕指指點點，風馳電掣出廠去市區。

「該怎麼稱呼你？」思閩問。

「我叫玲瓏，包裝部的。」女孩迎著風大聲說。「我進廠一年了，一直想結識你，只是你的眼睛長在頭頂上，只看到靚女看不起我，你的事我全知道。」接著她數出一堆女人的名字，都是真正與思閩有一腿的。思閩心裡一震，彷彿他和哪個女人做愛都有第三者在場。

玲瓏帶他到舊市委的一棟樓房，這裡人來人往，是什麼工人造反司令部。玲瓏對門衛說找某某，門衛馬上放行。上到二樓，女孩拖著思閩敲門推進去，叫一聲「哥」，就沒完沒了地敘述思閩在運動初期受迫害的事。他哥終於制止她，說知道了，起來造反嘛，保衛毛主席的革命路線，總部支持你們。思閩很興奮，說一定緊跟毛主席的路線，全心全意投入文化革命。

此後他們扯起旗號，成立了工人造反隊，小不點玲瓏成了思閩的秘書，雖然她初中沒畢業就輟學，反正跑跑腿喊喊口號，敢說敢幹就叫革命派。思閩本是個不務正業的角色，缺乏專業知識，搞雜七雜八的事卻蠻有勁道。起初跟他的工人不多，嫌他名聲壞，後來規定要站隊才有工資拿，靠哪一派也無所謂，他真的帶起了一幫人。不過思閩是個怕死鬼，打打殺殺不敢去，就將個宣傳隊搞得有聲有色，也想藉此與一班女人廝混。

在這一點上他打錯了算盤，玲瓏成天跟在他屁股後面，幾次破壞人家的美事。有一回思閩留下扮阿慶嫂的女演員在房裡切磋演技，玲瓏硬是在外面大喊大叫，把人家姑娘羞得拂袖而去。思閩終於發脾氣了，說你是我的什麼人，有何資格管我？玲瓏竟泣不成聲，哭成個淚人兒。思閩只好拍拍她的背安撫她，玲瓏借勢躺在他懷裡緊緊摟住不放。思閩從來只當她黃毛丫頭，不曾仔細打量過她。其實玲瓏只嫌身材矮了點，圓臉盤大眼睛，皮膚白得透亮，胸部結實屁股滾圓。經不住慾火燒身，兩人滾成一團，玲瓏慷慨地獻出她的初夜，思閩亦深感生理上的滿足。

自此玲瓏把思閩當成丈夫，亦步亦趨夫唱婦隨，隨時滿足男人的需要，絕不給他移情別戀的機會。思閩有了玲瓏倒也收心養性，暫時鳴金收兵。過了幾個月，玲瓏帶思閩回家吃飯，哥嫂熱情款待思閩，如自家人一般。飯罷姑嫂去洗滌，哥與思閩點煙閒聊，哥直截了當對思閩說，今天起我當你是妹夫，父母過世我這大哥替她做主。思閩不出聲沒有表態。哥說，我妹對她嫂說有了身孕，她實際年齡不足十六，入廠時報大了一年。明天你們馬上辦理結婚手續，你也清楚與未成年少女發生性關係的後果。我要辦你你得坐牢！我替你們找了間房子，不要住廠了，造反派頭頭你也別當了，我幫你調到市區，安排個師傅教你電工，好好學門手藝養老婆孩子。

自此風流倜儻的表哥思闆就落入表嫂玲瓏的羅網。

表嫂得知表哥有我們一大幫親戚十分興奮，一定要老公帶她逐一探訪以便確立自己的身分。先是找居住濱城的大姑母即我母親，次有我三舅亦即他們的三叔，然後所有老表無一放過。表弟妹見到英偉的表哥拖著個小女人，忍不住在肚裡發笑。表嫂禮數周到，來時必帶一大籃水果什麼的，讓表哥提得氣喘如牛。禮尚往來，我們也回送一大籃東西，表哥又得拎回去。

國慶節假期表嫂計畫去江城看大舅即他們的伯父。那時節沒電話，一封信十天半個月才到，伯父最記掛這個侄兒，盼星星盼月亮等貴人來，下榻的房間都準備好了。侄兒侄媳婦姍姍而至，伯父看到侄兒彷彿見到二弟，老淚縱橫。他原以為侄兒的愛人美貌高貴，可跟前的女人矮矮胖胖像隻企鵝。老人家注重內在美倒不甚在意，相處數日才曉得表嫂裡外如一。玲瓏講話時總是兩手叉腰，而她嫌胖並沒有腰；時時附帶著粗俗俚語，老人不覺皺起眉頭。最要命的是小姨即他們的五姑母住在洛陽，大家又得舟車勞頓陪著遠道而去。

過年前三舅無意間提到祖母的童養媳原是要與二舅圓房的，無奈日偽期間南洋不得往來，這位阿姨他們該稱么姑的只好嫁人，後來病了沒錢醫死去，留下一個女兒在郊縣海滄務農。表嫂聽了眼睛放光，一定要去看表姐。三舅說，坐船到海滄還有一段路要乘單車，你快臨盆了還往外跑？表哥也附和不必去了，可拗不過老婆，死乞賴白非去一趟不可，放春假兩人果然去了郊縣。表姐見到他們喜出望外，捎了兩大簍海蠣，叫分給濱城的大姨媽和三舅嚐鮮。表嫂腹大翩翩，難為表哥一手一簍，就差沒用扁擔挑。

回到濱城，一家一家地分海蠣，我們一邊吃得舔舔嘴一邊取笑表哥。母親說，這叫做：「一物降一物，糯米治木虱」。無論如何，表嫂在家族中奠定了其穩固的地位。

表嫂生了個胖兒子，頓覺身價百倍，自己帶小孩不上班了，她本來就是臨時工。表哥月薪三十多元，加上父親的存款利息，日子也還不錯，但表嫂非要他賺外快不可。表哥喜歡看漂亮的女人，眼睛老往女人胸高臀肥的地方望。表嫂拍著自己的大胸脯說：「老婆人如其名玲瓏剔透，看我還不夠？」她私下應了人家的活兒，就怕表哥太閒散起淫念，「我就怕他犯錯誤」。表哥上下班和幹私活的時間表均在表嫂胸中。有一次幾個印尼僑生偷偷開音樂沙龍，表哥想參與又不懂樂器，就唱印尼歌打拍子湊合。大家表演得如癡如醉，忽聞院子外有女人的喊聲：「思閩！思閩！快出來！」個個以為是街道居委會的管家婆來了，急忙收藏樂器拿出紅寶書，結果虛驚一場，再也不讓他參加了。

表嫂時時刻刻監視表哥，醋罈子揚名街巷，表哥若認真制裁，她就一哭二鬧三上吊，不做飯不餵孩子，當著眾人面要喝敵敵畏，搞得天翻地覆，面子上更難看。甩又甩不掉，孩子接連生了三個。不過只要表哥老老實實守著家，表嫂天天酒菜款待，好東西都留給他，表哥只能嘻皮笑臉過日子。人人都以為在嚴妻的管教下，浪子回頭金不換，安安生生過日子夫復何求？可撞上社會興起出國潮，僑生可以優先申請。思閩靜極思動，不得父親和老婆同意，瞞上欺下獨自申請，果然一舉成功。表嫂知道了尋死覓活，倒是娘家兄嫂開導了妹子，說是離別幾載而已，榮華富貴在後頭。表哥終於飛出籠子。

幾年後表嫂帶著孩子到香港，眾人意外的是表哥並沒有拋棄妻兒，他做傳銷收入不錯。表哥天天到處兜售生意，表嫂似乎不再盯梢老公。豈知這醋罈子改變不了老習慣，表哥每天換下的衣物還是被她一一檢驗過，香水口紅印都逃不過其慧眼。有一回她搜到表哥口袋中的一張紙，是一封女人的情信，信末印著大紅唇膏。表嫂跟蹤偵查到那女人的地址，將信影印幾十份，逐家逐戶上門散發給香港的親戚，再拿正本去找那女人的丈夫告狀。事情搞得沸沸揚揚，女人的老公要面子，打了老婆並提出離婚。

天天爭吵家無寧日，孩子十二三歲就進工廠，甚或離家不願看父母胡鬧。表哥終於不願受制於醋婦提出離婚，反正他身無分文，即使風流也是女人倒貼並沒有損失。離異後表哥去如黃鶴，就如當年不與親戚來往。表嫂神通廣大，打聽到前度老公在樟木頭買了個房子，娶了位比女兒小的湖南姑娘。表嫂就鐵了心撲在錢上，白天做工廠流水線，晚上做酒吧洗杯盤，沒有老公更富足，到退休年齡才跟了女兒去英國。

電話又響起來了，沒來電顯示，是表嫂的大嗓門，說她上機了，什麼班機什麼班次。我的頭痛了起來。

二〇一〇年四月二十四日

街媽翠蓮

我們的屋苑共有十五座逾五十層高的大廈，每層樓面八個單位，從地鐵站口出來，由最近的第一座走到海邊的第十五座，約需十分鐘。屋苑內共有三條路可行，中間一條沿雨廊走園林小路上拱橋，外邊兩條是空曠的適宜散步的大道。這裡的住客一成是老外，三成說國語，一半講粵語，餘下一成則是南腔北調的老年人，慣用鄉下話。即使住在同一個區域，若要趕時間上班，朋友之間碰頭的機會也不大。

那天黃昏陪小朋友到公園玩兒，照例帶上一本書坐在樹下看，入了迷並不覺得孩子吵。突然耳膜差點給震破。

「甩落來！甩落來！夭壽！」

我被嚇了一跳。看似個潮州阿嬸怕孫子從吊環上跌下來，拼命喊叫。阿嬸肥肥胖胖地頂著個大肚子，叫罵得大聲卻帶著笑容。我描了她一眼仍舊看自己的書。

「茵茵！細字啊！」也是鄉下話，卻是熟悉的聲音。我抬起頭，見是鄉親同叔。

「下班啦？」我跟他打招呼。

「咦！你與翠蓮見過面啦？」同叔問。

「哪個翠蓮？在哪裡？」我迷濛了。

「那不是翠蓮嗎？」他指著剛才那個胖嬸的背影道。

她是翠蓮？我真的糊塗了。可能嗎？

翠蓮是我四十多年前的同學，我倆初中同班。踏入六十年代，一批十二三歲的小姑娘考上江城一家中學，其時饑荒剛開始，個個面黃飢瘦弱不禁風，只有一米三十多的高度，例外的是翠蓮婷婷玉立，已超過一米六十，比男同學還高，可謂鶴立雞群。

每天上午四堂課好難捱。第一堂通常是外語課，當年學的是「鵝語」而非「鷹語」，舌頭要翹得很高彈得很響，把早餐消耗掉小半。第二堂多上數學，聚精會神找平面幾何的輔助線，記代數的公式，又去了四分一體能。兩堂課中間是課間操，大家勉為其難到操場上排好隊，跟著廣播一、二、三、四做完整套體操，胃裡快沒有東西了，一個個無精打彩的樣子。只有翠蓮高高站立在臺上，向全校師生做出最優美的動作，伸展她柔軟的腰肢，像隻輕盈的燕子騰空欲飛。

第三堂多是國文課，老師講著魯迅的《三味書屋》，學生聞到的則是餐廳飄來的飯香。第四堂或歷史，或地理，或生物，或音樂，或體育，大家只準備聽到下課鈴響就「衝啊」一聲殺上飯堂，誰還有心思聽呢？就是老師本人也會感受到肚子的咕嚕聲想早點下課。

有一次第四堂上美術課，老師叫翠蓮當模特兒，坐在講臺旁邊讓大家作寫生素描。我永遠不會忘記那個漂亮的側影，高高的額頭長長的眼睛，隆起的鼻子小巧的嘴唇，長髮梳成兩條辮子，一個端莊清秀的少女，無懈可擊的標準美人。這一回沒人聽見下課鐘響，似乎都給迷上了。

初中畢業後饑荒差不多將度過，雖然百姓仍很窮困，供應樣樣要配給票證，但比以前好得多了，起碼不會因營養不良致死。考上高中的都全心全意應付各門功課，爭當又紅又專的學生，為上大學作準備。翠蓮沒升上本校，她的成績稍遜一籌，被分配到他校。我們雖然分了手，但她家就在學校附近，可以隨時去看她。翠蓮的祖上是菜農，他們家是間古式紅磚大厝，年久失修破破爛爛的，有些地方坍塌了種上青菜。我和她娘挺熟悉，他們的家事並不刻意瞞我。翠蓮很快就輟學，準備要嫁人，她已滿十八歲，剛夠婚姻法限定年齡。大部分女生還是小屁蟲，她卻成熟如熟透的蘋果。

翠蓮只有一個弟弟，姐弟都很聽母親的話。母親是遠近聞名的北門街媽，持家有道，她的金科玉律是：女人不必讀太多書，嫁個好丈夫才是一生最好的投資。瞧她的生活多麼安逸：丈夫是某廠家的會計，一個老實聽話的好男人，老婆叫他向東他絕對不會朝西；女兒長得標緻可人；兒子聽教向學。夫復何求？娘就是翠蓮的樣板！家人給她找了一個歸國華僑，比她大十多歲，據悉男生帶回國的財物夠吃用十年八載，行李堆得小山一般高。更重要的是沒有公婆，妻子可以當家作主。翠蓮很快做了新嫁娘，每天的工作是服侍老公，買菜做飯，洗衣掃地。

有一回母親寫信說，炒了一罐麵茶託回江城的人帶給我。想到那罐用白麵炒熟加了白糖和蔥油的美食，我的口水忍不住要流出來。週末放了學，我興致勃勃地跑了幾里路到南門兜，找到信上寫的住址。再次核對門牌號走進洞開的大門，黑漆漆的過道裡擺著幾座煤爐，煙霧迷漫，有個女人在生火。見她將紙張和刨花等易燃物塞進爐子，擦了火柴點燃，再架上劈細的木柴，然後放上木炭。婦人一面加炭加煤一面用扇子猛搧，煙薰火燎眼淚汪汪地，用手一抹淚頓時成了花貓臉。我耐心待她的爐火升上來才膽敢詢問，這裡有沒有個在濱城工作的某人。

她抬起大花臉看我一眼，大叫我的名字，我這才看清是翠蓮！看來家庭主婦並不易做。她在天井的木盆裡洗了手臉，說每天清晨起床打開煤爐，心裡就祈禱上帝保佑別熄了火！昨晚回娘家斷了炊，今天大白天也要生火。老公就快下班回來，恐怕趕不及做飯了。她一邊搧風一邊訴苦，說爐火旺了才能炒菜，火太旺會焦了飯，火太慢菜又不香，白天尚容易控制長夜便難了，到處都是學問呢。還說碎煤粉要加水加泥攪拌重製，買米買煤買任何東西，都要去排隊去背去挑，讀書時從未煮過飯，現在做三餐真煩人。

曾經是俏娘子的翠蓮豐滿白皙大了一個碼，已經變成地道的婦人。她讓我進其房間，抱起床上剛睡醒的小男孩，逗著說：

「東東叫阿姨！」

孩子挺可愛，像她娘一樣漂亮，吮著蓮藕一樣的小手，直叫人想親他一口。翠蓮對我說，她怕做家務，即將到街道居委會工作，孩子白天交鄰人帶。

「做街媽？」

我不禁睜大眼睛瞪她。街媽是為我所不恥的最最基層幹部，就如國民黨時代的甲長，講難聽點是街坊的看家狗。我總是忘不了小時住濱城大雜院時，那個帶著一群街媽的居委會主任朗飼，她們將家家戶戶的鐵具全部搜走，扔到小高爐中熔煉。

「七十二行幹嘛非做這一行不可？」

「大小姐啊，哪裡去找工作？即使上工廠，一天十個八個鐘綁死，也不過十八塊工資。我去當你瞧不起的『街媽』，街坊間走走還兼顧個家，每月也有十來塊津貼，有什麼不好！再說這工作我不幹也有別人幹。」翠蓮反過來開導我。

「記著別幹損陰德的事！」她既然打定主意，我又不能幫她找事做，只希望她憑良心做人。

「就通知街坊搞清潔衛生，打防疫針，喜慶節日敲鑼打鼓，可以了吧？什麼損陰德的事！」

她帶我找到我要找的人，就住在她樓上，我取了三合麵便告辭了。這一別就再沒見到翠蓮，算起來超過四十年了。

翠蓮是幸運的，當文化革命烈火熊熊燃燒之時，全國人心惶惶，我們這些知識份子家庭出身的人倍受痛苦，濱城老家居委會的第二代街媽三番幾次去抄家，連外婆的骨灰盒都不放過。江城北門街的街媽也拿出看家本領，到處嗅到處聞，我目睹翠蓮的娘在其中。不要小看這些街媽，他們控制著城市機關集體外的人口。戴帽的「地富反壞右分子」歸街道管理，監督他們有否反無產階級專政的言論行為；流動的人口須向街道報戶口，讓他們監視你有否越軌的舉動。街媽們是管理基層百姓的英雌。

後來的計畫生育運動，政府也是通過街政人員去執行指派名額，他們的舉報將使超生者受到嚴厲懲罰。而每年的招工入伍名額在街政人員手中，安排誰工作或參軍皆是他們的權力所在。偶爾想起翠蓮，她這個職業保甲長不知有否參與？不可能不加入吧？公道地說，街媽們也沒有選擇。在革命大熔爐中鍛鍊，能不百煉成無產階級革命戰士？江青不是說：「我是主席的一條狗，主席叫我咬誰我就咬誰」？當所有三屆生被遣送上山下鄉，翠蓮的際遇強過面朝黃土背朝天的修理地球者，至少不必離鄉背井，知青若回流即要向街媽報到。

當我如此緬懷於往事之時，那個胖胖的嬸嬸轉過身來，她的眼神是有一丁點年輕時的影子，身形由標準中碼變成雙加大碼。除了身材的巨變，素質也變得無法辨認，說話語調的大大咧咧旁若無人，舉止形為的大刀闊斧粗魯隨意，與當年的斯文端莊判若兩人。說來一代人都經歷過苦難的歲月，多少人下鄉耕過田、犁過地、割過草、養過豬，走出國門做過藍領、捧過餐、洗過碗、剪過草，何等慶幸不致如此粗俗。真是百思不得其解。

「翠蓮！」我試著喊她。她竟然一下子聽出我的聲音，叫著我的名字跑過來，緊緊拉著我的手，非常親熱，也令我分外感動。四十多年了，人生有多少個四十年？我擁抱了她，約她星期天飲茶。

星期天我們在酒樓見，她是比我還常來的客，與知客、部長都熟稔，而平常我怕等位只到快餐店喝奶茶。招待生太忙，翠蓮自己倒水加茶葉，點了一大堆點心，我心想，怪不得她的身材這麼巨形。

整個聊天喝茶的過程，翠蓮未停過口，將自己的狀況原原本本作了介紹：兒子當了官，女兒嫁得好，房子蓋得大，成了快嘴李翠蓮，直腸直肚得很。提到去過哪裡旅行，她去的地方可多了，我問有沒有照片看。

「我從來不照相！」她搖搖頭。

「怕照得不好看？」我以為她嫌自己走了樣難過，因而不願拍照。

「才不是，我每到一處只去賭場，照相有什麼意思！」

她說去過雲頂，去過菲律賓，每次進賭場小賭五千元，贏了笑輸了算。人家是持雙程證的遊客，光是澳門就去過幾十次，一派揮金如土、瀟灑自如的大款模樣，高聲說話隔壁幾個座位都聽得見。我為自己的寒酸小器慚愧，只能低聲說，我這幾十年只去過一次澳門，還是去中山經過的，進賭場一個仙也沒花。

喝了茶逛商場，翠蓮沒興趣血拼，她的衣服要雙加大碼很難買。正當意興闌珊之時，她突然發現了什麼高興得大笑起來，原來看到冒險樂園。我這個劉姥姥只知那裡是兒童天地，不曉得大人也可以在彼處玩樂。她用信用卡刷了五百元買金幣，興高采烈地坐到角子機前面，專心致志地玩起來。不到一個鐘頭，金幣用光了，贏了一排紙片。她說是儲分，我更不明白。

我說，下午請她看電影，她搖頭又耍手，說約了鄉親到土瓜灣打牌。我說太遠了，何不約屋苑的同叔同嬸打，她說你又不會打三缺一，又嫌他們慢吞吞沒勁。原來她去的是私家麻雀館，有時也去北角打，一定不會缺腳，但要抽水，說些行話我也聽不懂。

回程路上來了去土瓜灣的公車，她立即跳上去揮手作別，我怎能阻礙人家發財？瞧著她飛逝的去影，我悵然若失。歲月都給我們留下什麼？

二〇一〇年五月十五日

霜菊的時間表

一絲兒陽光從窗簾的邊角射進來，不用看鐘也知道是早晨七點鐘。秋菊在矇曨中聽見窗外地車的聲響，客廳裡的電視機在播放新聞，還有母親來回走動的腳步。以前總是在睡夢中聽見時鐘秒針的嘀嗒，渾身骨頭酸痛得真想再躺多一會兒，可多不願意也得強迫自己爬起來，承擔一天與時間的競爭。都市人的腳步追隨社會運轉的巨輪，一時一刻不能消停。自從三十五年前嫁到香港來，與丈夫輪流做日、夜班，既要掙錢又要照顧兩個兒子，即便躺上床睡死了，夢中也時時感受到時間在流失，心臟的跳動彷彿是時鐘的節拍，生命正跟隨著時間流逝。待孩子長大了工廠都北上，改往機場當護衛，每天花三個小時在上下班的車程上，幸有母親申請出來幫忙。這些年兒子都成家立室搬出去了，母親也老了需要人照顧，轉眼已到自己退休的年頭。以前總盼望早點退休享受美好的晚年，沒想臨了日子卻如此難過！就說這一天二十四小時吧，打發它都不容易。

秋菊不急於開房門，否則傭人會馬上進來收拾。趁還未關空調，她賴在床上蹬腿兩百下，再做五十次起臥。原本可以下到公園參加晨運，與一班太太們跟李老頭學打太極或跳健康舞，然而秋菊是孤獨慣的人，既不高攀大學問的人，又不屑與低檔次的娘們交往，幾乎沒多少朋友。下床開電腦打開郵箱瞧瞧有沒有郵件，然後看看天氣預告，雖然房裡也有電視，可她一向討厭聲浪，寧可耳根清靜。八點鐘開房門上洗手間，沖了澡吹了頭髮換了衣服，花去半個鐘頭。八點三十分下樓到商場叫了份最簡單的早點，一隻出爐麵包一杯奶茶，拎包裡隨時有本書，一邊喝茶一邊看書，半個鐘後才離座。走到超市替母親買報紙和牛奶，還有水果和日用品，上樓剛過九點三十分。一天二十四小時只過去十分之一。對著報紙秋菊看不下去，一大沓報紙她只看頭條新聞和某版副刊，她想起表妹霜菊來，表妹一天二十四小時是怎麼過的呢？

霜菊已經是第三次來香港。這一次住在近郊「居者有其屋」，主人是個上班族，有兩個小朋友，大B三歲，小B剛出生。霜菊持探親雙程證的中國護照，工作本是非法的，更別說還要逾期居留。由於香港是法治之區，警察不會擅闖私人屋苑，只要不上街倒是不怕。秋菊比霜菊大十歲，霜菊是秋菊的姨表妹，秋菊來香港那年霜菊才讀小學五年級。秋菊長著冬瓜型的臉龐，粗眉大眼壯壯實實；霜菊瓜子臉白白淨淨，笑起來有兩個迷人的小黎渦。人不可貌相，霜菊命生的苦。

霜菊一九五七年冬天出生。她娘臨盆那晚下起厚霜，接生婆子半夜被叫出門一臉的不耐煩。奶奶給她酙上一大碗糯米酒，再塞上一個紅包，叫兒子生炭爐子取暖。這一夜菜苗子都凍死了，只有老屋牆角的那簇野菊花開得歡。奶奶說，男孩跟族譜，女孩油蔴菜籽的命，就名叫霜菊吧。娘失血多身體孱弱沒有乳汁，奶奶每天早上煮一大鍋粥，那濃濃的米湯原是要加細糠餵豬的，就讓它先給霜菊喝，幾個月後才改吃粥。第二年公社化吃大鍋飯，大躍進放衛星上天，後來糧吃光了田裡粒米無收，霜菊兩歲上就靠蕃薯瓜菜捱日子。那年頭大家都窮，許多村民斷炊逃難進城乞討，霜菊的娘水腫捱不下死了。霜菊幸虧有奶奶，雖然面黃肌瘦卻沒餓死。捱過三年饑荒奶奶缺營養過了身，家中不能沒有女人，父親舉債娶了後娘，後娘一口氣生下六個弟妹。種田人缺吃少穿，父母供她讀到初中畢業，算是很仁義的了。霜菊爹負責給生產隊計糞肥，有人拾了豬糞來上繳，只要向著霜菊家的土房子大喊：「交豬屎！」霜菊就擔著大秤小跑過去，秤了重量記在小簿子上，豬糞倒進生產隊的糞池。為了讀那三年初中，她總是落力幫家庭勞動，後娘才沒話說。

霜菊讀初中時偷偷戀上班長金火，兩人海誓山盟非君不嫁娶。霜菊等了金火六年。金火去讀師範，三年畢業後分配在山地教小學，勒緊褲帶儲了三年錢尚不夠結婚的花銷，欠下一屁股債勉強成了家。霜菊在生產隊負責看管小水電工程，哪個農戶燒了保險絲斷了電去替人家接駁維修，掙幾個工分補貼。生下一對兒女要教養，自留地要耕種，豬、牛、雞、鴨、兔要餵，霜菊比她男人還辛苦。金火是個好男人，煙酒不沾，每個星期回家帶去一罐鹹蘿蔔做菜，所有工資都交給老婆。霜菊除了給兒女買紙筆做兩件衣服，自己一分錢都沒花，為的儲下錢還債。秋菊知道表妹的苦命很感慨，她原想替霜菊找個香港婆家，像自己就嫁得不錯吧？即使勞碌也有吃有穿。再說那男人叫什麼「金火」，「水土」才適合養菊花，真是嫁錯郎！

第一次在香港見霜菊是九十年代中，之前收到她從鄉下來信，說老房子快倒塌，向生產隊申請了塊地卻缺錢蓋房，叫給她寄封信讓她申請來香港探親，有人介紹她當住家工掙錢。秋菊約她在羅湖火車站等，心想表妹也有三十來歲了，雖不再是標致姑娘也還是個少婦，眼睛老往出口方向掃漂亮女人。倒是霜菊眼尖先看到秋菊。

「姐！」一個黑黝黝的女人走上前，拖著個大大的紅白藍膠袋。

「霜菊！你不出聲我還認不出呢！」秋菊心想，看她曬得炭頭一樣，若非那兩個酒渦才不敢相認。

「二十年了，姐倒是沒見老，比在鄉下還白皙漂亮。」霜菊說的真話，秋菊與兒子拍大學畢業照片，許多人都說她好似姐姐不像媽媽。

「別賣口乖了，帶那麼多東西做什麼？香港啥都有。」秋菊是不滿這些行李。

「鄉下沒好東西，就自家種的綠豆、花生，給鄉親嚐鮮。」

兩人一起回家，一路沒說話，原以為分別二十餘載說不完的話，卻不曉從何道起。住了幾日，秋菊本想放假帶她到處去逛逛，但有鄉親找她去上工，說目的是來掙錢不玩也罷，給人當月嫂不能等。霜菊做了月嫂接著給那家人帶孩子，拿了工資就託人寄回鄉，一直到小朋友上幼稚園，因沒有身分證不能上街，主人不用了才回鄉。

五年後霜菊又來第二趟，說孩子要上中學沒錢交學費，不用去羅湖接，她自己可以找上門。那天是週末，秋菊聽見門鈴響開了門，霜菊這一回不帶東西了，知道城裡人不希罕。

「房子蓋好啦？」表姐遞給她一杯果汁。

「蓋了一層，夠住了，等待兒子有本事再加建二樓。」霜菊一口氣喝完，一路上肯定捨不得買吃的喝的。

「上中學要好多學費？」秋菊往杯子添了果汁，問她。

「除了學費還要生活費，咱鄉下沒中學堂，要到另一個區去讀，費用可大了。過兩年女兒也小學畢業，金火一人收入供不起。」霜菊嘆了口氣。

這一回是給一個單親家庭做事，據說女主人在保險界出名得很，住城市花園一千七百多呎大屋，有車子。霜菊的工作是做清潔及給三個孩子做飯，他們分別上中學和小學。秋菊趁女主人不在去過那屋苑看霜菊，果然是好大的面海房子。秋菊心想，這女主人收入那麼多，卻不肯聘用外傭，每月僅花二千元僱非法勞工，真是豈有此理。不過若沒有這種人，表妹就沒法打黑工掙錢。打那之後沒再見過霜菊，她是幹了兩年後潛回鄉。

今次第三趟來工作最吃重，照看一個剛出生和一個三歲的幼兒，女主人說她媽媽每天上午會買菜來幫忙。然而霜菊已屆知命之年，她還有多少體力？到來的那天秋菊見表妹一臉風霜，兩鬢開始有白髮，忍不住責怪她。

「你這可是沒完沒了，蓋了房子攢學費，兒子中專畢業了還不能自理，要你這為娘的替她娶媳婦，你這一輩子就當牛馬！」

「孩子怕我辛苦不讓我來，但我想這是最後一趟了，如果不儲夠二萬聘金一次過給女家，媳婦日後掙的錢要永遠貼娘家，我兒子就難了。誰叫咱們沒本事不懂做生意，多少人發了呀。」霜菊的感嘆叫秋菊聽了好難受，不忍心責怪她了。

霜菊每天的工作時間表如下：

清晨七點前起床，替小B換尿片餵奶，煮全家早餐，叫大B起床、洗漱、用早餐、換校服。九點帶大B下樓等校車上學，這段時間主人起床盥洗用早餐，小朋友上車後霜菊上樓吃早餐洗碗盤。

上午收拾房間、吸塵、洗地板、開洗衣機，手洗先生太太的上班衣物。

中午婆婆買菜到，擇菜，煲湯，處理魚、肉，然後要下樓等校車，上樓後煮麵給婆婆、大B和自己午餐，洗碗筷。

下午收衫、熨燙，婆婆或帶大B去公園玩，回來替兩個小孩洗澡，做晚飯。

晚上服侍主人回家用晚膳，飯後洗碗、拖地，然後安置大B上床，自己洗澡。

整個二十四小時內須每隔三個小時替小B餵奶換尿片，工作時若非小B睡覺，霜菊時常要揹著嬰兒做事。家居沒有工人房，需等午夜先生看完電視意興闌珊睡覺去，她才可以放下沙發睡覺。睡覺時要兼顧兩個孩子，小便、喝水，吃奶什麼的。

比起霜菊的辛勞，秋菊不敢埋怨。假如可以讓表妹在自己家幫忙，霜菊就不必那麼辛苦，工資也高出很多，但這是不可能的，秋菊是一等良民，不會幹違法的事。僅僅是假如——比方而已！一個是長貧難顧，一個是長日難渡，奈何！

二〇一〇年五月二十五日

靈丹妙藥

李剛讀中文本科，很有詩人氣質，白淨的臉龐上架著無框金絲眼鏡，一頭長髮遮住半個額頭，有點文人雅士、瀟灑公子的派頭。九十年代末大學畢業分配在老家教中學，這原是他少年時代的理想，以前山區的孩子讀書多不容易，他曾立志長大要做個好老師，為家鄉培育人才，桃李滿天下。他教了四年書，空餘時間寫作，抽屜裡藏著許多未發表的詩歌。進入二十一世紀少年的心開始按捺不住，皆因同學們都南下掘金，回鄉後談起廣州、深圳這些大都市眉飛色舞，自己變成鄉下佬。過年鄰村的中學同學春喜來訪，見他手戴金錶皮鞋鋥亮衣著光鮮，一幅發達的模樣，想到自己微薄的工資連老婆本也沒著落，咬咬牙下定決心辦了停薪留職，豁出去了。

在深圳二線外的工業區求職廣場登記，填好履歷表和工資要求，大著膽子在工資欄上填上三千元，這是他教書報酬的兩倍。想不到有個廠家馬上聘用，且通知他儘快上班。男孩非常興奮，想給人一個好印象，當晚將自己改造了一番。先去髮廊剪掉自己珍愛的長髮，理一個短短的板刷頭，看起來神采奕奕；買了兩套T恤牛仔褲、一個黃挎包、一雙阿迪達斯球鞋，對鏡自顧甚為自得。從明天起當工廠管理人員，不能再作文質彬彬的打扮，必須充滿朝氣和自信。他深信自己已經脫胎換骨了。

第一天上班他提早到達，在大門外打量工廠的外貌。這家廠位於公路旁的工業村，附近除了廠房和零落的民居，街上只有幾間小食店，離市區中心地帶甚遠。門衛穿著制服，嚴厲地盤查詢問，當他是外省來見工的農民，直到看了他出示的合同，馬上換另一副面孔，堆起笑容柔聲道：「請進，請進。」

李剛走進廠部，負責人事的文員小馬向他招手，領他將行李搬上宿舍，他們兩人同住一房。鎖上房門後李剛在走廊處憑欄眺望四周，發現廠房呈同字型環繞，中間是個籃球場，南面廠房西面男舍北面女舍，全部五層樓高，西邊下方有幾間伙房，東面是另一家做雨傘的工廠。他下樓跟隨小馬到南面的廠房報到。

南面加設警崗，具體顯示「廠房重地閒人勿進」。地下一層置放幾排重型機器，一部部自動沖床和油壓機，每部自動沖床上的鋼片都在緩緩移動，沖壓出的碎料跌入地上的鐵桶。油壓機前面坐著女工，她們將一包包報紙打開，把一節節人手扣好的鋼制品放入模子，手點按鈕，鬆散的鋼制品就壓實了。有的女工用腳踩掣，鋼帶被剪成一段段。

機器轟鳴。

兩人徑直上二樓。投入眼簾的是倉庫，架上一堆堆半成品餘料，地上一袋袋碎料，都掛著牌子寫著款號規格；中間是個手工作坊，偌大的工場三面開窗，樓底電風扇慢慢轉動，一台台手動小機器前面坐滿男、女工，人人都低頭伺弄自己的活兒；另一面寫字樓門緊閉。打開門，整個辦公室繞牆擺放一張張寫字桌，北向有兩個房間，一間有大圍桌的應是會議室，另一間該是老闆的辦公室。

李剛邁進老闆的房間，一個老頭目光炯炯地看他，示意他坐前面的椅子。老人頭髮黑油油的，肯定是染的，少說逾六十歲。瞧他氣定神閒的模樣，是個自負的家伙，小心言多必失，只需聽他講，千萬別出聲。李剛集中精神理解他的意思，因為自己根本不懂廣東話，雖然離鄉前臨時抱佛腳學了幾句。他是聰明人，明白老財主短促、有力、不留遺力所表達的意思，要他在試用期間完成三項任務：第一，了解工廠生產流程和公司運作程序；第二，找出現時公司存在的弊病；第三，提出改革方案。他只能點點頭表示明白，然後鞠躬退出。

小馬交給他一張工卡，告訴他的座位，桌上有一台舊式電腦和一些文具，他出去打了卡開始工作了。老闆給他的是抽象的指示，必須先找些具體的事做。他問小馬有什麼事可做，小馬正愁寫不出一篇介紹公司的網文，將資料塞給他，拱手求他幫忙，說完成後請他到外面館子吃水餃。

瀏覽了一大沓舊文件，李剛終於對公司有所了解。這是家金屬製品公司，生產五金首飾，諸如項鍊、手鏈、胸針、鎖匙扣等，訂單來自香港老客戶。生產工序以前在香港，八十代末搬上這批舊式機器，公司在香港保留寫字樓。這座廠房是自資建的，使用權五十年已經過了一半，此等工業顯見日暮西山，難道老闆在尋找起死回生之靈丹妙藥？

中午食堂有午餐供應，「一國兩制」。大飯堂裡男、女工吃大鍋飯，冬瓜椰菜沒油沒肉，白飯倒了一地。小飯堂菜分成一碟碟，無非多了幾條肥豬肉，文員、師傅每人一份，飯任吃。李剛覺得沒胃口，自己教了四年書多少儲了點錢，又沒有家累，何苦刻薄自己。他拉了小馬出飯堂，說這就吃家鄉菜去，今天我來下一次你請吃餃子。

兩個人過馬路來到一家四川小食店，要了兩碗擔擔麵，一碟椒油扁豆，一碗水煮牛肉，把個小馬辣得叫苦連天，汗流浹背。李剛馬上要了冰鎮汽水給他降火。一邊吃一邊聊天，小馬將所知盡告李剛，原來那網文是新上任的少東家搞的，想在網上推銷生意，老頭極保守不願意，說生意一定要與相識的人做，他這一輩子讓人騙得多了，幾乎一兩年就叫人賴一大筆帳。但兒子駁斥道：倒你錢的不都是熟人？

「那文章還寫不？」李剛糊塗了。

「寫嘛得罪老子，不寫嘛得罪小子，咱兩難哪！嘿，好辣！」小馬一邊喊辣一邊繼續。

「即是寫得多好也未必用的上。」李剛原想妙筆生花，現在知道大可免了也省心。「父子意見不一，生產怎麼搞？」

「豈只父子意見不一，還有主管不和呢！」小馬又暴料。

小馬滔滔不絕地將「一國兩制」的治廠策略道出。原來廠有兩個主管部門，粗胚部門是香港師傅——老闆的兄弟管理，固定薪金制度；磨鍍部門是本地師傅——老闆娘的兄弟管理，計件薪酬制度。老財錢早賺夠了，可少東未能創業只好守業，他們又生的金貴命從不在廠過夜，怕人家謀算吧。既要仰仗兩邊的兄弟，又指望他們不和睦，以便互相揭對方的短，否則他老人家哪能得知內情。

「這算是三十六計的哪一計呢？」小馬問李剛。

「親而離之。」

李剛明白了，老人家最怕大家一團和氣，如是的話他們會聯手背叛主子。這老頭子挺有治國的本領，既借用鄧小平的戰略戰術，又活用孫子兵法，治這家小廠未免大材小用冤了他。一餐飯就套了許多內幕，李剛非常滿意，兩人抹抹嘴回廠。

花兩個鐘頭李剛就寫好網文，照少東的書面指示，文章必須體現該公司字號老、品種多、交貨快。李剛在心裡罵：賣中藥啊？字號老！自己的品牌在哪裡？品種多只能擺到女人街去！手板、起模、訂料不要時間？那些老爺機器即使可以二十四小時轉動，人卻無法二十四小時工作，吹什麼牛！

小馬接手謄寫一遍交給少東家。

大、小老闆都在，寫字樓自是鴉雀無聲。忽然房內傳出叫聲，老闆喊小馬，小馬立即衝進去。

「沒事做你不去掃廁所？寫這狗屁文章！」老頭子大發雷霆，將剛才那篇文章摔到小馬面前。雖關上房門，卻連外面工場都聽得清清楚楚，財大自然氣粗，小馬被罵的狗血淋頭。李剛以為自己的文筆連累朋友，心中好生難受。終於罵完了，老頭子昂起頭揚長而去，少東家氣急敗壞地尾隨，汽車衝出大門磨擦地面發出刺耳的聲音。小馬訕笑坐回自己的座位。

「小馬，不好意思連累你挨罵！」李剛連忙陪禮。

「有何不好意思？早就料到嘛！這一計叫『指桑罵槐』。你讀那麼多書比我還傻！」原來老財從來不當面罵人，總是隔牆罵人，或者特地叫人傳話，使那被罵者更覺羞辱些。因而小馬一點不介意，他早洞悉一切。

接著幾天李剛下車間熟悉生產過程，他觀察每個角落，了解每一部機器的功用，三天後用電腦畫了張流程圖，工廠的所有工序一目了然。算是他的第一個答案。

會計劉因老婆生產放了幾天假，手中的工作都交給小馬，計糧發工資是不能拖的，月底的帳項也要結算，就快把小馬累死了。李剛義不容辭幫忙。對這個大學生來說輕而易舉，他的目的是了解工廠的經營，尋找第二個答案。

香港的同事常常上來，有的見客戶，有的跟生產，有的核對帳目，李剛與他們相處得以了解更多訊息。公司經營管理不善，幾年來沒甚利潤是很明顯的事，一味地節流乃至香港的同事都身兼數職，包括洗地板、倒垃圾、送貨，時勢艱難他們都忍氣吞聲不敢有怨言。老財頤指氣使像個暴君，這家伙又使招數，越是他看上的人越多工作給你幹，越是不喜歡的越要讓你靠邊站。李剛從他們嘴裡聽到了一個故事。

有個老夥計余某原在國內任教，七十年代末到香港謀生，忠心耿耿跟了老頭逾二十年。而今工廠北上老余沒啥事做，自告奮勇願意跟老闆的車早出晚歸，到國內廠幫助培訓新人。幾次老余一大早到路邊等車，老頭子屢屢放飛機令他撲空。老頭子是名人紳士，若炒了老夥計社會議論譁然，所謂「卸磨殺驢」，名譽掃地的事他自是不會做。他要的是對方知難而退，自動辭職。老余卻不上當，偏偏厚著臉皮裝傻，每天也不看老頭的臉色，跑到舊倉庫去「盤點」。「盤點」是一項永遠幹不完的工作。若言老頭子的怪招是「上屋抽梯」，老夥計回的招兒就是「假癡不顛」。僵持的結果是老余勝算，直到六十五歲才退休，老財主白白付了兩年工資養個大閒人。

李剛發現夜間時有貨車出入，磨鍍部門趕貨常加夜班，原料儲存不夠需向他廠借，這也是情理中的事，誰都負不起遲交貨被客戶罰款的責任。他躺下床反正睡不著再細思：一借一還，借多少未必經倉庫管理之手，三更半夜管理員在家睡覺呢！哪可能叫他回廠來點收啊？那該還多少就憑你說多少也行。還有粗胚部門那麼多工模那麼多師傅，人人都在做公家活嗎？假如替外人製作什麼誰會知道？飯堂伙食那麼差，群眾投訴無人受理，是否有人中飽私囊？

小馬一貼床就發出鼻鼾聲，李剛卻輾轉反側。他又覺得一切全是假設，可能大家一心為公，根本是你以小人之心度君子之腹。再說老同事做了十多年都沒出聲，你又憑什麼去懷疑別人？或者有人爭取一些什麼也是應該的，利益均沾嘛，你又不是廉正公署。就算找出了答案，你有好建議嗎？維持現狀尚可保住一批人的飯碗，大刀闊斧可能加速大廈的傾覆。朦朧間腦海中浮出《大戴禮記》：「水至清無魚，人至察無徒，無魚非水德，無徒勢云孤。魚豈離於水，潛淵轉江湖，人豈離於世，適將他有圖……」應該糊塗時糊塗，應該睡覺時睡覺！

這些天鄉府聯同環保局不斷派人來視察工業汙染問題。五金行業在生產過程中所形成的廢氣、廢水和固體排放物對環境造成很大汙染，有關方面將採取強制管理措施。本來就是夕陽工業，但當年改革開放剛開始，當地政府為引進外資連來料加工小廠也相當歡迎，給予不少優惠，香港高工資難維持才遷上來。今非昔比，土地的收益才是不可估量的，鄉府恨不得這些廠家都倒閉。財東一籌莫展了。

招請工人越來越困難，李剛陪小馬到處貼請人告示，蠅頭小利已難吸引外省勞工離鄉別井。早些年在廠裡做事的女工起薪點每天只有八元工資，扣去伙食費每月僅只二、三百元收入。強行規定加班令人人像極了機器，相比之下自己的收入是別人的十倍，若只求財原該知足的。然而繼續下去自己也就成了生財工具，像廠裡那些老舊的機器很快被淘汰。工廠工作時間太長，自己才二十多歲，來日方長，值得耗下去嗎？

秋涼了，但西斜的宿舍仍讓人難以入眠，人人都備用私家電風扇放在蚊帳外面吹。李剛沒有特殊裝備難以入睡。他無法想像大宿舍的男、女工八人一房，不可能有地方置放電風扇，他們將如何合眼？

起身打開房門，望著朦朧的月光，竟有一絲兒惆悵，想起鄉間年老的父母，還有月色下的農田和土胚房……忽然聞到什麼怪味，來自隔壁的房間，好像煤氣味！對了，越來越濃的煤氣！他猛然進房叫醒小馬，兩人合力捶打房門沒有反應，小馬只得下樓通知警衛。警衛撬開房門，見一對男女倒地，男人滿身酒氣，女人赤身露體。有人迅即打緊急電話，終於來了救護車。一對野鴛鴦，男人的同舍回家，女子悄悄住進來。女人與男人攤牌，給男人喝了摻藥物的烈酒，她則開洗澡的煤氣爐，企圖同歸於盡……

接連幾天李剛都努力幫助小馬，東奔西跑出去處理諸多事務。然後放了一天假去深圳。一個人遊民俗文化村，徜徉在幽靜的園林裡，將憂心忡忡擱置一邊，全情地投入和享受。藍天、白雲、清泉、翠竹，大自然真是一劑靈丹妙藥，疲憊不堪的身心立即充了電。少年突然盟起詩意，想吟詠幾句，與生俱來的詩人氣質再次冒出來。他向一家報社寄出舊稿，再到另一區的求職廣場登記，希望可以做回本行，挺擔心學過的知識都丟了。試用期滿之前李剛獲得一家報社的工作，雖只是普通的助理職位，但只要跨過這坎兒，自信可以立足。

應該交功課了，遺憾的是未能替廠家覓到靈丹妙藥。他在自己製作的生產流程表下方插入一幅攝影：一輪落日低低地懸掛在海面上，水天融於一色，飛鳥歸巢，霞光萬丈。

二〇一〇年六月三十日

白頭偕老

回鄉期間曾驅車往山城約見一位老朋友，六十年代末一同在當地插隊落戶的老知青仁山。他接了電話立即騎摩托車嘟嘟嘟趕來酒樓。四十年未見，見他頭髮灰白了，臉上皺紋多了，卻仍是吊兒郎當的模樣，一面喝茶一面罵娘。

想起他的故事挺有趣的。

六十年代初

仁山那年十歲了，高高瘦瘦的，細脖子上支著個大腦袋，兩隻大眼睛黑漆漆像龍眼核。兩年前父親給劃了右派被遣送回鄉務農，母親帶著他和姐姐住在桂花村。父母是四十年代的大學生，一直為鄉梓的教育事業服務。兩年前母親被調到桂花村，從白校長倫落為白老師，總算有份工作養兒女。他們向一戶華僑人家租住兩個房間和一個小廚房。

男孩放學回來餓得肚皮貼背脊，胃裡火燒火燎的，可是還沒到晚飯時間，家裡啥吃的也沒有。他走進林子一雙賊眼四處瞅，桃樹上只有毛茸茸的青果子，知了也沒一隻，烏鴉、麻雀幾近絕種。孩子嘫嘫口水難免失望透了。

「山哥，瞧我給你帶什麼來了？」一個梳著兩條小掃帚的小女孩揚起她的手，手上是灰色鼠殼果，讓人見了垂涎三尺。

「秀雲，你又偷家裡的東西啊，小心你爹罵！」仁山口裡說著，心裡卻仍然受不住引誘，伸出他的一隻髒手去接，且急不及待狼吞虎嚥起來。

「小心噎著哪，瞧你餓的。」秀雲喜歡看他貪吃的饞相。

秀雲舅舅在海外，家中每月有僑匯和附送的僑匯券，可以買糧、油、糖各種副食品，當家家戶戶都以野菜和樹皮度日時，她家的日子比許多人強多了。秀雲七歲，是家中長女，下有一對弟妹，自從白老師住到她家，女孩無形中有了哥哥、姐姐，村裡的孩子們便不敢欺負她，以前那些窮孩子總是搶她的東西。既然認定了仁山這個哥哥，自己有吃的自然不會忘記他的一份，父母也就一隻眼開一隻眼閉。

仁山是個淘氣的野孩子，彈弓打飛鳥、上樹掏雀蛋、捕蟬挖洋芋、下溪篩魚蝦，秀雲緊緊跟貼如影隨形，村裡的男孩們妒嫉，罵他們是不知醜的小夫妻。仁山討厭這種稱呼，屢屢與他們大打出手，經常眼青鼻子腫地回家，母親責問也不吭聲。只有秀雲樂陶陶地，臉上老是現出愚蠢的笑容，思量再從家裡偷點什麼東西來犒勞仁山哥。兩小無猜如糖黏豆過了整整五年，直到仁山考上山城一中，寄宿在縣城。秀雲學習成績很差，只在本鄉中學勉強讀完初中。

六十年代末

文化革命令彼此都輟學，仁山重回桂花村。

小伙子是一員籃球虎將，身高一米八十，身手矯健，馳騁球場。姑娘因家境富裕不需勞作，白白淨淨，裊裊婷婷，嬌羞健美。青梅竹馬自然而然飛越成情侶，再遞升至婚姻關係亦是指日可待。全鎮男女老少都認可這一段金玉良緣。

每次知青與供銷社舉行籃球友誼賽，仁山的丰采總是吸引大批人仕觀看，姑娘們尤對之評頭論足竊竊私語，彷彿今天的粉絲見到姚明。籃球一傳到身在中場的仁山，只見他遠遠一投，乾淨利落百分之一百中籃，而且絲毫不碰觸球架上的板。觀者無不報以熱烈掌聲，女孩子們簡直拍爛手掌。

每一場球賽秀雲必在場外靜靜觀賞，姑娘騎著鳳凰牌自行車戴著梅花手錶，一身洋裝不似農村姑娘更像洋學生，總是將車子泊在大榕樹下等她的仁山哥。球賽之後，仁山踩著單車秀雲坐在後架上，響起一串清脆的鈴聲，風馳電掣穿過田野越過樹林爬過山崗，羨慕死多少村人，女孩之間傳頌著他們的愛情故事。

仁山下鄉不久屢有招工單位要他，卻因父親的「歷史問題」一次次被淘汰，公社常常需要他出賽，只能將他安置在鎮上的供銷社，職位屬於集體所有制。小伙子外表看似瀟灑倜儻放浪不羈，心底裡深深感到壓抑，時與地瓜酒為友，一份工資花在煙、茶、酒上，一幅風流公子派頭。

七十年代初

那一年縣裡來了一支生力軍，有批建設兵團人員轉到地方上來，多是老家濱城的知青。一般的上山下鄉知青沒有工資收入，亦無國家糧食供應，參加生產建設兵團者每月有二十幾元工資，還有定量糧食供應。兵團人員苦得很，要在深山老林砍伐植樹，但這回他們出頭了，轉到地方商業部門工作，每月升至三十八元工資，享受國家正式工作人員待遇。這批孩子全是帥哥靚女，給寂寂無聞的山城增添了無限色彩。

龍洋鎮商業部門領導潮流的靚女叫冰冰，桃花眼睛凝雪肌膚，紅撲撲的臉蛋上一對小梨渦，高高的個兒似衣服架子，走起路來挺有氣勢像天橋上的模特兒。其實冰冰即使什麼光鮮衣服也不穿只搭件破大褂，也是在創時裝潮流。況且美女經手的全是社會上最吃香的工業品，上海錶、鳳凰單車、蝴蝶牌縫紉機以及各色各樣棉的、卡的、毛的布，令人目不暇給，更別提味精、砂糖、肥皂等小東小西，名符其實的商場麗人。漂亮姑娘的一顰一笑，將鎮上男人們的魂魄都給攝去了。

冰冰的秋波在仁山的眼眸中撞出火花，他們愛得一發不可收拾。

「你不覺得我們太熟悉了嗎？」對總是坐在身邊打毛線的秀雲，仁山試圖向她指出青梅竹馬的恐怖。可是秀雲只用茫然的神色望他一眼，仍舊打她的毛線。

「你自五歲就認識我，十八年後我們還在一起，你不覺得該出去看看，認識其他小伙子嗎？外面的世界好大呀！」

仁山繼續諄諄善誘，秀雲開始有些沮喪。

「我們彼此已令對方一覽無遺，如此相處下去只會索然無味，難保將來不會後悔呀！」

秀雲流下了兩行眼淚，顯出一副蠢相。

「我們在一起沒有前途可言，你明白我的意思嗎？」

仁山的嘮叨終於產生了作用，秀雲抬起頭回答：

「我知道你的意思了，可是我已經有了。」她失聲痛哭起來。

「你說什麼！有什麼！」仁山跳了起來。

「有小孩！你要做爸爸了！」秀雲揚起手上的小毛衣，哭著跑出去。

仁山這一下慌了手腳，頓時六神無主。怎麼能有孩子呢？不多久前才偷吃禁果，多麼冤哪！招工不成，拿什麼養家呢？他一下子忘了冰冰的鉤魂桃花眼，只曉得不想辦法阻止事態的發展就來不及了。

那一天仁山將自行車等在路邊，秀雲病懨懨地披著上衣打著圍巾，坐上後座。車子迎風飛馳衝向官橋鎮，姐姐給他們聯絡了醫院，一路上除了上很陡的陂才下來。下坡時秀雲緊緊攬著他的腰，渾身乏力。進醫院見不少婦人坐在一張長凳上，等醫生給她們進行墮胎手術。秀雲渾身顫抖臉色蒼白，慌張地四顧。仁山說，好妹子別害怕，一會兒就好了，姐姐說這裡的醫生醫術挺高明。秀雲搖了搖頭說，山哥，我好怕，真的怕極了。下午的醫院出奇地安靜，可她老覺得手術室內傳出刀剪的碰撞聲，彷彿還夾雜著女人撕心裂肺的哭罵聲。姑娘猛然跳起來衝出門外，無論如何不肯回來。

仁山踩著沉重的車子回村，母親準備好飯菜等著他們。聞到飯菜的味兒，秀雲哇啦啦吐起來，接著鼻涕眼淚泗濺號啕大哭。母親嚇得大驚失色，白老師聞訊也趕過來。在兩個母親的嚴厲逼供下仁山只能和盤托出，兩家人達成協議馬上結婚，否則仁山有被村人打死之虞，這小子初時還想悔婚，真是不知天高地厚。

秀雲媽風風光光地嫁女兒，南洋寄來嫁妝一牛車。秀雲等著當媽媽，心情十分平靜，期待浪子回頭。革命造反派將仁山捧入黨，任命他當公社農械廠黨支部書記。仁山對政治並不真的感興趣，只需要有份工作，但上司要求他樹立革命形象，絕對不允許有婚外情，惟有向冰冰提出分手。女孩纏在仁山身上，哭哭啼啼道：你想離開我，我一定叫你後悔。剪不斷理還亂，癡心的女子愛得更熾熱。拘於上司三令五申，仁山只好躲開冰冰避不見面。

一個北風呼嘯的夜晚，冰冰通知仁山「最後一次聚會」，仁山橫下心沒有赴約。冰冰失望之餘仰藥昏迷，幸虧隔壁的同事發現得早及時送進醫院，姑娘僥倖逃出鬼門關。事情鬧得沸沸揚揚，全鎮都傳播這件新聞，領導動怒揚言撤仁山的職。冰冰是幹部子女，父母迅速替她辦了回調手續，父親親自驅車強行將之押送回濱城，安排女兒嫁了個很有實力的官場人物。

七十年代末至八十年代

文化革命結束時仁山被清算派性坐了一年多牢，後來落實政策放了監，兩夫妻都在農械廠工作。

九十年代

工廠私有化，秀雲下崗移居濱城。他們的兩個女兒已經大學畢業，早些年還超生了個小兒子。仁山屬公務員身分，除了講空頭政治沒啥能耐，被安置到山城街道工作。以前的街道居委會多由女人組成，她們最拿手管治「黑五類分子」，做基層群眾的政治宣傳工作；現代需要孔武有力的男人看管那些上訪戶、釘子戶，尤其是國家召開重大會議期間，必須保護那些人，不能讓他們出去捅婁子。

二十一世紀

仁山官升一級被任命為「計畫生育辦公室」主任。上頭來了任務，抓幾個人罰多少錢必須嚴格執行，沒什麼人喜歡坐這個位子，惟有歎息人在江湖身不由己。聽聞此君在山城另有個家，與一位年紀小他一輩的女人同居。仁山和秀雲仍保留夫妻的名份，現如今此等「維持會」太多，人們對小三、小秘早已見慣不怪。我想，只要家裡紅旗不倒，哪怕外面彩旗飄飄，不管幾頭住家，仍算得上「白頭偕老」吧。

二〇一〇年九月三日

黃鶯

我要講的是一個朋友的故事，其中八分真只摻了兩分假，信不信由你。三十年前黃鶯和我都在山城一所中學教書，後來我們先後到香港來了。我僅是個平凡人沒成氣候，她則是個傳奇。

此次黃鶯的女兒珊專程驅車帶我去山城看他們的廠。新新製衣廠在山城的新工業區投得二十畝土地，草草蓋起了一列簡易廠房。說起來太傻，縣委關照要給五十畝地，董事長黃鶯卻覺得只有六百名員工，不需要那麼大片土地，硬是少要了三十畝。這塊地劃了五年，好歹得蓋起來，地基下足六層，寫字樓只蓋了三層，廠房也僅是平房。近年聘請工人很困難，部分工序和小量的訂單儘量外發，實際用不了多少車間，只是土地增值快，當時沒想深一層。位於市中心的舊廠房已經騰空出來，那座一千平米樓面九層高的建築物，倒可以考慮改做酒店或其他用途。

黃鶯年逾耳順，卻是「花甲猶傾城」，修長的身材，細膩的皮膚，看上去五十出頭而已。她老家在蓬新村，母親秀眉十五歲上許給在南洋謀生的父親黃生，時值日本侵華戰爭年代，秀眉母親對黃家說，我女兒已經等足了三年，就快變成老姑娘了，再不來娶莫怪咱悔婚啦。其時黃生在南洋已有家室，但黃生的娘不認同兒子與馬來人生的孩子，一再強調「父母之命、媒妁之言」，不與唐人結婚更算不得明媒正娶。黃生是個孝順兒子，聽母親的話想辦法越洋回鄉來了。可回來後一時又返不了南洋，於是居住鄉間長達三年。

秀眉未婚先有子。倒不是說她真與什麼人通姦有了野孩子，而是黃生的娘對回鄉的兒子道，你大哥早殤，須先為長房立嗣你方可娶妻，且這孩子須由你撫養成人；你二哥給拉伕當壯丁一去未回，幸留下兩個兒子，你必須負責養育他們；咱們黃家一定要人丁興旺。於是秀眉出嫁前婆婆就替她買下兒子，名叫進水，已經三歲。

春暖花開的季節，漫山遍野盛開的杜鵑，喜雀在枝頭叫的歡。迎親那天新郎穿著長衫馬褂，當胸繫著一簇大紅花，跟著抬轎子和吹吹打打的隊伍去同美村迎親。大紅花轎抬到蓬新黃家門口，伸出轎門的是一雙裂口子的大腳，這個披著紅蓋頭的新娘子從此成了黃家媳婦。秀眉在娘家是個能幹的姑娘，家裡、田裡、山裡，裡裡外外一把手，來到婆家除去勞作還得服侍婆婆和照顧人家安排給她的兒子。

黎明前的風剛吹過竹林，露珠兒才離開竹葉，山嵐尚戀戀不捨地在茶樹的枝葉間氤氳馥郁，公雞一唱白秀眉就要起床做家務。雖是新婚燕爾，可鄉下大戶人家的規矩不少，免得給人嘲笑新娘子沒家教，捨不得老公賴床這類閒話可真難聽。村裡第一個到東頭挑水的是新媳婦，廚房的大水缸裝得下十幾擔井水。老牛哞哞地叫，母豬乳著十二隻小豬，下了蛋的母雞咯咯咯吵個不休，非把牠們放出來喂飽人才得安生。而後秀眉一邊坐在灶前燒火熬粥煮地瓜，一邊豎起耳朵，聽到婆婆房裡有動靜，洗好茶具沖好茶恭候。

黃生吃了早餐自是到處去品茗閒聊，他娘集齊三個孫子訓話，他們是長房的進水和二房的進金、進木，而後將孩子們趕去上學，才慢條斯理地坐在太陽傾斜成柱的光線下，專心繡花做她的三寸金蓮鞋面。田裡的農活由守寡的二嫂和三嫂秀眉全包。二嫂本是老實人，但新婚的妯娌給她帶來刺激，平時服侍婆婆的事全撂了。女人妒嫉之心難免有之，似乎也在情在理。秀眉陶醉在新婚的歡樂中，為了大家庭的和睦相處，並不多作計較。

過了年秀眉生下個女娃子，那天早起兩隻黃鶯歇在枝頭啾啾地唱，父親給她取名叫黃鶯。家中已經有三個男孩，女孩給大家庭帶來歡樂，三個哥哥都很疼妹子。二嬸因自己有兩個兒子地位不受動搖也和悅多了，只有黃鶯奶奶不太滿意，家族要多有男兒才是根本。秀眉本來指望先開花後結果，然而丈夫準備回南洋去了，生兒子的心願恐怕未能達成。當丈夫遠行秀眉獨守空房之時，她因為沒再生育而遺憾，時常抱起女兒疼惜地狂吻，淚水滴落在妞兒小臉上。

女兒，你是娘的「斷尾星」啊！

男人帶回家的財物因買兒子和娶親所耗，而後又居家三載所餘無幾，他走後水路未暢通沒法寄錢回來。日子一天一天地窮困，田地一塊一塊地賣出，由吃飯到喝粥再到吞瓜嚥菜，二嫂終於捱不下去，丟下兩個兒子改嫁了。這個六口之家上有纏足的婆婆，下有四個未成年的孩子，養家的責任落在秀眉纖弱的肩上。

唯一的出路是做苦力。

從蓬新到蓬萊十幾里山路，來時替人挑谷子、麥子，去時將加工而成的米粉、線麵送回，賺取微薄的腳力錢。草鞋磨破一個個血泡，汗水浸透少婦的破衣裳，沉重的擔子壓在她的肩背上，生活的意志逼使她咬緊牙關。在每個孤苦伶仃的夜晚，女兒的笑語給予婦人生的希望，為了這顆「斷尾星」她必須堅強。

「嫂子，歇一會吧，我替你挑這一段路。」同是苦力的鄰人深表同情，先將自己的擔子挑到前面榕樹下，回過頭要來幫忙，是隔壁村討不起老婆的窮漢子椿樹。

「椿樹哥，我應付得來。」秀眉死不肯放下擔子，她害怕村人非議，丈夫在南洋的女人等同守活寡，必須處處嚴守婦道以免敗壞黃家的聲譽。

秀眉靠一支扁擔養活全家。

和平了，黃鶯父親陸續寄錢回來。自從收到第一筆錢，婆婆最先考慮的是媳婦秀眉沒有生兒子，決定給三房買兒子添丁。這似乎是理所當然之事，黃鶯便先後有了兩個弟弟進火和進士。五兄弟如眾星拱月般，圍繞著黃鶯，父親雖不在身邊，但她生活在溫暖的大家庭裡，奶奶、媽媽和五個兄弟寵愛著她。父親為彌補對妻女的虧欠頻頻匯款，在奶奶的安排下蓋起一座氣派不凡的大宅子，雕梁畫棟粉金鑲銀。住在小宮殿中的黃鶯公主從此遠近聞名，成了全鎮人們關注的對象。

五十年代父親回來探親，給他的公主帶來一車禮物，最重要的是帶來了父愛，黃鶯得到的補償比獨守空幃的母親更多！秀眉是個傳統的女人，她一生的幸福全寄託在女兒身上，偉大的母愛體現在一個不識字的農婦身上。看到女兒出落得標致可人，秀眉像喝了蜜糖般甜，女兒是她的一切，遠勝於自己的生命。丈夫說該讓女兒去城市讀書，她十分贊同並立即執行。當丈夫回南洋女兒外出求學時，秀眉的後半生就是守候婆婆和買來的幾個兒子，而有誰關心她的每一個長夜是怎麼度過！

族人只懂得監督秀眉應付所有的人生大事，首要服侍婆婆直至送她歸天，其次供五個兒子讀書並給他們完婚。饑荒的年代黃家因有僑匯不致太挨餓，但五條壯漢的食量是驚人的；而鄉村娶親更是以聘金計算的買賣交易，少一個子兒也不能成交。所費錢財均是秀眉節儉每一個錢積累下的，丈夫在外只是做小生意，寄回的每個錢也都有血有汗。長房、二房的兒子獨立成家了，他們陸續走出山區進入城市；三房的兩個兒子遇上文化革命讀書不成在家務農，進火和進士為了追生兒子，妻子到處躲藏，兩兄弟總共生了十個女兒。

年輕時的體力付出和精神上的孤獨令秀眉積勞成疾，不幸患上了癌症。最不堪的是臨終時丈夫和女兒都不在身邊。

黃鶯去了哪兒呢？公主在都市裡邂逅了她的王子，生下兩個如花似玉的小公主珊和珺。是否老家大宅的風水問題？第三代是一打女兒國。當文化革命風起雲湧之際，黃鶯厭倦了城裡血腥的鬥爭，決心回到闊別的老家。孩子的父親遠在外省工作，微薄的工資負擔不了兩地的生活，黃鶯棲身一家學校當民辦教員。在知識份子成堆的地方，飽嚐人群的勾心鬥角，倍受那些自命文化人的歧視，公主收斂了高傲的脾氣，隨波逐流於校園的階級鬥爭，做一天尼姑撞一天鐘。她既要為教養女兒操心，又要在革命覺悟高的眾人眼皮下混日子，做人難，做單身女人更難哪。那些黨性高的人是見不得別人過好日子的，某些人尤其不滿黃鶯的小資情調，橫挑鼻子豎挑眼。

「大家要鬥私批修，在思想深處鬧革命，我們請黃鶯老師帶個頭。」教務主任常常給她難堪，他左右看不慣這個漂亮的女人。

「今次下鄉人人都要去，除了幾位老弱者留下。」副校長明知黃鶯帶著兩個上小學的女兒，硬是將留校的名額安排給別人逼她下鄉。

最使黃鶯氣結的是當了多年民辦教員，參加升級考試的成績也名列前茅，人人以為論教學、論資歷，轉正非她莫屬，可末了跑出一匹靠關係走後門的黑馬，這家伙算起來還是黃鶯的學生呢。她嚥不下這口窩囊氣，決定不再容忍，隨即炒了學校魷魚，從此改寫自己的命運。

黃鶯一方面通過朋友向南洋的老父告知家鄉的苦況，一方面為自己和女兒策劃申請出國。有人向公安部門打小報告，令她第一次申請以「勸留」告終。然而一次失敗並未將她擊倒，她決心再接再厲，繼續補充材料，直至拿到出境通知書。老父在南洋，香港方面的關係全屬虛構，下一步又怎麼走？打了電話給小叔子，這家伙竟然怕大嫂拖累他，聲稱出差泰國不肯到深圳來接。

母親睡在病榻上，病情一日日加重，黃鶯不忍心此時離去，然而通行證即將過期。秀眉自知時日不多，卻強打精神把女兒孫女們趕出門。母女仨灑淚搭上山城開往深圳的汽車，黃鶯一邊掛念母親一邊忐忑不安，萬一母親不行自己如何盡人子之情？未出過這麼遠的門，沒人來接怎樣走過羅湖橋？去到一個完全不熟悉的世界又該怎麼辦？兩天的車程中淚水漣漣昏昏沉沉頭痛慾裂，若非珊和珺一人一邊緊握著母親的手，她會跳下車回頭……不能，一定要堅持下去，為了自己的後半生，為了下一代的幸福……

終於抵達羅湖。第一次到埗的自有親人在車站等候，充斥耳際的盡是粵語，黃鶯一句也聽不懂，惟有緊緊拖住女兒們的手，跟著同車共濟兩天的鄉人，一位慈祥的婆婆過關。海關履行嚴格的過關手續逐一審查，幸有老婆婆用蹩腳的廣州話翻譯。婆婆真是她們母女的貴人哪！當她得知母女仨沒人來接，不忍先行出關，一直陪伴左右，末了還帶她們往其住處。

借宿位於北角僑冠大廈一個新移民的家。狹窄的住處，破舊的家具，三十平米的地方住著兩家人，二房東夫妻子女擠住一個房間，婆婆睡廳內的沙發，還有一個房間出租給另一個家庭。無端端來了三個不相識的母女，令住處幾乎沒有空間。媳婦見天色已晚，勉強答應收留一夜，黃鶯母女睡在地板上。

黃鶯心潮起覆一夜無眠。原來香港的生活如此艱難，在這裡唯有自強不息，從零開始。僅帶的幾千元港幣，是她的全部家當。

首先必須馬上找房子。

第一日看了幾個出租單位，最便宜的是沒電梯的唐樓，不足三十平米的兩房一廳單位月租二千多，母女租不起全層，只好向一個二房東分租一間房，按金、預繳連中介費用一下子花去三千餘元。買了張雙層床和幾套被褥，扯起塑膠袋當衣櫃，添置石油氣爐、鍋子、碗盤等雜物，帶來的錢幾乎花光，方安頓下來。

第二日天未亮就醒來，首要去找工作。許多工廠請女工，黃鶯和長女同進一家製衣廠，珊才十四歲報大了兩年。黃鶯曉得不能長期過這種日子，必須馬上給孩子找學校。

大女兒在山城時已讀兩年中學，成績非常優秀，黃鶯希望她能直升上去，然而讀中學需經過統一考試由電腦分配。由於語言的障礙，秋季開學時珊上不了英文中學，只好選讀中文中學，豈知後來竟因此得福。最初一段時間，姐姐白天在家車衣，晚上讀夜校。有位好心的鄰人替妹妹介紹了另一家學校，黃鶯帶著小女兒去面試，考核後校長驚奇地說，小姑娘很聰明，不應該讀我們這所特殊學校呀？原來鬧了個誤會！

黃鶯白天在工廠上班，晚上帶回大量衣物在家加工，母女仨每天都只睡幾小時。生活艱難事小，難過的是鄉下的婆婆秀眉終於不治，因移民政策規定一年內不可離境，她們唯有忍受失去至親的巨大悲痛。

有天黃鶯在街市上遇到一個賣日曆的鄉人，聊起來方知做小販比做工廠收入好得多。好心的鄉人賒給她幾個日曆試賣，果然當晚就賣出賺到一個工作天的車衣收入。黃鶯決定改行，接著賣起電子錶，而後賣衣服。那年頭人們買大量衣物回鄉，生意蓬勃的不得了。妹妹上午幫媽媽擺地灘下午上學，姐姐不再車衣專心攻讀，中六就以優異成績考上中文大學，簡直創下了新移民的紀錄。女孩純樸孝順，從不因為是大學生而驕傲，空餘時間仍幫母親當「走鬼小販」，辛艱地為賺取第一桶金奔波。

做生意令黃鶯的腦袋聰明，真正體會到「生」字出頭「工」字不出頭。珊大學畢業後決心不去大公司坐辦公室，她放棄所學專業做電腦傳銷，時值電腦剛剛興起的年代，她領導下的小組年年在公司銷行榜上占頭位，年薪逾百萬。能有今日或該滿足了吧？不！雄心萬丈的黃鶯看準時機，香港大量工廠北移，正是創業之時，她多次觀摩交易會，尋覓訂單籌備辦廠。離開老家多年了，是該回鄉看看，家鄉的改革開放初見成效，對回鄉投資的港商給予莫大優惠。機不可失，她投地建起山城當年最高的廠房，自己找訂單開創製衣實業。

創業初期爭取拿到訂單是第一道難關，資金不足四處張羅銀錢是第二個坎，管理生產提升質量更需要邊做邊學。沒有什麼能難倒黃鶯，她甚至常放下尊嚴厚著臉皮向供應商賒帳。珊的全部收入投入家庭計畫中，女兒從不為自己留多一點開銷，也花不起時間去結交異性朋友談戀愛。這一年妹妹珺考上香港大學，再一次替新移民爭了光。

當小女兒大學畢業之時，黃鶯將銷售成衣的目的地推向東歐，小女兒成為開路先鋒，生意越做越旺，新新成了山城一家頗具規模的工廠，生產輸出歐洲的成衣。珺這個小公主在異國認識了他的白馬王子，決心在彼邦組織小家庭建築愛巢，並且立意再去深造而後投身聯合國工作。她現在身處維也納，生了一對可愛的兒女，每逢放暑假，她的兒子就像給貼了郵票，先寄航空公司送到哈爾濱父親老家學中文，再到濱城見外婆黃鶯。

妹妹珺將生意移交給大姐珊，姐姐放棄香港的高薪厚祿到匈牙利接棒去了。珊一直無私地為家族生意操勞，沒有多少屬於自己的時間和空間。事業成功了，遺憾的卻是婚姻的失敗，可喜兒子已經長大，活潑聰明。有子萬事足，兒子是她的精神寄託。女強人不易為，但願珊不久會遇到真愛她的另一半。

成功的黃鶯母女不忘本，考入高校的職工子女常常得到公司的資助。
這個真實的故事假若讀者不被感動，只是因為我寫得不夠生動。

二〇一〇年九月八日

阿珍的孩子

阿珍躲進新新製衣廠幾個月了，寸步不敢跨出工廠大門，怕的是撞上計畫生育辦公室的街爸和街媽。孕婦的衣裳漸漸扣不住了，肚子一天天大起來。阿珍才三十歲，長得白白淨淨，不似鄉下風吹日曬黧黑的農婦。她像極一頭良種母牛，一年懷孕一年哺乳，孩子不是在肚裡就是在胸前，已經生了四個女兒。生第三胎時給抄了家，值一點錢的東西都被拿走了。其實家中有何值錢之物？一頭瘦豬幾隻雞而已。第四胎是躲到外地生的，經人介紹偷偷花了些錢叫人接生。女人生到這份上，放個屁孩子就掉下來了。

都說有了四隻桌腳就會有個桌面，人生本來充滿希望。四個女兒依次名叫梅、蘭、菊、竹，堅信第五胎必是傳香火的男孩，丈夫已經為他取名「松」。山城「計生辦」王主任不也在多年前超生了個兒子嗎？降了一級官罰了一級工資，轉眼兒子快上大學了，不生白不生，老王還不是一樣地當官！王主任與新新董事長——阿珍的堂姑姑有一些交情，一隻眼開一隻眼閉就過去了，只要不叫他為難。因此阿珍絕不上街惹麻煩。

第五個孩子終於在大暑天來到世上，可惜又是朵金花。阿珍不敢出門狠下心讓母親給接的生。因為是星期天，廠裡的高層都去濱城會歐洲客人，否則堂姑姑一定要逼她去醫院，那就逃不過被剪斷「生腸」的命運了。生不了兒子也是命啊！阿珍懷中揣著臉色紅撲撲的小娃娃，奶水漲得一按就如噴泉般射出，嬰兒無疑是健康漂亮的，將來長大了說不定是個明星尤物，也許如姑姑的女兒一般能幹營商。然而那畢竟是幾十年後的事，眼下老公在家守著四個女兒種那幾畝薄田，缺吃少穿的，大女兒就快開學也沒錢買書。她和母親細細商量，覺得還是找個好人家送給人撫養，明年再接再厲追多個。這些年東躲西藏家不成家，先回去看顧那四個大的。

上午才放出風聲，下午就有人來看孩子。一對在山城開川菜館的中年夫婦，開著白色客貨車。下了車，男人拎了一大籃豬蹄、綫麵、雞蛋，女人風姿綽約打扮入時，走起路來高跟鞋踩得地板竇竇響。

「哎呀！讓我抱抱小寶寶！」女人從床上抱起嬰兒，見她粉紅的臉蛋可人的樣子，禁不住俯身一吻，一幅愛不釋手的表情。

「我的女兒將來怎能跟你們回四川？」阿珍搶回女兒。嬰兒被這一奪一搶嚇哭了，母親馬上掀起衣襟，將飽脹的奶頭塞進其小嘴，阻止了嬰兒的啼哭。

「我們已經在這裡買了房子入了戶口呀！」川菜館老闆笑著解釋，是個一表堂堂的生意人。「將來即使回四川也沒人知道她不是我倆所生。」

「不錯，我們一定當她親生的。」他老婆急忙點點頭表示贊同。

「可你們給她吃什麼呢？」阿珍看了看女人扁平的胸脯，懷疑地問。

「吃奶粉呀！」女人很坦然。

「三聚氰氨！」阿珍失聲狂叫起來。

兩個客人窒住了，一陣冷場。珍她娘急忙出來圓場，將女兒按下床掖下薄被子，轉身對客人道，女兒剛生下孩子太疼惜了捨不得呢，天底下的母親原都是這樣的。兩位很有誠意，經濟條件又好，相信養育是沒有問題的，不如介紹個小保姆給你們試一試。客人答應了，決定安排好了就來接孩子，女人握著阿珍的手，誠摯地交待，若不放心可以去他們家看看環境，他們住在一棟小別墅洋房，某號某座。

幾天後那時髦女人帶了個小保姆來抱走嬰兒，留下大紅包給阿珍補身，把個阿珍哭得如喪考妣，枕頭都濕透了。母親替阿珍殺雞墩湯坐月子，奶水更漲的緊，只好擠出一碗又一碗。看著白花花的奶汁，想起女兒吃奶粉，她又哭了。

有天上午，阿珍實在忍不住，喝過雞湯揉揉胸脯，換上一身乾淨衣服，肚子脹撲撲的尚未扁下去。對鏡梳理頭髮，幾天來哭了睡睡了哭，臉色尚未恢復往日的紅潤。全廠工人都在趕貨，母親也在包裝車間幫忙，她住的宿舍近大門，便自個兒悄悄溜了出去。

來到城廂花園別墅區，阿珍遠遠看到護衛看門瞧得緊，不敢貿然上前，躲到樹蔭處歇著。直到有個女人在外面泊了車，手上叮噹著車匙要進去，她才跟在後面尾隨進了大門。護衛以為是住戶請的保姆，並不加阻攔。

找到某號某座，按下門鐘，一個女孩來開門，看似剛進城的小保姆，原來是阿珍她娘介紹來的。主人都上班去了。阿珍左瞧右望，是個富貴人家，大廳布置得美輪美奂，樓上樓下幾百平米。這時候聽到嬰兒的哭聲來自樓上，慌忙三步並著兩步衝上樓。

嬰兒室貼著粉紅色牆紙，滿屋的玩具，一大堆洋娃娃什麼芭比、黑姑娘、白公主、小矮人的村婦叫不上口，這一輩子未曾買過給她的女兒們。嬰孩睡在小床上鬧的挺兇，她抱了起來，聞到一陣臭味，忙呼「阿財！阿財！」，忘了這裡不是鄉下，哪裡去喚名「阿財」的狗來吃屎？小保姆端來一盆溫水，先拿出濕紙巾擦嬰兒的屁股，再用水給她洗乾淨，然後抹潤膚膏，再穿上紙褲子。阿珍瞪大雙眼看呆了，人道養一個孩子吃四兩屎，她養大四個化骨龍吃了一斤屎，哪見過這場面？

盥洗潔淨了的嬰兒仍哇哇地哭，小保姆看看鐘說該是餓了，趕快跑去廚房沖奶。當她拿著奶瓶出來時，阿珍早已經將乳房塞在孩子嘴裡，嬰兒吞咽奶汁的聲音汩汩地響，一邊還用小手摸著娘的乳房，阿珍閉上眼睛彷彿陶醉在幸福中。小保姆不敢拂阿珍的意思，她告訴阿珍，中午是老闆最繁忙的時段，他們要很晚才能回來。於是保姆去做飯炒菜，兩人吃了午飯，阿珍摟著嬰兒睡在地板草蓆上，孩子一吭聲就塞給她奶頭，輕輕拍兩下屁股，嬰兒便乖乖地入眠，母女倆睡得好香甜。

一個長覺醒來已是黃昏，阿珍再次奶了孩子，狂親了一輪，才難捨難分地打道回府。

母親熬了山楂、麥芽、韮菜給她消乳，她偷偷倒掉了。

如是過了半個月，阿珍像個上門的奶媽，天天伴著她的幼女，直至有一天老闆娘有事回家才穿崩。

「你這是什麼意思？」當女主人進門見到阿珍正乳著她的女兒時，怒不可遏咆哮起來。她覺得這孩子不可能屬於她，遂下了逐客令，將阿珍母女和傭人立即攆走。

當阿珍抱著女兒回廠時，她娘一臉的難看。

阿珍不多加思考，她深信嬰兒不吃母乳不會健康，因為還在月子裡，一天到晚用豐盛的奶汁哺乳幼女，希望她像吹氣一般長大。乳汁有了去處，母親的心理似乎也得到莫大的滿足。

孩子滿月了，阿珍娘煮了一大盆雞蛋，阿珍在蛋殼上點了紅色，也在自己臉上塗抹幾下，光彩照人。母親將紅雞蛋分給眾人，然後告別大家，送女兒和孫女去搭車回鄉。姑姑給孩子封了個大紅包，難免依依不捨。

走過幾條街，前面不遠就是車站，突然過來幾個彪形大漢四面將阿珍圍住，他們搶去阿珍手中嬰兒，將小孩塞給阿珍的娘，不由分說簇擁著阿珍去了。阿珍的娘頓時癱軟了手腳，一屁股坐到地上呼天搶地，嬰兒嚇得不停地哭。好心的路人連忙攙起老人和幼兒，想送她們回廠去。老娘受此刺激不曉如何是好，遲疑了一陣子走不動。她突然想起那對川菜館的夫婦，渾身來了勁兒，斷然抱著孫女蹣跚到酒樓。招待生見到婆婆問她要位子嗎？她堅持要見老闆，經理來調解也不理睬。

圍觀者漸漸多起來。

老闆不曉發生了什麼事，一群保安跟在他後面而來。老人看清楚來人將嬰兒交在他手裡，撲通跪倒在地搗蒜似地磕起頭。川漢子急忙扶起她，問有什麼困難儘管說，樂意相助。老人淚漣漣地指著嬰兒對男人說，命定你是她的父親，這是她的福分，然後頭也不回地走出酒樓。

風聲傳入姑姑耳中，她聽說阿珍落入「計生辦」之手，慌忙打了王主任的手機，豈知王身在濱城，說已經辦理退休手續待上級批準，目前正放大假，接替他的是林姓某某。姑姑知道事態嚴重，心裡暗暗叫苦，吩咐秘書再去打聽。

阿珍被兩個孔武有力的街爸架上路邊一輛小車，車子急朝醫院方向馳去，有人下車迅即辦了入院手續，阿珍被強行帶入一間簡易手術室，推上手術床。女人知道今已肉在砧板上，也不抗爭隨人家處置，原以為會有撕心裂肺的痛，卻沒甚知覺，比不上生孩子的陣痛。昏昏沉沉間又被抬上一張活動床，送進了病房。

迷迷糊糊睡了一個大覺，醒來窗外已是夕陽西下，只覺腹下微微作痛，傷口貼著紗布，阿珍這才意識到終是被人割了「生腸」，想到從此無法生個兒子，不覺悲從中來嗚咽不已。隔壁床一位老婆婆見狀勸她，人鬥不過命，想開一點吧。阿珍看到老人用奶瓶為一個嬰兒喂些什麼，嬰孩瘦弱不堪，喵喵的哭聲如一頭小貓叫，卷縮在老人懷中。

「這孩子未足月呢，查某囝？伊母呢？」阿珍見到孩子，奶水突然漲得難受，不自覺將「小貓」搶過來，送上自己的糧倉。「小貓」用那爪子似的小手抓住阿珍的乳房，貪婪地啜飲起來。

「茖埔囝！伊母生了三個囝，這是第四胎了！媳婦有心痛症，他們硬是給她結紮，昨晚終於去見閻羅王啦！」老人講到這裡，嗚嗚哭了起來。「丟下這沒人要的貓兒，一家子窮得沒隔夜糧，哪來錢買奶粉養大呀！」

阿珍聽這一說，急忙解下「小貓」的破尿布，一股熱泉倏地噴到她臉上，淡淡的甜甜的，果然是個小茶壺嘴！女人直覺尋到了寶貝，將孩子摟得緊緊的唯恐有人搶了去。這時候她看到母親和姑姑走進病房。

「囡囡呢？」阿珍見娘只給她帶吃的，想起女兒，揪住娘的衣角責問。

「送回去給人家酒樓老闆了，這閨女找到好人家，你就別再鬧了！」她娘一眼見到阿珍手中的嬰兒，忙問「誰家的孩子？」

「我……我想……」阿珍支支吾吾，望著隔壁床的老人。

「孩子的娘死了，我看你挺疼愛他，奶水又充足，該是他的造化，不嫌棄帶他回去吧。」老人開了口。

幾天後阿珍步出醫院，手中抱著她的兒子「松」，有子萬事足，夫復何求？她急於搭車回家去照顧這小的及老家那四個女兒。

二〇一〇年九月十一日

一個的士司機的故事

馬可孛羅七百多年前就來到我們的故鄉，他是一位旅行家和親善大使，現代人巧用他為酒店和旅行會命名，「馬可孛羅」成了響亮的名牌。回鄉前慕名訂了濱城「馬可孛羅酒店」。

酒店大堂美輪美奐富麗堂皇，舒適的咖啡座內還可欣賞鋼琴演奏，侍者禮貌服務周到，給人一絲賓至如歸的溫暖。然而一搭電梯上樓，你的眼卻傻了：酒店內部呈三角形的建構，恍惚間你以為錯入史提芬・金的小說，處身電影「綠里奇緣」和「蕭申克的救贖」的美國監獄。不曉哪位大師作的這種令人如入囹圄的設計？

你突然有一點窒息的感覺想逃離，你總是有近鄉情怯的懦弱，忐忑之心驅之不去。離鄉遠了你思之戀之愛之，恨不能投入她的懷抱，真的來了你卻不安，太平盛世讓你困惑，風花雪月令你疑幻疑真。你丟下行李沖了澡，命令自己保持頭腦清醒別胡思亂想，而後下了樓。

侍者揮手招來的士，但是去哪裡？似乎沒什麼地方一定要去非去不可，也沒什麼人一定要見非見不行。司機等你的指示，你只好說，隨便。司機是近五十歲的外省人。

「女士您是外面回來的，我載你環島遊吧。老實告訴你，我剛來濱城三天地方不熟，但是環島一定不錯。」

「好吧，或者我請你去喝杯咖啡也行，『我佳咖啡』或『上島咖啡』皆可，咱聊聊天，你再送我回酒店。」

「謝謝，我很想喝杯咖啡提神，但不行，給抄了告票我今晚白做還得貼車租。」

「那就環島遊吧。」

華燈初上，車水馬龍，喧囂的街道，高聳的樓房，熙來攘往的行人，一派繁華景致卻不能吸引你。你不由自主打了哈欠，為了驅逐瞌睡蟲，沒話找話。

「師傅，你第一次來濱城？老家哪裡？」

「河南。三十多年前我當兵入伍，部隊駐扎在離這裡不遠的黃厝。」

料不到司機這話匣子打開來沒完沒了，給你講了他的故事。

七十年代末我剛滿十八歲，老家河南農村太窮沒出路，幸好憑幾代貧農出身根紅苗正的優越條件，加以上下走動人事關係才當了兵。入伍訓練後我們一批新兵給送到濱城，當時那高興勁真沒法形容。濱城是祖國的大前線，與金門隔海對望，是距離臺灣最短的前線陣地，我們炮連就駐扎在郊區黃厝。其實我後來已然醒悟這一代人沒仗可打，濱城和臺灣都說的閩南話寫的中國字，風俗習慣也完全相同，即使隔著海峽也是自家人，打什麼來著？但沒人敢說這惹殺頭的話，部隊依然例常操練兵馬。

我們這些內陸來的農家子弟非常羨慕當地人，閩南沿海的農民既務農又下海，比起我們河南人富裕多了。這裡的女孩子勤儉耐勞，潮水一退連下學的女孩也背著簍子下海，捉蟹、捕蝦、拾蚌、種蟶子、開海蠣、撈柱子魚。每當夕陽西下，海邊一個個麗人倩影都給我們這些阿兵哥無限暇想。然而一開始首長就立下明令：軍人服役期間絕對不允許和當地女子談戀愛，違反軍令者開除軍藉。

我與來自江西的柱子最要好。在公眾場合我們都不多話，尤其是當著班長的面。我們都是共青團員，開會學習大家一板正經地說形勢，只有休假到市區觀光時才講悄悄話。有一回我倆被安排同日休假，但一走到公車站柱子就要分手他去。我大感疑惑，抓住他的臂膀認真地審問他，柱子承認偷偷愛上了一個當地姑娘。

「甭拿前途開玩笑！」我正兒八經地警告老友。

「怕什麼？大不了也是種田！」柱子執迷不悟。

我當然不會去告密，假如我是那樣的人，柱子絕不會將祕密告訴我，但我一直惴惴不安，恐有露餡的一天。別以為打倒四人幫就不搞政治了。地方老百姓是不用再捧紅寶書喊「萬壽無疆」，不必再唱「大海航行靠舵手」，但部隊嚴格的紀律制度不曾鬆懈過。那一晚連隊召開大會，會場氣氛嚴肅緊張，彷彿文革期間的批鬥審判會，我擔心的時刻終於來了。

連長親自指揮唱「三大紀律八項注意」，指導員語重心長地將形勢從國外談到國內，然後痛心疾首地宣佈開除柱子的團籍和軍籍。沒有人敢出大氣或東張西望，但我覺得芒刺在背，我沒有盡好朋友的責任，未能說服他懸崖勒馬。此時的柱子一定面如死灰，我感同身受。柱子當晚被遞送回江西老家。

我們的部隊旋即被抽調到越南戰場。海峽對峙三十年未曾真正動手，卻與一向志同道合的「國際朋友」交戰，這是英明如毛主席也始料未及的吧。我一直以為這輩子攤不上打仗的份兒，豈知跌碎了眼鏡。「對越自衛反擊戰」奪去班上幾位戰友的生命，我僥倖沒丟小命功成身退撈了個三等功，還被吸收入黨並提拔為正排級幹部。

回鄉休假的頭件大事是討老婆。多少農村姑娘託媒人上門，門可羅雀的庭院忽然被踩爛門檻。嫁個軍官滿十五年軍齡可隨軍，當官太太是多少鄉下姑娘的企盼？尤其是那些鄉鎮領導，希望給他們的女兒製造機會。我卻相中了村裡的一位小學教員，她是上山下鄉提拔上來的民辦教員。

我們的蜜月是關在土坯房子裡度過的。新娘子坐在坑上，羞赧地低著頭不敢正眼看我。我穿著嶄新的軍裝戴著勳章，自以為英明神武。關上門撕下斯文的外表，我急不及待撲向這心儀的女子，盡做丈夫的責任。她一言不發地配合我，我倆晨昏不分地做愛，奮戰整整半個月，終於在我歸隊時接到老婆的來信，報告我播下的種子茁壯成長，明年初我就可以做父親了。打後一年時間裡，我常常在夢中見到白白胖胖的兒子，那份喜悅無法言傳。

第二年春兒子出世了，七斤重！感謝我的好老婆，我沒挑錯人！我申請在老婆放完產假後才回去，女人坐月子回去幹啥！這一趟回鄉更風光了，大方地給老婆孩子買了好多好多洋玩意兒，獎勵我至愛的親人，叫鄉親們都眼紅呢。越南佬沒打死我，大難不死必有後福，幸福滿溢我的身心。

老子曰：「禍兮福之所倚，福兮禍之所伏。」第二次榮歸我給自己惹了禍。回部隊銷假後不久，女人來信告訴我又有了。她說她深深愛我，願意為我生多個兒子，已經辭去工作，叫我不出聲扮不知曉等著再當爸爸。是喜是憂？我像懷裡揣著兔子，白天神不守舍，晚上做惡夢，幸福的感覺漸漸離我而去。

度日如年的日子令我強健的體魄逐漸衰弱，自忖已從一個大好青年變成行尸走肉，經常胡思亂想夜不能寐。我懼怕一旦東窗事發，我的軍籍、黨籍將化為烏有，我的職務會被撤銷給遣送回家耕田，我的父母將老無所依。我千方百計才離開黃土地，為了「超生」一切都要拋棄。

恍恍惚惚混到年底。千不該萬不該在春節晚宴上酗酒，這黃湯害了我，口沒遮攔自己暴了料。第二天宿醉醒來頭疼欲裂，發現許多人在宿舍內外焦急地等我酒醒。領導嚴肅地找我談話，命令我立即回家處理「事件」，否則後果自負。

我的突然回家讓家人措手不及，父母未表示歡迎兒子歸來，老婆躲在房內並將房門反鎖，兒子哭聲震耳欲聾。沒有人招待我吃飯喝水，我已經趕了一天一夜的車，一臉塵埃渾身汙垢飢腸轆轆。不曉誰走漏了風聲，我的岳母趕來了，老人呼天搶地撲通一聲跪下，求我放過她女兒和七個月大的胎兒，給他們一條生路。沒有人聽我的解釋，人人都把我當成前來行刑的劊子手，家中籠罩著一股怨恨。

突然房門打開妻子衝出來，女人挺著大肚子向我撞過來，喊著「你這沒良心的，我與你拼命了！」而後昏了過去。母親和岳母忙掐她的人中，兒子哭得更兇狠，天彷彿要塌下來。正當我這千古罪人抱著頭不知如何是好之際，聽到急剎車的聲音，一部車子赫然停在門外樹下，幾個人擁上來，裡面有穿白大褂的醫務人員。母親和岳母齊聲痛哭起來，來人將我老婆擁上車，我頹然夢醒急追上去。

昏昏沉沉地在鎮衛生所下了車，穿白大褂的醫務人員擄著我女人進去，卻將我攔在外面。我已經兩天沒進滴水粒米，左右折騰後斜靠在長櫈上幾乎虛脫，但仍能聽得見室內金屬刀叉撞擊的聲響。我知道整個過程：她們先打了引產針，孩子死了卻沒能出來，於是她們又將我的兒子大卸八塊逐件取出。

我昏死過去……

我也住進了醫院。醒來之後我跑到婦產科，見老婆吊著鹽水瓶，她的臉像一張白紙，我心痛極了握著她的手輕輕呼叫其小名。後來她告訴我，她知道我就坐在她身邊，但她不肯原諒我，故意不睜眼看我。我自己辦了出院手續回家，關上房門睡死三天，我是罪人沒人來理睬我。直到老婆出了院，我將所有的錢放在桌上，寫下幾個字叫她保重，滿懷愧疚離家。

我因殺死兒子永遠無法饒恕自己。我的妻子非但沒有隨軍當官太太，還幾乎精神崩潰。不久我收到退役通知，轉職到縣城一家國營工廠搞人事工作。我只會做政治工作沒其他特長，只學習與人鬥爭沒有生產技能，多年後國營廠下崗沒人聘用我。幸好我的女人重拾書本當了正式教師，我只好去當保安，好歹混到我們的兒子大學畢業。

你終於克制不住插了嘴：「師傅你是立了功呀，為何沒升你官？」偷覷一眼這家伙眼中有淚光閃爍，聲音哽咽，怕他太難過不敢追問下去。

你一定想問我為何開的士？你記得我前面提過柱子吧？那年他給遞解回鄉後旋即回濱城黃厝，原來女朋友已經大肚子，是她的家人去部隊要求批准年輕人結婚。女家收留了他，從此他鄉當故鄉落地生根。改革開放後柱子做漁業生意發了，蓋了好大的樓房，身家相當豐厚。正是這位老朋友邀請我來濱城。可惜我不懂做生意，他便介紹我先開的士日後再說。

「到了，馬可孛羅。」車子遊了一個大圈子回到酒店，故事剛好講完。

「謝謝你給我講了這麼感人的故事。」

望著車子遠去，你有些茫然。今晚能睡得著嗎？在這座金碧輝煌的監獄般的宮殿內。你終於明白自己還是適合去流浪，哪怕只能睡地板搭破帳篷。

二〇一〇年十月二十七日

異國情緣

薔薇

乘國泰航班由溫哥華飛港，十幾個鐘頭內未能合眼，薔薇疲累得頭昏腦脹。一群從紐約到溫哥華轉機的國內父母，攜帶子女在彼岸生下的孩子回中國，整晚不是這個啼就是那個鬧，真後悔沒直飛上海！飛機從高高的空中下落，透過秋天淡淡的雲層俯視星光點點的港灣。記得離開香港那年，揮手作別的是世界上最刺激最驚悚的啟德機場，那是個在離地不到五百英尺的空中，需要轉向四十五度才能進入跑道的舊機場，眼底下九龍城一排排挨挨擠擠的房子，每次起飛降落都令人緊張不已。眼前卻是大嶼山填海而起亮麗的赤鱲角機場。東方之珠啊，你是否別來無恙？

入境大堂沒有等候她的人，推著行李車向機鐵列車走去，她在網上登記入住九龍尖沙咀一家酒店。新機場和機鐵都是八十年代中英談判的產物，在九七政權接交前建成。回想起歷時幾年的中英談判搞得人心惶惶，多少從國內移民到香港的人士，放棄如日中天的事業，再作第二次移民。薔薇正是那批人中間的一員，但她並非專業人士，亦未腰纏萬貫，更不是刻意躲避九七回歸，她有自己的原因。

時差趕走所有睡意，薔薇沖了個澡，頭痛好了些。女人一邊抹乾頭髮一邊打開酒店的窗帘，黑夜的街聳立著一座座燈火通明的建築物，城市上空灰暗但夜市燈火繁華。有個衝動想出去逛逛，下了樓信步朝尖東，這繁華的地段曾是她多年前每晚必到之處。她不由自主地受那霓虹燈吸引，回到當年天天上班的地方。薔薇曾是大富豪最紅的媽媽，手下女兒都是撐得住場面的臺柱，這班女兒都來自國內。上海妹小紅、小朱英文了得，專門應付洋老外；東北妞小蘭、小陸日語流利，來了東洋鬼有她們應酬；對付國內大款有北京的彤彤和廣州的靚靚。這些人才都是薔薇從別處挖來的，撐的大富豪多火紅！公司賺大錢且盛傳將上市，姐兒們水漲船高，身價暴升，耳朵、頸項、手腕、胸前、頭髮，處處巨鑽閃閃耀光。那歌舞昇平、夜夜笙歌的年代，薔薇像一隻漂亮的蝴蝶，飛舞在風月場中，周旋於有錢男人身邊，比所有青年舞娘還風光。那些老婆孩子在美加的「太空人」，悶了來消遣，出手闊綽，名車接送，把她當嫦娥捧上了月宮。

日夜顛倒的薔薇喜愛夜晚厭惡白天，夜間喝上幾杯，在仰慕她的男人堆裡，眾星拱月般陶醉。白天卻要應付無窮盡的煩惱，她已經是兩個女兒的母親，孩子還留在國內。薔薇只讀了一年初中就遇上文化革命，曾經下鄉到貴州，在貴州捱不下去才嫁給表哥阿牛。阿牛是印尼僑生，六十年代印尼排華父母帶他回國，在老家山城安家。阿牛其實識不了幾個字，卻被屆定為「知青」到最邊遠的公社插隊。縣僑委為了體現華僑政策，照顧阿牛開拖拉機薔薇當公社圖書館員。七十年代末有機會申請出國，兩人立刻拿表格來填寫，他們暫不帶孩子出來是明白香港討生活不容易，有小孩礙手礙腳如何奮鬥？在僑委協助下，公安部門很快批准了兩夫婦出國。

初到香港時住在觀塘。觀塘是九龍最大的工業區，七、八十年代國內出來的人多在工廠打工，居住這裡貪圖的是上班方便，既省車錢又省時間，工廠幾乎天天加班加點。三十年前的觀塘尚無創紀之城apm，住的多是窮人，就那麼兩條街，市中心裕民坊周圍均是沒電梯的舊樓，走在街上冷氣機水隨時滴落你的臉。人擠、車多、小販雲集，物華街那些相連的金店更是歹徒打劫的目標。人人起早貪黑，個個匆忙趕路，緊跟高速運轉的社會機器，難得見誰浮出這人的海洋。薔薇車錶殼加足班每月可掙一、二千元，阿牛當苦力掙不到一千，兩人開始有了距離。可就算阿牛掙兩千又如何？他們掙的只夠交房租填肚子，永遠是草根階層，想接孩子出來更成問題。

薔薇厭倦了做工廠，搬出觀塘過起夜生活來。她有個上海姐妹做媽媽，傳授一身絕招給她。薔薇是聰明絕頂的人兒，石榴裙下很快就徵到一群觀音兵，成為紅舞娘。這女人除了會十八般武藝，又夠江湖義氣，常為姐妹替酒、頂班，人緣特好，漸漸成為眾舞娘的大姐。舊媽媽賺夠了錢要上岸，自然而然由薔薇接班。當阿牛媽帶著孫女兒來香港時，薔薇已經有足夠的能力安置他們。阿牛和家人仍住觀塘，三代人在薔薇的津貼下過日子。

有一回夜總會來了一班客人，那些男人兩杯下肚，就急不及待地拖著相熟的姑娘下舞池，留著個怯生生的男子自斟自酌。薔薇趨近瞧他，五、六十歲年紀，頭髮梳得很整齊但已謝頂，一臉憂心忡忡。男人見女人瞅著他，臉漲得通紅，惶恐地抬頭，靦腆地強笑。薔薇知道，只有第一次到舞場的角色才會臉紅。請他跳舞，他生硬地摟著薔薇的腰肢，一絲不敢貼近女人的身體，才邁幾步便踢到舞伴的高跟鞋，忙道對不起，轉了兩個圈就歸位。薔薇向其同伴打聽，男人剛與太太離婚，老婆在加拿大愛上別人，帶了兩個孩子嫁給老外。這男人是個節儉古板的冷凍食品批發商，只知賺錢不懂風花雪月，今天讓朋友硬拖出來解悶。

舞池換上新音樂，朋友們擁上來喝酒、猜拳。薔薇微笑著請那男人再來一段。「我不會跳舞。」他尷尬地望著薔薇說。薔薇溫柔地挽著他的胳膊說：「我教你。」便把男人帶到舞池，面龐貼近他的耳朵，唱催眠曲一樣地數著舞步，幽幽地將他摟進懷裡。

當音樂播完他倆手拖手回座時，眾人齊聲起鬨罰酒，要大哥答謝兄弟們為他做紅娘，鬧的男人漲紅成個豬肝臉。倒是薔薇善解人意，笑吟吟地說：「今晚我來請客吧。」眾人更不肯放過，揶揄道：「大嫂這麼快當家啦！」

此後這班人常常來捧場，大哥成了薔薇忠心不二的裙下之臣。

八十年代末大哥決定退休，將生意盤給人，要薔薇跟他去加拿大。薔薇說：「我要帶走兩個女兒，你肯當她們的繼父嗎？」「我願意。」他一口答允。於是他們踏上紅地毯，然後一家四口飛過去定居。薔薇一心一意相夫教女，一家人樂融融，兩個女兒都在彼岸受高等教育，後來都出嫁了。今年春大哥過了身，薔薇才可脫身回來……

大富豪依舊燈火輝煌，出入的盡是衣冠楚楚的人物，但已非昔日的門庭若市，人們北上尋歡去了吧。熙來攘往的路人將薔薇逼到一角，她不甚踩到一隻腳，忙道聲：Sorry！抬頭見到有個男人捲著舌頭，幾乎指著她鼻尖罵：「有冇搞錯！」此君西裝筆挺，貌似大款，並不接納人家的道歉，薔薇實在鄙夷這種有兩個臭錢不可一世的土豪。哼，老娘什麼人沒見過！也不屑與之一般見識，大力撥開他的手，扭著腰大搖大擺回酒店去。

昨晚吞了兩粒安眠藥睡得很沉，薔薇已戒掉安眠藥好多年，溫哥華是個宜人的城市，生活於彼邦令她反樸歸真，她幾乎不再妝扮自己。窗外是陽光燦爛的秋日，她撥電話叫了個早餐，進浴室盥洗，沖走一身疲累。對鏡自憐，頭髮已見稀少開始灰白，淡掃蛾眉，搽點護膚霜，無情的歲月讓曾經的美女步入老年。舒適的生活令人別無所求，她已經問過自己好多次了，人生還需要什麼？多年前她狠心連根拔起，將自己和孩子移居海外，現在卻思念起老家，眷戀她生長的土地。她曾於父母和姑媽過身時幾次回滬，上海已發展為世界著名的大都市，老家虹口區已無法辨認。雖然生活在彼岸，交往的仍是中國人，說的還是上海話、廣東話。你是黃皮膚黑眼睛的中國人，你的根不在那裡……

早餐後要去很遠的郊區，阿牛住在天水圍，女兒們已聯絡過父親。大女兒結婚時阿牛去過溫哥華，他仍是吊兒郎當的脾性，因為不慣彼邦只住了幾天就回香港。天水圍位於後海灣南岸，是元朗的一部分，周邊都是鄉村地區。搭了港鐵西鐵線轉輕鐵，幾經周折一路詢問才抵達前夫住的屋邨。

阿牛早坐在一個大排擋等候，拒絕薔薇到訪他的住處。作為一個獨居老人，靠領取社會福利津貼生活，社署安排阿牛與人同住一個小單位。表哥一眼看到表妹，坐著向她招手，他永遠學不來尊重女士應有的風度。坐在骯髒的攤檔座位上，薔薇不曉該說什麼，只好打開手提包，取出女兒與孫兒們的照片，放在老男人面前。阿牛從髒兮兮的襯衫口袋摸出老花眼鏡戴上，將相片舉得老高的，瞇著眼咪起嘴一張張端詳。老頭子一邊看一邊告訴來訪者，這些年去過印尼，而他原是個孤兒，不明白自己要找些什麼。或許也想尋根吧？薔薇想。可他的根究竟在哪裡？能夠找到嗎？

夕陽開始西下。該走了，明天要去上海，薔薇說。阿牛起身拍拍屁股，指點薔薇乘坐巴士。他走在前頭，彷彿在鄉間的年代，男人永遠領頭走在女人前面。車子要開了，薔薇從樓上窗戶招手，窗外是個瘦弱黝黑頭髮花白的小男人，她眼中的淚再也忍不住，簌簌而下。

二〇〇九年十月三十一日

失落的杏園

北美洲的夏日沉悶冗長，晚上七點鐘日光仍然耀目。以前在北京，灰濛濛的天一早黑了，此刻正當下班灰頭土臉地往家趕。杏秀將紅色法拉利跑車停在路邊，穿過花園從邊門進了屋，一邊脫靴一邊摘下墨鏡，將皮包和車匙扔到地毯上，飛身朝沙發撲下。「好悶，悶死人哪！」她幾乎歇斯底里地大叫起來。女郎來溫市將近十年了，比起土生土長的洋鬼子富貴，坐擁三輛豪華轎車，一座連室內泳池的花園大宅，屋內儘是名貴擺設。她剛才扔在地上的手袋，身上的衣裙鞋襪，少說超過萬元加幣；手上的錶和戒子，尤其價值不菲。名副其實的富婆。

杏秀曾嘲笑和珅「富可敵國」，個人何須將自己置於與國家對立的地位？自從鄧伯伯開口讓一部分人先富，他們的機遇就來了。茶葉蛋嫌卑微，原子彈太偉大，祖輩打下江山，父輩是技術官僚，第三梯隊具備學歷更優越。當八九民運學生吵吵嚷嚷示威抗爭時，八旗子弟們安坐圖書館埋頭專業。一紙護照唾手可得，錢來之不難，只需冰山一角。但太多的錢又有何用？丈夫出走了，或許他也是不知道要追求些什麼，一切都來得太容易。兩個孩子有各科家庭教師輔導，名校就在附近，女兒讀九年級，兒子讀七年級。管家兼保姆來自中國，負責買菜、燒飯、洗燙等家務。夏季剪草，冬天鏟雪另僱用他人。

她還有什麼事做？

日夜顛倒。

夜間看中國股市，內部消息常令她大有斬獲，這一輩子吃用不完了。但長日裡除了睡覺還能做些什麼？逛商場血拼也無聊，一身名牌向誰顯？無窮盡的購買慾令一班朋友感到壓力，富婆變成孤家寡人。無聊加無聊！女郎將樂趣轉向螢幕，尋找精神的寄託。在聊天室裡與人鬥了一輪嘴，混了一段日子，她覺得多數人的言辭貧乏，尤其是用洋文交流的人。於是她開闢了一個花圃，名為《失落的杏園》。這片空中園林繁花盛開，果樹飄香，引來不少狂蜂浪蝶，當然蜂喧蝶舞的多是洋文。可是杏秀喜用母語交流，林妹妹的葬花詞是洋文無法表達的。

昨天園地飛來一隻蜂，自喻「懶惰的工蜂」。蜂在花間左擁右抱有時，而後寫下長長的嘆息的符號。他的長嘆令杏秀受到感染，他們對話了。

杏微笑：歡迎！

工蜂作了個鬼臉：哈囉，杏！妳為什麼失落？

杏搖搖晃晃地點頭：工蜂你又為什麼懶惰？

工蜂作無奈狀：我不想一輩子做營營役役的勞動者。

杏笑了：你天生要採花釀蜜。

工蜂反駁：妳不是杏樹嗎？樹也該開花結果，又有何失落可言！

杏作幽默狀：杏只是個名，名叫杏的人感覺失落喔！

工蜂：妳是個女人吧？女人的本份是相夫教子，就像杏樹一樣。

杏鄙夷不屑：少見多怪，你沒聽過「紅杏出牆」這個中國成語吧？

工蜂大笑：妳的潛意識想出牆啦！

杏打出一個惱怒的符號後消失。

離開螢幕後杏秀忐忑不安。她知道自己太寂寞了，就如那可惡的工蜂所言，紅杏渴望出牆。在這個自由的國度裡，沒有人來干預你的私生活；不與家長同住，也沒有傳統的中國封建思想桎梏。然而，人非畜生，怎樣放下尊嚴公然求偶呢？況且自己不只是性的飢渴，思想情感的枯竭更為致命。這孤單的苦楚如何忍受？她快發瘋了。

晚餐杏隨便吃了個水果。為了保持窈窕的身材，女郎不敢多吃澱粉質的食物，坐在位於DOWN TOWN的大酒店喝下午茶，也只喝不加糖奶的咖啡，吃點沙拉而已。你說這樣做人有何意思？一點談不上享受人生！咬著水果打開電視，這電視也沒啥看頭，港台節目只合適家庭主婦，清談節目儘說無來頭的廢話。瓊瑤那些哭哭啼啼的愛情劇是哄騙女孩子的玩意，香港片子更是吵吵鬧鬧家無寧日。

只好上網。

一進入園地，那隻可惡的工蜂似乎聞到花香，馬上飛進來。

哈囉！失落的杏！

哈囉！懶惰的工蜂！

我覺得妳好寂寞。

我認為你好管閒事。

女人多愁善感。

你是男人還是女人？

工蜂不分性別，只為牠的蜂王服務。

那麼是中性。

隨便妳怎麼想。

於是杏與工蜂交談起來，他們漸漸成了空中的密友，常來常往，談天說地，引古論今。工蜂的中文有一定造詣，不過常打錯字，也夾雜著英文。杏猜測對方應是土生土長的華裔，常指正他的語法錯誤，工蜂總是表示感謝，說跟她交朋友得益不淺。他謙虛好學的涵養令杏肅然起敬。工蜂也有自己的天地，那是個附在鳥語花香間的蜂巢，群蜂亂飛，頻頻採花釀造，一隻懶惰的特大工蜂睡在花間。

早幾日北京友人來電，叫杏留意將上市的股票，她已經研究那隻股票好久了。上市那天她大量入貨，今天沽出賺了一大筆，借此想休息幾天獎勵自己。杏秀有時想到其他地方消閒，就將孩子載去鋼琴老師家留宿，那位老師是好朋友，絕對可靠。但是沒有伴侶的旅遊極度乏味。她想起工蜂，卻不知對方住在哪裡，於是點擊工蜂的園地。

可以告訴我你住哪裡嗎？

為什麼妳不先告訴我？

我住溫市西區，你不會在地球的東部吧？

你住高級地段，我是窮人，住在東段，溫市東區。

我想認識你，請你周末參加維多利亞一日遊，我給你訂位，早去晚歸。

GOOD！

杏秀買了兩張票。想到要見這位素未謀面的網友，她有一絲興奮：或者他倆有緣份，即使沒有亦無損失。思想交流這麼久，他們漫談中西文化的差異，閒聊愛情和家庭的觀念，探討哲學和宗教的意義，總是能在分歧中達致共識。對方是有深度的，不可能是壞人，她相信自己的第六感覺。

那天一早杏在西區上車，旁邊的位置是預留給工蜂的，旅遊車會在列治文接一部分遊客。車子到了列治文旅社門口，上來的是一對對外地遊客，本地人多數自己開車去搭渡輪。人人都憑票找到位置，只剩下一個鶴髮童顏的混血洋婆子沒有座位。杏秀洩氣了，難道工蜂變掛不敢赴約？怕杏是歹人？正覺遺憾，那高大的白女人擠上旁邊的位子，說起拗口的漢語來：

對不起，我是工蜂。妳一定是杏！妳很漂亮，跟我的感覺一樣！

懶惰的工蜂！杏止不住狂笑起來，笑得有些失儀，眼淚都流下來，鄰座也都禮貌地望著她笑。

我讓妳失望？

不，你果然是中性。

白女人也自嘲地大笑起來。

維多利亞位於溫哥華島，是卑斯省省會。導遊叫遊客下車乘渡輪，她倆站到甲板上吹海風。渡輪滿載汽車和旅客徐徐而行。沒有汙染的海港，藍天白雲，海鳥翱翔，岸上綠樹繁花，青草茵茵。島上省議會大樓和女皇大酒店充滿歐洲風味，馬蹄聲得得，妙齡女郎駕車環城。兩人跳上一輛馬車，齊驅並駕，忙著欣賞這美麗的歐陸風情畫，顧不上多交談。而後她們參觀臘像館，館內唯一的中國人是孔夫子。

杏說：這孔老二幾千年前就有洋名，卻給中國人訂下多少老規矩，你知道嗎？

鬼婆搖搖頭。

你看他的名字，叫仲尼，洋鬼子名！

鬼婆終於明白過來，也笑起來。

接著遊寶翠花園。寶翠園內花卉美不勝收，杏秀想起自己的空中花圃，那只是個虛擬的世界，惟有腳下的一切才是真實的：真實的鳥語花香，真實的萬紫千紅，這就是人類藉以生存的土地，我們的家園。溫哥華島如台灣島一般大小，不足七十萬人口，黃種人來到北美這片遼闊的土地，能不腳踏實地，扎下根來嗎？這趟行程令杏秀有一點感悟，她的人生不能再虛擲。

我叫杏秀，洪杏秀。她向鬼婆遞出手。

我叫瑪莉。白女人送上一張名片，原來她是某教會的工作人員。

杏秀邊看卡片邊說，你是工蜂，是隻勤勞的工蜂。

瑪莉笑了笑，緊握杏秀的手，一雙粗糙的毛茸茸的大手。

回程她們約定再見。杏秀答應瑪莉參加教會活動，跟她去做義工，承擔些微社會義務。她還考慮或親身照顧孩子，做個稱職的母親，過回正常人的生活。分手時瑪莉拍拍她的肩膀說，希望你重建信心不再失落。

二〇〇九年十二月二十五日

迷失的橡樹

白橡一家來自臺灣。說起來他也算得上紈絝子弟。白家並非世家底，白橡的祖上是臺中的種田人。父親五十年代中學畢業後，到臺北替一個財主打工，因為老實勤懇深得那有錢人器重，成了老闆的心腹管家。服務富豪大半輩子，除了享受高薪厚祿，更學會投資之道，他見老闆收購臺北郊農的土地，也將自己的積蓄投入購地。六十年代臺灣經濟起飛成為亞洲四小龍，七十年代更興起十大建設，土地投資得到驚人的回報，白橡老爸成了小富豪。

海峽對岸的臺灣人從來沒有安全感，有能力的人家都將孩子送去美國讀書，尤其是男孩子，一早負笈海外便可逃避兵役。白家的孩子一個個出國，先去美國讀書，後移民加拿大，他們習慣生活在北美洲這片遼闊的土地。白橡的哥哥姐姐分別是當地的醫生和律師，只有他不務正業，他所讀的學科派不上用場。但他也不憂柴米，老子給他們兄弟姐妹留下大量物業，他一年內必定回臺灣幾趟，收租就夠花了。

白橡在美國讀書時成績一般。有一年回臺北度假，讓老同學拉去參加舞會，舞伴是個中學生少女杏杏，杏杏穿著超短裙，一雙修長的美腿吸引了這個男孩。他倆瘋狂地起舞，舞會後繼續約會，雙雙墮入愛河。枯燥的異國生活，對女友的思念，均令白橡無法忍受，畢業後立即飛回臺北。杏杏懷了孩子，父母命他們馬上結婚，再安排移民到溫市。父母親不放心這個么子，尤其擔心那個「三八」媳婦，有哥哥姐姐在這裡，可以互相照應。他們生了兩個孩子，兒子已經考上UBC，女兒也快讀完中學。他們擁有一座花園大房子，三輛名車，太太更是一身名牌，老是不自覺地與來自香港的同區移民較勁。香港人的大移民潮是九七，遲來居上，他們的名車和派頭都令人側目。杏杏不肯認輸，大家都是中國人嘛，怎可以做二等移民！在臺灣移民的小圈子裡白太太出盡了風頭。

轉眼已近知命之年。白橡做過幾回生意，皆沒能成功。公司結業後他天天去釣魚，且自得其樂。天氣好，他開了幾十公里車去到白石鎮。放下釣竿，姜太公釣魚，願者上鈎，他才不在乎收穫。有時釣上些小魚或母蟹還得照規矩放回去。或望著湛藍的天空，陶醉那千變萬化的白雲；或裝著閉目養神，留一絲眼線，偷窺那些赤裸裸曬太陽的洋妞。人生如此，夫復何求？

可是太太近來頗過份，常常刷爆信用卡，為的不再是香港鄰人，她的競爭對象變成來自新中國的大豪客。杏杏，跟你說過多少次了，這些人富可敵國，你較什麼真呢？你看他們花五六百萬加幣買房子，室內泳池的維修費一年要多少？車子不是法拉利就是平治，咱們的房車不夠好嗎？LV手袋，ROLEX手錶不斷有新款式出產，你又怎麼追？但這類談話都不見效果，他倆乾脆你有你享受人生，我有我風花雪月，為了迴避爭吵，連話也少說了。

前天下午白橡回家時將車子停在大門口馬路上。剛剛打開信箱，一輛白色寶馬在自己的車後急剎車，白橡抬頭白了這車一眼，心想誰這麼招搖？一個戴著墨鏡的女人打開車門走出來，白皙的皮膚，苗條的身材，優美的神態，媲美章子怡。而當她拿下太陽鏡，那甜美的聲線和一口純正的國語更令人陶醉。

「您一定是白先生了？我叫沈彤，住在你家對面街。」看來這女人事先是打聽過白橡的。「請白先生瞧瞧我這車子，您太太在超市停車場撞了我的車尾，連道歉也沒有還罵街，我本來可以報警，但考慮遠親不如近鄰，別叫白人瞧不起咱中國人。我當場用手機錄下了，請您看一看。」

白橡看了手機內的片子，老婆潑婦般叉腰破口罵人，醜態百出，幾乎讓他冒出一臉汗。「對不起，沈小姐，修車的費用我負責，該多少錢你給我電話。」他從皮夾抽出一張名片，那是年初結業的公司卡片。沈彤接了名片開車走了，白橡看到寶馬車尾果然凹了進去。

將自己的車子從邊門開進車庫，由後門進入廚房，大喊一聲：「杏杏！瞧你闖禍啦！」廚房裡人影也沒有，老婆還沒回家！他只好趕快動手做飯，否則孩子回來吃什麼？做了兩個菜：蛋炒番茄，牛肉炒油菜。菜好飯也熟了，自己三下五除二扒幾口，飯菜替他們保溫。豈知老婆天快亮才回來。

以往吃過晚飯總是陪老婆在偏廳看看電視，後來怕她在耳邊轟炸，就躲到書房去。網絡世界多姿多彩，讓他消磨一個個冗長的夜。這一陣子他沉迷聊天室，三更半夜還呆在電腦前面，老婆嘟嘟囔囔說些什麼才懶得理。移民多年來這女人諸多埋怨，像黑白天鵝日哦夜哦，近來更是變本加厲，前天在那個強國美女面前出洋相，令身為丈夫的實在無地自容。

瀏覽了新聞、財經、體育，冬季奧運會即將開幕，天公卻不作美，看來需要人工降雪，好多國家的運動員已經到了。進入聊天室，與一洋人閒扯一個小時，談論冬季奧運會，電腦發出嗶嗶聲，ＭＳＮ線上有人聯絡。

白先生，我是沈彤。你好，沈小姐。我在你的名片上看到這個電郵址，希望你不介意。不介意，車子修好了？修好了，我不想打電話討你太太嫌。對不起，我代太太向你道歉。明天下午二時DOWNTOWN見，請你喝下午茶。好，謝謝白先生，我的號碼7233888。

沈彤離線。白橡心事重重，時針指著十一點，上去二樓睡房就寢。近來杏杏頻頻夜歸，不當有家的存在。早一陣子他回臺灣，兩個孩子常找姑媽吃飯，他們的娘做什麼去了？看來兩夫妻要好好談一談。正思索間，聽見車子的聲音，一定是她回來了。

杏杏一臉濃妝一身酒氣，口裡唱著碰—擦—擦，邁開舞步扭身進房，脫光衣服走進浴室，打開水龍頭嘩嘩響，久久地浸泡在浴缸中。白橡索性關燈睡覺，當然沒能睡著，聽著嘩嘩的水聲發呆，好一會兒才迷糊起來。突然有雙手伸過來抓住他下腹，接著整個光身子滾到他懷裡，猛然明白老婆想做愛。哎呀，他想到多久沒做愛啦，難怪杏杏不滿。他就勢摟住老婆，想盡丈夫的責任，可是沒有感覺撐不起來。杏杏上下其手，似乎有點感覺了，卻很快又消失了。白橡沮喪極了，茫然若失望著老婆，杏杏一腳踢開他，捲起被子轉向另一邊去了。

「老婆，老婆，咱好好談一談。」

「談什麼？你對我沒感覺，你已經不愛我了。」

「杏杏，請原諒我，我覺得我們之間連做愛都不能，肯定有問題。」

「當然有問題，而且是嚴重的問題。我們已經沒有激情，沒有愛情。你迷電腦，我迷跳舞，各取所需吧。」

杏杏因為喝了酒，很快呼呼入睡。白橡無法入眠，只好起身下樓到書房上網，今個冬季不冷又多雨，雪都化了，終於知道政府決定人工降雪。天快亮才伏案而眠。

DOWN TOWN的午間亮麗舒適，白橡約了沈彤大酒店咖啡廳見，他先到挑了個好座位。才坐下一會兒，沈彤就到了。見她微笑著朝自己走來，白橡仔細打量這個看來只有三十多歲的美豔女人，手上捧著大衣，一身長裙，半筒靴子，搖曳生姿，吸引咖啡座所有男人的目光。真是美得不可方物！白橡從心底贊歎。看到這麼美的女性，白橡感到身體的膨漲，還好能克制自己。他站起身為女郎拉開椅子，招手示意侍者，兩人各點了杯卡布奇諾。

沈彤坐下後遞上一張單子，「不好意思。」白橡迅即拿出支票簿寫上銀碼送上，「應該道歉的是我。」咖啡上來了，白橡替她下糖，沈彤不避諱，與白橡要的糖和奶一樣多。看來是天生的美人胚子，不需刻意瘦身，白橡想起老婆一向「飛砂走奶」，眼裡又是贊賞。

慢慢享受下午茶，聊起臺灣和北京，談不完的話題，還談到各自的名字。

「你的名字真好聽。」白橡由衷地表示欣賞。

「父母生我於紅色年代，那時興單名，多帶時代色彩。」沈彤說。

「我們兄弟成林，哥哥叫白楊，姐姐叫白樺，我叫白橡，雖是單字卻不孤單。」

「你的名字令我想起舒婷的《致橡樹》。」

「何為《致橡樹》？」

「一位名叫舒婷的女詩人寫的《致橡樹》：我如果愛你——絕不像攀援的凌霄花，借你的高枝炫耀自己：我如果愛你——絕不學癡情的鳥兒，為綠蔭重複單調的歌曲。」她認真地朗誦。

白橡凝重起來了，原來自己孤陋寡聞，有這麼一首好詩！「彷彿永遠分離，卻又終身相依……」他只記得這兩句，嘮叨著。

「我今晚e-mail給你。」沈彤見他有些兒癡呆，急忙說有事先走。留下白橡心神恍惚，傻坐了整個下午。

回到家照例黑燈瞎火，孤家寡人，老婆和孩子沒個影。白橡泡完澡，卻找不到衣服換，穿上浴衣跑到地下室，才發現洗衣房堆滿骯髒衣物，趕緊啟動機器。做完這項家務，覺得飢腸轆轆，打開冰箱，儲存的食物十分有限，隨便煮了個方便麵。充飢後頹然躺在沙發上，悵然若失。只好又到書房上網。

沈彤發來了伊妹兒，全文《致橡樹》。正陶醉於詩人的情懷，思潮起伏，車庫門的開啟打斷他的思路。出書房走進偏廳，老婆正帶著女兒白雪從後門進屋，見到女兒瀑布般的黑髮剪了，染成一個金光燦燦的男人頭，叫他目瞪口呆。

「雪兒，誰叫你染這阿飛頭？」白橡問的是女兒，眼睛卻盯著老婆，杏杏也染了一頭金髮。

「老爸你老餅啦，不懂潮流啊？」女兒對母親眨眨眼，挑戰父親。

啪！白橡怒不可遏，一個巴掌打中白雪的臉，「讓你叫老爸老餅！」然後轉身對杏杏，「你算什麼母親，新潮！」

料不到一向疼愛自己的父親竟然打人，白雪捂著紅腫的面頰，衝上二樓猛關房門大哭。杏杏正眼望著白橡的臉，咬牙切齒道：「我們之間完了，你以為徐娘沒人愛了？別後悔！」丟下這話就下車庫開車絕塵而去。白橡上樓敲白雪的門，聽見女兒的嗚咽聲，後悔自己太衝動。「雪兒，爸爸向你道歉，別哭了，明早還上學呢。」見哭聲低下來，嘆了氣回書房。

又是一夜無眠。

這些日子白橡去超市買菜，填滿冰箱；收拾房子，清理所有衣物；整理花園，修剪枝葉；為兒女做飯，讓他們安心上學。三個人默默吃飯，誰也不敢提母親。今天做完所有家務，開車到DOWN TOWN，他約了個私家偵探，交給他一張杏杏的照片，老婆已經離家一周。收到學校約見家長的的電郵，白雪父母被列入問題家庭，學校建議他們夫妻見心理醫生。

首先必須找到杏杏。

很快有了杏杏的消息，她與一名來自中國的男人住在一起，那是個比他年輕十歲的舞蹈教師。一天白橡開車等在她出入的地方，見到杏杏駕著自己的紅色寶馬出去，尾隨著她。去到一條沒人的小路，通往杏杏慣做美容的人家，白橡開足馬力衝撞寶馬，車後陷了個大凹槽。杏杏下車走出來，叉腰大罵：

「謀殺啊？這裡是法制國家！我要告你！要離婚！等律師信啦！」

果然收到律師信，杏杏要求分財產，若不一次過給五十萬元，將慢慢計較。白橡不理睬，他依然照料孩子，父盡母職。每個晚上他細讀舒婷的詩，想這一生有過真愛嗎？「我必須是你近旁的一株木棉，做為樹的形象和你站在一起。」白橡的木棉在哪裡？「根，緊握在地下，葉，相觸在雲裡。每一陣風過，我們都互相致意，但沒有人聽懂我們的言語。」我的另一半要的是財產，是性的苛索，我們的語言是對罵……

無休無眠的日夜，白橡高大的身型開始消瘦，如周潤發般成熟的男人魅力悄然退去，憔悴寫在臉上，白髮現在頂上。今晚他枯坐在花園的石凳上，無神的眼光看到外牆的隙縫內閃閃的亮光，是否我眼花？疑幻疑真間許多人從牆上跳下來，用槍和木棍指著白橡。兒子白帆也聽到聲響，迅速拿起電話打九一一，一個人衝到他面前，出示搜查令說，我們就是警察，不用報警啦！有人檢舉你們家中私藏軍火武器，揚言對付家人和鄰居！一隊人馬進入屋內搜索，翻箱倒篋並無收穫，正想收隊，領頭人說，報信人指稱車庫內有兇器。果然在車房工具箱內搜出六把刀，給「疑犯」白橡帶上手銬，裝進一個鐵籠運走。

聽說平易近人的白先生是個謀殺疑犯，鄰人無不吃驚，個個站到家門口目送警車。望著鐵籠，斯文可親的白橡如野獸被困，卻無一聲吼叫，他覺得自己像在夢中，拼命用右手捻左手，再用左手捻右手，不能分辨究竟是夢是真。兒子向姑媽和伯伯求救，律師白樺和醫生白楊迅即抵警局，五十萬保釋現金馬上兌現，警察都另眼相看這班了不起的中國人。結局自是無罪釋放，那些兇器只是生鏽廢棄的剖魚刀。

白橡難嚥這口氣，房子也賣不到一百萬，官司就讓它耗下去，律師費已經各花五萬。你這無良的女人想怎樣？

白橡迷失了……

不由自主又去到書房，自從發生這些不愉快的事，電腦已經塵封，郵箱幾乎爆滿。啊，沈彤有好幾封信，先打開這一封：何為偉大的愛情？舒婷說：堅貞就在這裡：不僅愛你偉岸的身軀，也愛你堅持的位置，腳下的土地……

沈彤，你是我的知音！

二〇一〇年二月十三日

候鳥的悲哀

洪杏秀來溫哥華已經整整十年了。初來時租住在列治文（Richmond），房東是香港居民。八十年代香港興起移民潮，許多人逃避九七丟了生意移民過去，豈知香港回歸後經濟發展更加蓬勃，千禧年後許多人又舉家回遷。近年移民溫市的華裔多來自國內，其中不乏富貴人家。杏秀當初並非富豪，否則怎會租房子住？況且是住列治文？

為何要移民？其實矛盾得很。說起來她出身高幹家庭，爺爺奶奶都是打江山的老革命，父母雖遇上文革，卻未受過什麼苦，四人幫一下臺他們迅速掌權，成為軍中技術官僚。應該衷心感謝鄧小平，給予千載難逢的大好機會，老幹部們名正言順一天天富起來了。然而改革開放之後許多人驕奢淫逸，城市實施獨生子女政策，孩子都嬌生慣養難教，這才是她當時想離開北京的原因。杏秀是北大中文本科生，未寫過一篇像樣的文章，沒做過一份長久的工，連婚姻都是父母安排的老戰友聯姻。

獨生女杏秀是父母的的掌上明珠，因為長得漂亮，裙下不乏追求者。籍貫湖南的女孩身材高挑，膚色白淨，五官端正，明豔照人，是北大校花。父母怕女兒遇人不淑，刻意為愛女作了特別安排。九十年代末兩家老戰友聚會，杏秀邂逅了年輕才俊王曉東，迅即墜落情網，生下一對兒女。

父母親下海開公司，他們漸漸年紀大了，女兒終究要相夫教子，公司這重擔一定得有人接班，因而為女兒物色了最好的丈夫。王父是洪父的忠實夥伴，一直站在同一陣線上，他的獨生子上過軍事大學，是個幹練的人才，真是佳偶天成。事實證明老人家眼光獨到，王曉東帶著一絲東北人的剽悍，有型有款，頭腦靈活，生意越做越大。王曉東大杏秀七、八歲，顯得平穩厚重，令老人家更為放心。

曉東夫婦想給心愛的子女最好的教育，申請移民加拿大。杏秀帶著孩子，曉東必須當「太空人」，三兩個月飛過來一趟。最初杏秀希望有輛車子，有座房子，有幾十萬加幣現款就心滿意足了。這個願望很快實現了，丈夫將生意擴充到國外，財源滾滾，身家財產數位增添兩個零。幾年後他們在溫西高級地段扔下逾五百萬，買了連室內泳池的花園大宅；他們在北京的別墅值四千萬人民幣，學校一放假杏秀就帶孩子回北京住。杏秀有時駕紅色法拉利，有時開白色寶馬，美女名車風馳電閃，讓鬼佬歎為觀止。

偌大的房子當然要聘請管家，杏秀的工作最多是當兒女的司機，接送上學上補習班。白天或逛商場血拼，或到DOWN TOWN喝下午茶，或睡大覺，晚上精神抖擻炒股票。來自北京的內部消息常令她大有斬獲，這一輩子肯定吃用不完了。而後尋找精神寄託，在聊天室與人鬥嘴混日子，在博克上隨心所欲寫些短文。她一向瞧不起言辭貧乏之者，幾乎沒遇到什麼對手。《杏園》這片空中園林繁花飄香，綠柳婆娑，引來狂蜂浪蝶採花釀蜜，中英文夾雜，只惜未能填補杏秀空虛的心靈。

不知什麼時候開始，妻子對丈夫失去信心。北京的生意是父母看守著的，但老人家能管多少？交際應酬、夜夜笙歌是難免的。當今的世界，一個比一個牛。能幹的人不必去找金錢，錢會自己送上門，不只是人民幣，美金、加幣任你挑選。想開心不必去找女人，年輕漂亮的女郎自會投懷送抱，別以為是些三流貨色，學士、碩士、博士生，應有盡有。王曉東能替洪家賺錢，自然也會享受生活，天公地道。

丈夫來溫市每次不超過兩周，每個晚上都到賭場去，天亮才回家。他們之間已沒有話題，以前經常討論：如何擴充生意，如何賺錢，如何買豪宅，現在不再為錢煩惱。一個做生財工具，一個當保姆，就是夫婦最好的分工合作。兩人協商表面離婚，房子現款歸杏秀，公司歸曉東，國內政策瞬息萬變，不怕一萬只怕萬一。反正見了面仍是夫妻，這叫「上有政策下有對策」。

法律上彼此皆有自由，他有他的風流快活，我玩我的風花雪月，為了飛向溫暖光明的未來，必須忍受一切難艱失敗，這原是候鳥的悲哀。優秀的女人有時採取攻勢，而更多的時間需要守候，蓄勢待發才能體現品位和智慧。一個短暫的假期，孩子們希望父親過來，一家人坐郵輪去阿拉斯加玩幾天。票都訂好了，臨了他說生意忙不能來。杏秀帶著兒女上了船，她保持最平和的心境，穿戴最流行的漂亮服飾，一定要玩個盡興。

郵輪上無非欣賞風景，享受美食，大飽口福眼福。一路上雪山、冰川、森林盡入眼簾，男人忙於拍攝，女人指指點點。經過這個城市，上去參觀國家公園，觀賞海洋動物；停靠那個碼頭，在博物館和首府辦公室留影；走進某個小鎮，民族圖騰和土著手工藝品琳瑯滿目。行船時同來的幾家孩子玩成一堆，夜間男人打角子機，女人談天說地，或者打牌，或者唱卡拉ＯＫ。孩子說睏上了床，只有杏秀留連酒吧，捧著一杯紅酒靜坐一旁。一個白人走過來：

「哈囉！看來你好寂寞。交個朋友？」

「沒問題。」杏秀大方地碰了他的杯子。

「咱們去跳個舞？」白人得寸進尺。

「ＯＫ！」杏秀贊同。

這個歐洲男子身高逾一米八十，他將中國女人擁入舞池，杏秀貼在他的懷中，跟著音樂邁開舞步。暈眩的昏沉的感覺，忘卻身在何處，忘記身邊是何人，直到男人攬著她離開舞會，進入他的船艙。兩人急不及待地脫下衣服，淋漓盡致地享受對方。當酣戰結束時，杏秀聽到男人貼住自己耳垂的贊歎：你真美！

郵輪繼續航行，景致如詩如畫。兩個孩子都吃過兩餐玩去了，杏秀尚在夢中不願醒。她本來就是日夜顛倒過的。下午起來梳洗完畢，化個淡妝，換上絲質長裙，戴上閃亮的鑽飾，雍容華貴，美得不可方物。草草用了晚餐，沙律一向是她的主食。記不起昨晚那歐洲男人的名字，他沒有出現。於是她去看真人表演。做節目的是一個美國人，他為船上的觀眾表演一項魔術，請求借用臺下那位中國美女的鑽戒作道具。杏秀大方地將戒子脫下來呈上，後來戒子竟然神奇地從臺上回到主人的無名指上。魔術師獲得滿堂經久不息的掌聲。觀眾逐漸散去，只有杏秀對他微笑表示激賞。

美國人下臺後向她搭訕，她欣然答應與之共舞。跳過貼面舞，兩人一起去他的船艙做愛，那男人同樣贊歎她的美麗……當杏秀步出魔術師的船艙，出現在眼前的是昨夜那個男人，這才想起他名叫亨利。亨利對她笑了笑，說拜拜。杏秀覺得好尷尬，他的笑容似乎在說：原來你是個人盡可夫的女人。女郎衝回自己房間，抱著枕頭哭了起來。

旅程很快結束了，等待洪杏秀的仍是日復一日，難捱的每天二十四小時。得到愛情滋潤的女人應該是青春煥發，神采飛揚，美麗迷人。她獲得性愛，卻憔悴得似經歷過一場大病，皆因不知道積極人生的動力在哪裡，下半輩子如何過下去。她曾答應一個叫瑪莉的混血鬼婆參加教會活動，跟她去做義工，承擔些社會義務；她也考慮過親身教育孩子，不再只將他們交給補習老師；她更想做個稱職的母親，過回正常人的生活。然而一項也沒落實，一直未能重建信心不再失落。

杏秀的生活一直在高尚地段，名牌、名車、名校、大酒店，優雅而安嫻，極度受人尊敬。那天心血來潮逛了列治文區，好久沒來了。列治文居住著大量中國人，聽著同胞的語言，聞到家鄉的氣息，從內心感受到親切的鄉情。在中文書店買了幾本書，因為自己的中文所剩不多，記得讀書時她多麼喜愛顧城的詩：「不要問為什麼，不要問為什麼，人生就是這樣混濁！人生就是這樣透徹！」杏秀想：可是我看不透，看不透……

二〇一〇年二月二十三日

愛的詠嘆

那年聖誕節孩子在濱城開演奏會，老一輩反正閒著，跟著回去捧場了。演奏會是公開售票的，親友上頭贈送就得掏腰包了。日場的交響樂演奏，暴風驟雨般的管樂齊鳴，一陣緊似一陣，攪得天昏地暗，烏雲壓頂，彷彿空中閃著焰火，地面放著炮仗，千軍萬馬在吶喊廝殺。音樂升騰到極致又轉為哀傷，小提琴如泣如訴，發出千古的幽怨，申述過往的冤曲，追討歷史的不公。一時間天崩地裂，六月落雪，我的眼濕了。模糊中彷彿看到歲月的痕跡……正當我心神恍惚，如癡如醉，臺下聽眾還以雷鳴的掌聲，如夢初醒般站起來鼓掌，這才發現隔壁的胡太太合著眼。胡先生紅著臉，輕輕拍著太太的肩膀，挽著她的胳臂站起，一齊向臺上的樂團致意。

散場步出音樂廳，胡家的小車停在外面，司機打開車門恭候。胡太太蹬車前握著我的手說：「不好意思，這音樂上頭我原是不懂的，聽聽竟打盹了。」

我急忙安慰她：「過意不去的是我們啊，瞧你們又忙又累的，還來陪我們聽這勞什子，交響樂吵得很，我也不懂瞇上了呀。聽聽咏嘆調就好了！」我本是外行充數，趕緊揉揉眼角說句真話。

胡太太似乎鬆了一口氣說：「趕明兒我們鄉下演歌仔戲，我請你們來看，那才叫熱鬧！」我忙點頭答應。

胡家是表妹的兒女親家，雖第一次見面卻如雷貫耳。胡先生五十開外，高瘦沉實，寡言少語，一身畢挺的高級毛料西服，給人予成功事業型男士的感覺。為了聽這場音樂，為了請我們一行人吃飯，他今早特地從湖北趕來。

晚間胡先生在一處高級賓館訂了席。上來一道道鮑、參、筋、翅，他只點頭微笑招呼，自己並不用膳，間或傾聽女人們交談，幾乎沒說什麼話。胡太太雖是農村婦女，打扮起來也大方得體，燙過的卷髮披肩，輕掃娥眉淡施脂粉，衣著看似簡樸實則名牌，皮膚微黑眉清目秀，瞧上去不像已屆知命。這婦人不善應酬，只是一味逗著孩子玩，氣氛還不致於太尷尬。作為客人的我是感激卻不甚舒適的。

第二天一早老胡趕回湖北去了，卻安排了兩輛轎車來接我們，說是他母親請我們去鄉下玩。胡家在濱城郊外，改革開放後的農村比城市還漂亮。公路直達鄉間，路旁一幢幢別墅，花香鳥語，清風拂面，讓居住鬧市的人特別心曠神怡。胡宅不是小別墅，而是一棟特大的豪宅，上下多層該有幾十間房吧。在香港李超人才能住這種房子，我心想老胡可不簡單哪。胡老太太七十多歲，身子骨硬挺，笑聲朗朗，如紅樓夢中的賈母，村裡一大幫婦人陪著打牌。而今土地值錢，鄉村的人們都不必耕種，天天吃、喝、摸過日子。胡太太對我說，她有時住鄉間陪婆婆，但她不懂得打牌，還是別人能討老人歡心，有時回市區與兒子媳婦住。

同來的城市人難得到鄉間，都周圍逛去了，胡太太帶我參觀房子。這座紅磚綠瓦的大房子，正面寬闊的門廊地面鋪著大理石，廊上豎著一支支漂亮的羅馬柱。從這裡望出去，圍牆內正中央是剛才走過來的花崗巖小路，兩旁的花床姹紫嫣紅，花圃外圍襯著綠茵茵的草坪，修剪得齊齊整整的冬青。一樓大廳全套紅木傢俬，地面鋪著灰底赭紅圖案的地毯，案上繚繞著裊裊的沉香。猜得出這裡是胡老太太的天地。沿著粉紅色螺旋狀的樓梯拾級而上，二樓的客聽足夠開音樂沙龍，若置一架三腳鋼琴，坐幾排管弦樂隊，綽綽有餘。從二樓的大陽臺放眼望去，遠處是蒼灰的大海，幾艘漁船點綴在海面上，冬日的陽光柔柔地照著一片灘塗。女主人的房間在二樓，孩子住三樓。

「哇，好高好大的房間！」我禁不住贊歎起來。房裡的裝飾美輪美奐，歐式家具充滿古典情調。

「你真懂得生活！」

胡太太發現我欣賞的眼光，似乎增強了自信心，打開抽屜取出一本本相簿來。在那些塵封的黑白舊照裡，我看到七十年代他們兩夫妻的結婚相片，胡先生是個平頭小伙子，黑黑實實，一對大眼睛灼灼閃亮，太太梳著孖辮，洋溢著青春氣息。

「你年輕時真漂亮！像《我們村裡的年輕人》那女主角。」我說的真心話。

「以前人家都這麼說。」胡太太羞澀地接受。

她抽出一些泛黃的照片。夫妻倆抱著他們的第一個孩子，小女孩戴著羊毛帽，吮著小手指，三人樂融融。她說女兒出嫁了，生了個男孩，女婿在老胡公司裡做事。一張四口之家，小男孩就是我們這邊的女婿。還有一些老照片，戴著紅領巾的，捧著紅寶書的，宣傳隊跳舞唱歌的，背景是鄉村破落的小房子、農田、豬舍，農業學大寨的宣傳畫，毛澤東的壁畫。胡太太告訴我，他先生只上了兩年初中，文化革命回鄉務農，她連小學也沒念完，他們結婚時可窮呢，一間破房住了三代人。

「給你看這個！」她在一大串隨身鑰匙中挑出一支最小的，打開五斗櫃的一個小抽屜，從文件夾中取出包著透明紙，又黃又皺又破的一張紙來。小心翼翼地打開來，是份結婚證書，蓋著政府的大圖章。我一邊欣賞她的珍藏，一邊偷窺她的表情：新娘子般的羞赧，心滿意足的神情，一個得到婚姻保障的女人，多麼知足哪！

午飯到海邊吃海鮮。一行人走上一條小石路，石卵子一直鋪到海邊小亭，那裡有海鮮食店，小艇嘟嘟嘟地隨時開過來駛過去，遞送所點的食物飲品。真是富豪過的日子呀！想起那些老照片，豈不是天上人間？章魚刺身可是第一次吃，以前都是熟吃，現在國內興起日本式魚生，其時日本北海道是沒有汙染的，這裡能行嗎？最能吸引我的是「土笋凍」，這款濱城地道美味，簡直超越我最愛的三文魚和生蠔。美食當前，顧不得禮儀大快朵頤。胡太太一味地替我添菜，她自己則青蜓點水。我笑她是富貴人家吃厭了的，保持身材怕胖吧。她羞答答地悄聲說，她上不得大場面，也不喜大吃大喝，最好白粥、蕃薯、鹹菜、蘿蔔。這體己話讓我沉思了好久。回來的途中一直在想，老胡的生意穿州過省，太太不擅應酬，這裡頭會不會有蹊蹺……難道女人有婚姻證書這護身符就夠了？

胡太太的兒子胡小辛是我們這邊的女婿，「海歸派」呢。當年濱城與溫市締結姐妹城市，我的外甥女小嫻和小辛是第一批交換生，後來兩人戀愛上了。表妹和妹夫是教員，千辛萬苦賣了房子，給這獨生女兒交學費。小嫻學習得很緊張，生怕辜負了父母。人家小辛倒是輕輕鬆鬆，別瞧他農家子弟，父親時時匯款，公子哥兒似的。小嫻曾想過畢業後留下，追求她的外籍學生不乏其人。可惜外國的男人興ＡＡ制，沒一點風度，丟盡男仕的顏面。有一回小嫻發起聚餐，遁例參加者都得帶些吃的喝的。中國留學生最能幹，炒飯、炒米粉、炸春卷、包餃子。一個混血兒帶了六支汽水，那夠誰喝啊？有個「竹升仔①」拿來幾顆爛蘋果，小嫻怒將蘋果扔到垃圾桶去了。還有個老外帶了「兩梳蕉②」，白吃白喝。

① 只會英語的華裔。
② 空手。

小辛很大方，成日送花送巧克力的，會討女孩子歡心。小嫺外宿在姑姑家，小辛每次來找她都不空手，還主動幫姑姑做家務。姑丈是「太空人」，家中多少事需要男人幫忙啊？夏天除草，冬天鏟雪，小辛都不辭勞苦搶著幹，甚得姑姑歡心，說他不似大陸獨生子女矜貴。他說也想在加國居住，溫市是全世界最適合居住的城市，但得先回去接父親的生意，日後再申請移民不遲。人皆以為他父親只是個小老闆，豈知低估了人家，因為老胡一向低調。小辛透露了口風，他父親年輕時在鄉間勞動，期間任過鄉長，有很大號召力，又開過十幾年貨車，穿越城鄉替人運送物資，編織下寶貴的人際網絡。改革開放後擴展城市，郊區農地價格暴漲，胡家更是水漲船高。老胡頭腦靈活，消息靈通，生意網何止濱城兩家公司？在適當的時機他買下十幾個的士牌照，儼然成了的士商人。

海龜兒子拖著個海龜媳婦回歸了。能娶到高素質的媳婦，胡先生笑得閉不攏嘴，兒子好眼力啊！訂婚那天，男家送給新娘一輛跑車，一張二十萬的支票給媳婦到香港買嫁妝，羨慕死小嫺做事那家外資公司的姐妹們。胡老太老懷安慰，認為孫子娶親是光照門楣的大事，決不可含糊。即便比不得榮國府迎親，也差的不遠，就只沒搭戲棚子慶祝。

酒宴擺了幾日，遠近鄉親少說一百圍。鷺江畔高級酒店宴請的，則是那些營商的當官的伙伴。酒到濃處，老胡帶兒子媳婦向一班老朋友敬酒致謝。來到一位身著旗袍、手戴巨鑽的高貴麗人面前，老胡讓兒子媳婦叫她林姨。林姨一再向新人祝福，頻頻和老胡碰杯，皓齒閃爍著星輝般燦爛的笑容，眼眸裡盡是脈脈情意。這位魅力四射的貴婦讓新郎新娘留下深刻的印象。

濱城的公司有兒子打理，父親跨省去斟一家工廠，那個國營廠資金不足就快倒閉，老胡用低廉的價錢把它買下來，他很有經營這類廠的經驗。以前分身乏術，兒子回來接班，正可大展前途……

小嫺懷孕了，下一代當然要在外國出生，趕在孩子出世前風風火火辦了移民。做生意需要周轉，老胡只給兒子為數不多的現金作移民投資。小辛先撂下生意陪老婆到溫市住一段日子，接著當「太空人」兩頭飛，在這裡能做什麼生意呢。住了幾個月，小嫺抱著剛滿月的女兒往回飛，究竟濱城才是自己家呀。這小東西一回國，祖母、曾祖母當寶貝，傭人隨侍，小嫺也不上班了，索性當少奶奶相夫教女。胡太太當了祖母，成天抱著孫女兒哼哼唧唧，心滿意足的不得了。小辛小嫺有些替母親難過，腦筋好簡單的女人哪！

世事往往是，全世界都知道的事，枕邊人卻蒙在鼓裡。胡先生的計程車生意一直有人替他打理著，正是那位四十出頭、魅力猶存、高貴大方的麗人。即使沒有婚姻的保障，也能將愛人長擁在懷中，是怎樣一個柔情似水又精明強幹的女人哪！哼著愛的咏嘆調，唱著搖籃曲，他們的愛情結晶早在多年前留學美國，轉眼十八歲了。今年放暑假，胡先生將一個複式樓單位過名給了次子。胡先生盡量讓孩子都留學外國，第三代最好在異邦出生，而生意只能在國內做，這是不言而喻的事。

錢是老子賺的，小辛沒有發言權，只能面對現實更努力工作。據小辛說，父親並無刻意隱瞞另有家室的事，他的許多重要文件一直交由母親保管，只是母親單純不曾起疑，文化程度低洞察力不夠。依我看來，丈夫總是不在自己身邊，妻子能不覺察到嗎？說不定胡太太心知肚明，樂意裝糊塗，做個快樂人呢！婚姻給了髮妻，愛情贈予情婦，各取所需，似乎也算公平。

熟悉了濱城的運作，工作漸漸上了軌道，下一步還須抓緊外省的生意。那家工廠搞得有聲有色，賺了大錢，但醉翁之意不在酒，光做廠利潤有限，最能令人致富的是土地。湖北省為了吸引外商投資，拍賣土地興建工業園，參與其間才有大作為。胡先生的關係網令他達成所願，成功圈下大片土地，規劃工業園。小辛終於可以參與湖北的工作，費盡心思應付那些當權的官員，他們有永遠填不滿的要求。受金融海嘯挫了一挫，折騰一輪才緩過氣，更不堪的是剛應付過一屆領導，瞬間下了台又換上新一屆。每次有親友出入境，小辛就會來電：

「給我帶幾盒雪茄。」他說。

「我的媽呀，二十支雪茄幾千元呀！」聽者替他心疼。

「沒辦法，這些土地公公時興呀！」應付這些人他無奈得很。

難而更無奈的是，他父親能在彼處站得住腳，並非吃喝送禮這麼簡單。有一個高幹的女兒，她有通天的能量，能擺平任何事，這裡的生意完全由她控制。本來她豈肯讓小辛插一腳，時值這個比他還小的女人放產假，替他父親生兒子。小辛一表人才，中英文流利，以外商身分主持工業園的開幕典禮非他莫屬。兢兢業業的工作得到肯定，小辛千辛萬苦到底冒出來了。他已屆而立之年，父親在他的年紀已經創業賺下第一桶金。

移民條例規定，必須在當地居住足夠的時間。為了楓葉卡，小嫺帶著女兒回溫市去了，女兒也該上學了，惟有苦了小辛兩邊飛。每個寂寞的夜晚，小辛和妻女在網上相聚，聽女兒叫聲爸爸，感覺又苦又甜。小辛百思不得其解，他問太太：

「媽媽得到婚姻，林姨得到愛情，那年輕女人得到什麼？」

「她得到快樂。婚姻—愛情—快樂，她們只能各選其一。」小嫺早已思索過，脫口而出。

「我不能在你身邊，你快樂嗎？」小辛緊追不捨。

小嫺忍不住哭了。

隔壁傳來悠揚的音樂，是一曲《愛的咏嘆調》。

二〇一〇年四月四日

飄

「喂！請問哪位？」

「小鯉！是小鯉吧！」

「海鷗?!」

……

一個電話，時差十五小時相距半個地球的通訊；一把鄉音，聽來並非熟悉的男性嗓門。這把曾經多麼熟悉而今顯然陌生的聲線，令海鷗不敢確認。一個過度殷切的期望忽然得到滿足時，竟然讓她有一種措手不及的感覺。期望本來埋在心的深處，一時間飛奔出來，無疑產生了巨大的震撼力，自己也難以承受。四十年了，人生有多少個四十年？她終於找到他，就在電話那頭。不知不覺講了兩個鐘頭，有些語無倫次。她輾轉反側徹夜失眠，能睡得著嗎？

不久前才回過濱城，但濱城對這位海外來客已經陌生。離鄉四十載，來去匆匆，感覺自己就像一片飄零的樹葉，偶爾被風颳到那裡，誰也不會多瞧她一眼，充其量只是個過客。路人擦身而過，他們才是這裡的主人，哪怕她穿街過巷，企圖尋覓過往的腳印，一切都是徒然，只能像個飄浮的幽靈，四處遊盪。

前面似乎飄來淡淡的雞蛋花味兒，那排雞蛋花樹是小走馬路的特色，這種夾竹桃科落葉小喬木每年夏天開花，花萼五裂，花冠如斗，外面白而淡紅，裡面呈蛋黃色，色澤鮮豔，香氣清郁。小時最愛摘兩朵插在髮梢，俏麗而芬芳。海鷗期望採幾朵花一路尋去，可是卻撲了空，是產生錯覺聞到從前的自己。倒是那棵梧桐樹還在，想起小時候打梧桐籽吃，也想起被紅衛兵綁在樹幹上的校長，他們幾乎打死了他，皮開肉綻慘不忍睹，就算沒死也殘廢了。

繼續漫無目標地遊走，似乎在期望邂逅故人。可能嗎？舊人都不知去了哪裡，再也無法找到他們。因為自己總是不辭而別，偌大的世界只有自己現身，否則人家怎樣去找你？十歲那年父親成了右派被剝奪公職遣送回鄉，母親迫於時勢必須與父親離婚「劃清界線」，弟妹跟隨母親留城。女兒不忍父親孤苦伶仃，願意追隨他回廣東郊縣老家。時值隆冬寒假，同學們直到開學才知道班長走了。當她再次出現在小時的朋友面前時已長成大姑娘，時隔整整十年，那時期社會動亂到處武鬥，因無所事事回濱城住了兩年。當再次走進那條小巷那個大院，當彼此再見時，小鯉呆立了數分鐘，不敢相信自己的眼睛，激動藏在心裡，羞赧現在臉上，就差沒有擁抱。想起小鯉那一刻的笑容，從來沒有一個小伙子笑得那麼可愛，像女孩子一般甜。

自上中學起海鷗就收過不少男生的信，卻從未收到她想收的。自從隨著父親消失後，沒人知道她的地址，因而他們從未通過信，甚至直到今天彼此亦未給對方寫過一封信，回想起來真是不可思議。然而哪怕時間隔得再長久，只要再見面便勿須多言語，情同哥們兒。在長達兩年的時間裡，他們時時相聚。

海鷗最無法忘懷的是小鯉教她做礦石收音機。男孩子都喜歡搞半導體，小鯉的整個房間都是收音機零件。學裝收音機給海鷗上小鯉家的藉口，時常在那裡一呆大半天。他們並沒有多言語，僅只默默地在一起，好像都願意這麼長久地日復一日地過下去。直到有一回海鷗陪他伺弄那玩藝兒，左擰右扭搞了半天匣子才響，先是一連串走江湖賣膏藥似的快嘴廣告，而後是悠揚的扣人心弦的音樂。唱了兩年語錄歌和革命歌曲，忽然沐浴仙樂之中令女孩如癡如醉，她真想隨著美妙的琴音與小鯉相擁起舞。少女剛要向小伙子伸出臂膀，匣子突然傳出一把溫柔的女聲：臺北電台……他們這才意識到什麼，啪一聲扭上開關，嚇出一額冷汗。抬頭望見小鯉臉色慘白，兩人久久沒有話說，海鷗悵然離開。

一九六九年春天中央發布上山下鄉文件，城市老三屆都要遠赴山區、邊疆，小鯉準備去武平。海鷗原是郊區戶口不用遷徙，她打算送走小鯉才回廣東。那天梧村火車站人山人海，紅旗飄揚鑼鼓喧天，高音喇叭震耳欲聾。知青們都打著背包拎著行李，送行的母親們哭哭啼啼。小鯉跟他的大批同學一起出發，他本是三好生，也是積極向上的團幹部，對黨和領袖仍舊懷著信仰，看起來神情自若。海鷗直到他要上車才走上前，緊握他的雙手許久。彼此都明白前途未卜，豈知何年何月能重逢？

「再見！」兩雙手絞在一起，久久放不下。

「保重！」女孩忍著淚嗚咽這兩個字。「別了，我的兄弟！我會祝福你！」她在心裡說，不能開腔，開腔將泣不成聲。

火車鳴了一聲長笛，人們都陸續上車，小鯉抽出手轉身攀上車，海鷗的視線緊緊追隨其身影。一個戴紅袖章搖小旗子的工人從火車頭那邊跑過來，邊跑邊用旗桿將火車與送行的人分開，姑娘被他粗魯地推入後面的人群。那工人到了火車尾，一隻手吊著車廂上的把手，一隻手向車頭揮旗子，火車再長鳴一聲，蒸汽機「嗤」一聲啟動了，車輪開始在鐵軌上滑行，車窗口伸出無數手臂。一張張痛苦的臉閃過，悲傷的情緒隨著火車的啟動加劇，有人號啕大哭。海鷗跟著火車向前跑，跑出了站臺，遠去的火車視線逐漸模糊。

回到廣東後女孩心潮起伏，她能有什麼出路？學毛選，學大寨，面朝黃土背朝天，哪怕她不停改造自己也當不了刑燕子，任何招工的機會都不可能落到她頭上。當然，她是個漂亮的女孩子，這是上天賜予她唯一的本錢，只要肯利用這個天賦條件也有機會。但她鄙夷那一層層當官的，那些向她青春的身體掃來的色迷迷眼光簡直令她作嘔。她絕不會作不道德的交易。趕集的當兒她留心觀察，發現本地區的年輕人越來越少，他們都到哪去了呢？太孤高是危險的，她必須和本地人交朋友。

海鷗回鄉參加生產當了倉庫管理員，與生產隊的會計吳國華常碰頭。國華是同齡青年，只有初中程度，與奶奶居住鄉間，父母在海外。這小伙子為人老實，每次見到海鷗都紅著臉不敢正眼相視。那一日兩人清點糧倉，海鷗主動和他談心，竟然套出了不少消息。

「國華，你不覺得奇怪嗎？咱公社的青年越來越少呀！他們都去外地工作嗎？」

「哪有什麼工作，他們去了那邊。」

「那邊？你說那邊指的是哪裡？」

「偷渡出去香港。」

……

怪不得！海鷗終於明白在濱城住了兩年，回來後感覺就不一樣了。她望了國華一眼，對他另眼相看起來。女孩思忖沒有出路，只有豁出去了。黃昏時海鷗給自留地的油菜芯澆水，準備明早割了讓父親挑到市集上賣，家裡油、鹽、醬、醋就靠這塊菜田。隔壁那塊地是國華家的，他也來澆菜。海鷗四望無人，坐到田埂上與國華聊天。

「噯，你說那些人偷渡能成功嗎？」

「沒錢成功的機會小，游泳技術不高會葬身魚腹，若被抓回來挨一頓打還得坐幾年牢。有錢成功的機會大，買通蛇頭坐快艇去，先給一部分訂金，餘款到了才付齊。哎，過些天去廣州會我媽，你一起進城吧，我媽有辦法。」

國華紅著臉，第一次盯著她的眼睛看。那眼光多麼期待，惟恐遭到拒絕。

「讓我想想，明天答覆你。」提起錢海鷗沒轍了，自家太窮哪來錢，只好站起身拍拍屁股挑水去。

海鷗想了一宿，流了一夜淚，她決定與國華同行。

他倆一早搭了公車去廣州，在珠江大橋附近的小二壕馬路落腳，這裡有全城最廉宜的客棧。他們分住兩個房間，每間房有三張上下鋪位，就像學校宿舍。海鷗心想，幸好他倆沒有夫妻證明不能住一個房間，否則多尷尬。第二天一早她洗了澡，換上唯一的黑裙子白襯衫，乾乾淨淨地出現在國華面前。小伙子一時傻了眼，平日的女孩衣著襤褸赤大腳，他從沒見過這麼漂亮的海鷗。兩人用糧票買了腸粉和粥，吃了立即搭公車去火車站。車站周圍人頭湧湧，有人等到裡面出來的親人抱頭相擁，海鷗心酸酸地。突然國華抓住她的手朝閘口奔去，撲向一位拖著行李箱約五十歲的婦人。

「媽！媽！」國華把海鷗帶到她跟前，「這是我的朋友海鷗！」

女人從頭到腳打量了海鷗一番，把姑娘都臊紅了臉。海鷗有些兒惴惴不安，但看這女人挺斯文的，說話的口吻也客氣。

「好！好！咱們去酒店聊。」

國華招來的士讓兩位女士入座，幫司機放好行李箱，坐到前面帶路往小二壕馬路。國華媽見了這家客棧皺了皺眉頭，苦笑著對兒子說，懂得節儉是美德，咱就住兩晚也別搬了，於是登記住進了海鷗的房間。海鷗給國華媽擰了毛巾，請她稍事休息，借口去商場買東西。其實她身上沒多少錢，即使有錢也捨不得花，是應該讓他們母子敘一敘。這家商場有幾層，她像劉姥姥進大觀園，一邊漫不經心地遊逛，一邊檢討自己的行為。她覺得自己有些卑鄙，她不曾愛過國華，只因尋找出路才接近他。愛情是個奢侈品，我們這一代人沒這福氣呀。她咬咬牙下定決心不能後悔。

空著手回到客棧，國華媽拿出幾個棗紅蘋果，說這叫華盛頓蘋果，洗洗試一試，味道不錯。母親叫國華去郵局給他大哥打長途報個平安，將兒子支使出去，招手讓海鷗坐在身旁，絮叨起來。

「姑娘，看的出來我小兒子很喜歡你，要求帶你一起出去。這小子早就該出去，我現在才明白他磨磨蹭蹭的緣故。可我想呀，若非這世道不好委屈了你，小子哪有這福份！知子莫若母，我兒子沒甚本事，就為人忠直，忠直正是做人的根本。國華他爹在金山幾十年，我就憑著做人的宗旨，替他守候兩個兒子，伺奉他母親。我只想聽你一句話，你會跟定國華不變心嗎？」

她說完盯著海鷗的眼睛。海鷗噙著淚水對她肯定地點點頭。

「好，咱這就替你們訂婚。我帶來兩支洋酒給你爹，這裡一千元港幣你拿回去買糖果派給鄉親，等下你們去影樓照張相。蛇頭那裡我回去就安排，等你倆平安出來。」她一邊說一邊脫下一隻戒子給海鷗戴上。「你命中注定是吳家的人，瞧這戒子是婆婆給我的，你戴著剛剛好。」

海鷗明白此刻起她已經是吳家的媳婦，雖然並無法律保障，也沒有舉行任何儀式，但她從此須憑藉做人的宗旨，跟國華終老一生。這就是命運。

國華和海鷗陪著娘遊了越秀公園、流花公園，上了兩天高級館子，第四天送母親上直通火車後就回鄉。他們依母親的意思給鄉親派了糖果，將兩人的放大合照掛到國華房間。海鷗對國華說，到了香港咱們才一起生活，因為一切都來得太快，我沒有足夠的思想準備，況且也還沒對我母親交待。國華什麼都依她。

三個月後有人來通知國華，叫他們準備出發。

選擇的是月黑風高的夜晚，兩人穿上母親帶來的回力鞋和運動衣，帶著簡單的行裝：手電、餅乾、水壺和可以吹氣的救生圈。國華抓緊海鷗的手寸步不離，一同出發的還有四個年輕男女。人們緊跟領頭人攀山越嶺，一道接一道手電筒光柱，一步跟一個腳印不敢偏離。渡船過海時險象環生，小快艇在風浪中全速衝刺，浪花如暴雨般打進船艙。海鷗真怕就這麼跌入大海，她的游泳技術一點也不到家，抓住國華的手不斷出汗，心臟劇烈跳動幾乎崩到喉嚨。幸虧未有碰上巡邏隊，偷渡者終於在天亮前成功抵岸登陸，見到寂靜的新界鄉村屋頂上縷縷炊煙，聽到嗚嗚的雞啼和猖猖的狗吠聲。蛇頭安排大家躲進一間小屋，有位村婦端來麵包和牛奶，叫各人寫下香港親人的電話。海鷗渾身乏力吃不下早餐，靠在國華身上假寐，一路上擔驚受怕的神經無法鬆弛。

傍晚時分大哥和朋友開車來，交了幾萬元現金，國華和海鷗被允許可以上車離去。臨行前望見同行的一位少女羨慕的眼神，瞧她愁眉苦臉的樣子，海鷗知道若沒人來認領她就慘了，有些偷渡客因為沒錢贖身要賣身還債。她明白自己有多麼幸運，每逢想到這一幕，對生活對丈夫就不多苛求，感恩知足。

在香港居住十多年，兩夫妻輪流在工廠做日、夜班，為的是照顧一對兒女。海鷗當女工，整天搬鉗子弄螺絲刀，天天加班沒有假日，但比起耕田起碼不必日曬雨淋。八十年代末他們獲批準移民舊金山，一年三百六十五天，除了感恩節休息，餐館的生意不能停。海鷗未能在西岸自由的天地翱翔，她是一隻啄木鳥，只懂得每天撲在樹幹上捉蟲，浪費了加州明媚的陽光和藍天白雲。等到孩子們出人頭地孫兒繞膝，兩人已屆退休年齡。

多少次午夜夢迴淚濕羅衫，父親在女兒偷渡後被公社拉去批鬥，罪名是「教唆子女叛離社會主義祖國」，老右派不久就去世了。海鷗因偷渡者的身分無法回鄉呼天搶地，這是她一輩子的愧疚和遺憾。弟妹們卻說，老父因她的出走而感安慰，他可以毫無牽掛放心去了。然而海鷗根本無法割捨過去的歷史，當年放棄一切與故園割裂選擇新途，是怎樣地令她心如刀割。故鄉啊，孕育我的搖籃，你給予我少年的愛情和青春的歡樂！我的友人啊，你們都好嗎？經歷了這麼多坎坷，大家都安康嗎？那些青梅竹馬的小伙伴現在都進入老年了。想起小時候，本來都朝著美好的方向順著同一條軌道走，卻被突如其來的命運之手將你我硬生生岔開，分道揚鑣往不同方向奔馳。

幸虧地球是圓的，終究殊途同歸。海鷗願像一隻候鳥，年年往回飛。遠方的老朋友，四十年積下的話聚會再說吧，電話怎麼說的完呢。

二〇一〇年六月二日

星雲飄移

今年的夏季短，農曆六月未過早晚已有一點秋意，涼嗖嗖的。金星一早起床刷牙洗臉，喝了冷熱恰好入口的新鮮羊奶，換上運動裝繫緊球鞋帶，下樓在大院裡打了一套簡化太極拳，再沿院落小跑幾圈，然後上樓沖澡。這一直是他多年來的習慣。在大院和樓梯上碰到的每一位鄰人都特別熱情，令他對自己和藹可親的風度很有信心。勿用質疑，老領導始終是山城歷任以來最好的一位縣委書記。

飯桌上擺好了早餐，高壓鍋煲了黏稠的新米粥，蒸熱的小饅頭該是超市買來，雪白雪白的，黃黃的鹹菜脯青青的酸瓜也引人食慾。雖有小保姆打理家務，但太太白雲體貼入微，凡事親力親為，一定陪著丈夫用完早餐才上班去，她在一家銀行任職總經理。

金星抹抹嘴挾起皮包下樓，司機已經如常在等候。他是個以身作則的領導，從來不遲到。從縣委家屬宿舍大樓到縣委辦公室不過幾分鐘車程，司機打開車門，金星矯捷地朝二樓辦公室邁去。一路上迎來熱情的招呼和恭敬的眼神，書記習慣性地揚揚手作答。

裡面已經有人早到，他們畢恭畢敬地站起侍立，秘書小牛走近金星，幾乎以鞠躬的身段輕聲問道：

「金書記有什麼指示？」

什麼指示？糟糕！我怎麼忘了自己來這裡幹嘛呀？我不是辦理退休了嗎！而且早該在兩年前退休，只是拘於某些原因又幹多了兩年。我這是犯糊塗啦——習慣性上班。今天的我已非眾人的書記！

幸好當了多年的官，隨機應變是本能，金星打起笑臉道：一是還有些零碎東西沒收拾來取回，二是看看大家有沒有好好配合新書記工作嘛。他一邊打開櫃子將一些雜七雜八的小東西聚齊，一邊打電話叫司機，小牛識相地拿來公文袋幫忙裝好這些小物件。

金星拍拍他的肩膀說：「小伙子好好幹！」就下了樓。

一路遇見上班的下屬問好，他心裡恨無地洞可鑽，為官幾十年今天出夠了洋相。上了車對司機說：「小劉啊，今日是最後一趟車，明天起不必來了，好好為新領導服務吧。」

「那麼金書記有需要隨時叫我吧。」小劉回答，踩下油門揚起塵土飛馳而去。

大院裡靜悄悄的，顯然人人都上班去了。憶起早晨見到的眼光都不平常，心裡真不是味兒。鄰居們一定在思忖書記如何做回老百姓，舊同僚有人會說你再了不起也終於下台了，甚至是懷著憐憫的目光。他突然感到心臟一陣抽搐，頓時頭昏眼花，趕忙抓緊樓梯扶手，頭重腳輕移動步履。

打開房門，小保姆睜大雙眼叫道：「金書記您不舒服？」忙扶著他坐下，捧上一杯白開水，拿來一瓶丹參滴丸讓主子吞服，然後給女主人打了電話。金星苦笑了一下，嘴裡說沒什麼事瞎張羅，心裡卻虛得很，以後要天天對著小保姆，這日子怎麼過？

百無聊奈倒出那一袋子雜物，都是上次去新加坡買的鎖匙扣、電話繩等小東西。想起新加坡之遊，女兒、女婿一再叫他們退休到彼處居住，他並未認真考慮過。獨女金晶很小就去新加坡讀書，大學畢業後結婚生了一對兒女。提起晶晶的婚事，金星總覺得有些遺憾，那時他多麼希望晶晶愛上自己的助手，那位極有前途的小伙子對假期回家的金晶難掩飾愛意，問寒送暖，只是晶晶不為所動。嘿！現在人家已貴為郊縣的副書記，前途無量，如是的話今天的自己必是另一番情景。

夫人風一般趕回家，一臉擔心地問「老金你沒事吧？」

金星故意躺在床上板起臉不理睬。待她急夠了才數落：為何不提醒丈夫不必上班呢？讓他出了醜。

白雲回想：是啊，連自己都忘了從今天起不再是縣委書記夫人，幸好同事一向都稱呼自己的名，大家「白總、白總」蠻親熱地叫，否則這臉沒地方擱了。自己雖然小了老金七歲，再過半年也得退休，單位已經準備辦理交接手續，兩夫妻將要長相廝守了。

「去看醫生嗎？」白雲問老公。

「怎麼看呢？」金星反問。

白雲想也是，以往有點小傷風醫院就組織專家會診，現在可怎麼辦？照以往的做法已不合適，今天已喪失了書記的特權；去輪籌則顯見矯情，不給新領導面子。幸好她是個能幹的女人，見的世面多，馬上拿了主意，說老公你先休息休息，待老娘上陣去。

白雲風風火火趕到縣委，打開書記辦公室門，秘書小牛目瞪口呆：一早剛見老書記，現在夫人又殺到。莫名其妙一對夫婦！幸虧這官場上小子是應付慣的，急忙恭身上前招呼，不料這女人對他擺擺手，顯見嫌後生不夠檔次，竟自敲了新書記的房門走進去。

「嫂子有什麼事，隨時效勞。」新任書記葛土嚇了一跳，急忙起身笑臉相迎點頭哈腰。

「葛書記，你跟老金多年知道他的為人，長期勞累沒注意勞逸結合，現在需要看醫生調理身體。這本是家人的事不必勞煩他人，可出入不方便啊！我想向縣委借部車子用，所以請示您來了。」白雲毫不客氣自找位子坐下，開門見山道了來意。

葛土聽了大為放心，原先還以為金星兩公婆稟承組織上的意思來「指點」他。新書記忙說，老金是帶領山城走改革開放路線的功臣，有位華僑廠商送了輛小車指名給老金用的，可金書記大公無私從不私用，不合理地置閒反而辜負捐贈者的心意。

「叫小劉繼續替老金開車吧。」葛土還送了個順水人情。

「不必了，我就是司機。」白雲說。

葛土把小牛叫來呈上車匙，交代他別忘了到期續交牌費、保險、安檢一應所需費用。小牛引路到車庫，白雲開了車風馳電掣回去。

人道是女人比男人堅強不無道理。白雲是男人的主心骨，胸中自有丘壑。她每天下班載金星去看一位老中醫，為他煎藥煲茶，實際上金星無甚大病，中醫師道心氣郁結而已，放開心胸耐心調理就沒事。

白天妻子上班去，金星除了看書就是寫字。他年輕時的毛筆字很不錯，文化革命時期是筆桿子，天天寫大字報將書法練得十分了得。有時用完了紙墨想叫保姆去買可小妮子又搞不清楚，不如自己上街走走散散心。一走近那些文具店，夥計一口一個「老書記」地叫，他只能掛住笑點點頭，心裡卻不大受用。叱吒風雲的肯定是「新」書記，「老」字難免有諷刺之嫌，對方內心是否嘲諷他落伍呢？

晚間更沒心思看電視，本地電視節目都在系統地為新上任的葛土作秀。世人都患了健忘症，不再記起前任的書記。自從七十年代大學畢業分配到這裡，金星一直高舉改革開放旗幟，為改變山城的窮困面貌付出大半生精力。本來兩年前他滿六十歲應該退休，不料爭著接班的兩股暗流各顯神通明爭暗鬥，組織上為了「穩定、和諧」讓他頂多了兩年。期間其助手和門生都另投靠山去了。

最問心無愧的是自己乃清官，除了這間商品房和銀行少量存款，算得兩袖清風。俗話曰：「三年清知府，十萬雪花銀」，金星卻是例外只有退休金，不過他們兩夫婦的退休金足夠花用，女兒也不希罕他們的津貼。現在的官就難說了，誰不「利」字當頭替自己謀私？

他甚至有些憤憤不平，今時今日的處境都是他之前未曾細心考慮好的。以前出門除了司機接送，下鄉還有一大班人鳴鑼開道，有如欽差大臣出巡，手下自當樹起「肅靜、迴避」的隱形牌子。多虧白雲能幹，也不曉她何時考了車牌，否則這日子怎麼過？這幾天喝了老中醫的藥睡得很好，臉色紅潤了，妻子上床時丈夫已矇矓入夢，但白雲一句「決定移民新加坡」令之睡意全消。

「新加坡的房子多貴，咱怎住得起？別忘了晶晶的房子還要供款。」

「你少擔心吧，買房子沒問題。」

相見好同住難，別說父親太嚴肅，老人家是不適宜與年輕人共住一室的。以前不曾想過要移民，今天的看法卻不同了。以往百姓尊重他，下屬敬畏他，都是從心底裡看得起這個父母官。現在人們望他的眼神似乎怪怪的，自己上街都覺得渾身不自在。離開此地起碼不被人指指點點，不用看某些人假惺惺的嘴臉。然而外國生活水平高，聽老婆的口氣蠻有把握，不知她葫蘆裡賣什麼藥。

金星是貧農出身的農民子弟，一直受政府重點栽培平步青雲。白雲家有許多複雜的海外關係，當年兩人談戀愛男方父母是有些介懷的。豈知滄海桑田，貧富都翻了個兒。白雲有兩個弟弟一個妹妹。大妹白雯八十年代嫁到新加坡去了，妹妹和妹夫做貿易生意，並在中國各地投資地產，資金非常雄厚。大弟白雷旅居香港，在深圳開一家頗具規模的化工廠，人人慨歎廠家困難，都是以廉價的勞力、環境的汙染、員工健康的代價換取企業的生存，唯獨白雷的廠利潤相當豐碩，每年二、三百萬純利不在話下。白雷本人擅長投資股票，又常到澳門、雲頂賭場贏兩手，從來好手氣贏多輸少身家不菲。小弟白霆是山城的建築商，政府部門許多大工程由其公司承包，是本地首先富起來的翹首。

白家均是能幹的生意人，幸運之神總是眷顧他們。大姐白雲尤其長袖善舞，曾不經意地透露私房錢都投資在弟妹那裡，也算是股東之一吧。金星是官家的人，清廉公正，不宜過問外戚的家事，他情願不知道。外商在山城投資廠房、地產，給本地帶來繁榮，政府投桃報李批地給外商建廠房蓋住宅，投地均是暗標，價高者得，按揭貸款又給本地銀行帶來生意，各得其所。縣委領導只要堅持正確的大方向，細節自有各部門去做。山城的經濟發展顯示中國式社會主義大方向的正確，老書記金星功不可沒。想到自己能夠功成身退，公道自在人心，不必慨嘆了。人說「蓋棺定論」，若孤家有個三長兩短，悼詞也該有一定份量吧。

胡思亂想一輪，身邊的妻子已經發出鼾聲，她太累了。端詳著太太的面容，心裡頓生愛憐和感激之情，有這樣的女人是一生的幸運。瞧她睡得那麼安穩，能給丈夫吃定心丸，足見多年前她就鋪定了後路，自己又何須多慮！

金星索性起身披了件上衣踱到陽台上。

絲絲涼風微微吹起，片片黃葉零星飄落，帶著一絲兒滄桑。灰藍色的天空中浮雲遊盪，月入雲層，星光暗淡。這星，這雲，似乎都往一邊趕，去赴天上的什麼集會吧。

二〇一〇年七月十三日

海倫的花園

腕錶指著七點三十分，刺目的太陽還高高地掛在天上，北美洲的夏日實在冗長。若是在北京，灰濛濛的天空六點鐘就暗下來，人人下了班都趕著踩單車回家，唯恐沙塵暴吹來灰頭土臉。而在東京，男人下班後可以去酒吧喝一杯啤酒，職場女性無論如何得趕回去，她們永遠有做不完的家務。海倫一邊想一邊將白色寶馬泊到車房，咚咚咚蹬上木樓梯從後花園進了屋子，一隻腳踹下另一隻腳的靴子，扔掉身上所有，飛身撲到客廳大沙發上。「討厭！討厭！」幾乎歇斯底里狂叫起來。

海倫帶著兩個兒女住著三百平米大宅，外加前後大花園和車庫。她算是趕上好時代，在溫哥華住了五年。原本出身高幹家庭，爺爺、奶奶均是打江山的老革命，父母是文革前的紅專人才，雖遇上文革卻挺了過來，四人幫一下台迅即掌權成為軍中的技術官僚，他們是研究原子彈、導彈的軍事工業專家。海倫出生於六十年代末，自小住在衛兵持槍站崗的大院內，父母那一代人有句誓詞：「生在永定路，死在八寶山。」其時何曾想到，子女有一天會離開永定路離開北京，跑到帝國主義國家來？

改革開放的國門剛打開，海倫是首批到日本留學的一員。那時父母只不過幾百元工資，飛東京的機票二千四百元，對許多人來說不啻是個天文數字。感謝父母給了她這個機會，白天上學夜間當侍應生，半工半讀的艱苦歲月培養了女郎刻苦向上的意志，只許成功不許失敗。學成之後她與同時出國的一名留學生結婚，在東洋成了家。

應該衷心感謝鄧伯伯，老幹部們一天天富有起來了。老一輩的支持令海倫一家在東京有很好的生活，海倫生了一對可愛的孩子，轉眼都上了中學。孩子們能講一口京片子，卻認不了幾個中文字，他們更流利的是日語，有限的中文字還是從日文套出來的。

終於到了這一天，孩子成年了，歸化日籍的問題也擺到眉睫來。小孩倒無所謂，他們根本就是地道的日本人，兩個大人卻猶豫不決起來。一家人過慣了東洋生活，在此地有令人羨慕的高薪厚職，讓孩子們回中國是絕對不可行的。然而必須在入籍的誓詞上宣稱：願意歸化大和民族……

或許當代的中國人根本打不開這個心結，父母決定放棄，撫慰兩個孩子的唯一方法是移民到第三國家。加拿大有著廣袤的土地，更重要的是個移民國度，不需要考慮民族問題。於是繞了半個地球，老公來回北京做生意，海倫全身心投入教育兒女，重新適應北美的生活。

當女兒考上UBC兒子讀十三班母親可以鬆一口氣之時，大人的問題來了。夫妻長期分居兩地，婚姻終於亮起了紅燈。感情越來越淡薄思想分歧越來越大，兩人已經沒有互相欣賞的激情。海倫並非古板守舊的女人，她坦然接受現實，爽快地辦理離婚，每年放暑假帶孩子回北京，她和他們都去看自己的父親。

海倫有自己的社交圈子。她參加位於蘇格蘭文化中心的《華人媽媽歌舞團》，那是個非牟利團體，以社區服務和傳播中華文化為宗旨，她是中堅分子之一。除了跳舞，她也喜歡健身，保持著頎長苗條的身材。還有一個祕密，她重拾紙筆敲鍵盤碼字，長達三十萬字的長篇小說終於脫稿了，只是經由幾家出版商的瀏覽又漂泊回來。

她曾為一家華人報紙寫評論，更在半年時間內發表了十幾篇散文、小說。那段日子裡，她常在市區內到處遊逛，在寬敞的公車上，在公園的長凳上，在酒店的餐桌上，在超市、漁市場裡，人們讀著她的作品。看到讀者的笑容和淚水，作者深感安慰和歡欣。每想到自己的稿一刊登會有許多人讀她的文章，心裡總是甜絲絲的。正是這種鼓舞，她才寫起長篇。寫長篇小說是個艱巨的工作，經常徹夜未眠耗盡精力，更難免將個人的感情色彩代入主人公，常有傷心又傷身的往事回憶。失眠給她帶來熊貓眼窩，用墨鏡也遮不住。

然而辛勤的付出得不到回報。網絡文化的形成令書籍市場不景氣已久，每家出版商都需顧及損益平衡問題，即使他們的股東開會通過出版意向，也要實行新時代的製作出版模式，通常作者須自購一定數量，獲提供書籍定價折扣的優惠。想到回購部分書將成為負擔，海倫根本不願再考慮，難道捧著那些書去街上賣或白白送人求人去讀？

海倫愈想愈來氣，望著對面的火爐，幻想著點燃爐子，將稿子一頁頁扔進熊熊大火時咬牙切齒的情景。無奈這種新式火爐是插電象徵式的假爐子，隔壁老外彼得那火爐才是真的。彼得是個中年男子，家裡不安裝煤氣天天劈柴火，木柴堆的老高，冬天他家的火爐燒的旺旺的。再者也無稿可焚，文字都在電腦裡，只消扔到垃圾箱就行了，哪來林黛玉焚稿的悲壯場面？

說曹操曹操到，傳來彼得上樓梯的腳步聲，然後是三下敲門聲。

「海倫，看你瘦成什麼樣了！快來吃點東西。瞧我星期天釣了條大三文魚。」彼得從門縫裡看進去，海倫四仰八叉地躺在沙發上。

見海倫一動不動，他又誘惑道：「還有沙拉，自己園裡種的，你怕胖吃沙拉最好。放在外面桌子上啦。」

她沒好氣叫他走開別多管閒事。

自從孩子們放暑假去夏令營，海倫不買菜也不做飯，每天坐在電腦前趕稿，餓了啃幾片麵包喝杯水，現在完了稿卻沒心情吃飯。聽到那男人下樓的聲音，她有些後悔。彼得是個好鄰居，回北京的日子全靠他看房子，平常修牆、剪樹、鋤草、鏟雪都過來幫忙。有一個冬天水龍頭結了冰，也是他來幫忙解決，沒有男人的日子不易過。然而海倫嫌他窩囊，老婆跟人跑了，回來又收留她，結果還是再次跑了。

開門走到玻璃花房，彼得將兩個大盤子放在石桌上。海倫常常坐在這玻璃房內一邊讀書一邊欣賞花園的玫瑰。溫哥華的玫瑰花大若海碗，北京的就是長不大。看到她至愛的三文魚和沙拉，感到確實餓極了，狼吞虎嚥起來，雖心知彼得一定在偷看她的饞相。

長夜裡唯一的消遣是上網。海倫的空中園地桃紅柳綠，招蜂引蝶，漫天帖子。她回復了一些帖子，上載了幾支流行歌曲，把退稿的不幸事件作為今天的網誌貼上去，隨即引起網友回應。有個名叫《武林怪俠》的博友深表同情，說他試過同樣的遭遇，在極度憤怒酗酒後將作品扔到垃圾桶，而待他酒醒後悔時，竟然發現連垃圾桶內的稿也永久刪除了。

海倫相信這個怪俠是真的丟了稿，自己不也幾次想洗掉電腦中的資料嗎？她可憐起這個不幸的人，決定去瀏覽他的《武林怪俠》園地。虛擬世界真真假假，既稱怪俠，像頭當是東邪、西毒或蒙面大俠諸如此類的吧？想不到是張正正經經的男人照片，看起來挺帥的一個華裔中年男人。再看博克中的相簿，裡面的照片更多，有與華人也有與老外合影的，據他那段個人介紹：以前是作家，移民後在一家電腦公司當經紀。海倫看了他的網誌分類，幾乎全是武俠小說，點擊瀏覽的人次十分驚人，捧場的讀者非常多。

海倫成了怪俠的忠實讀者，一章一章地追捧他的小說，一次一次地在回應欄中發表意見，甚至猜測故事的進展，有時作者也採納其建議依她的意思寫下一回。他們漸漸變成空中朋友。

一個華人的節日——人人慶團圓的中秋佳節即將來臨。《武林怪俠》園地貼出告示：將與網友共慶傳統節日，中秋夜在東區某處舉行燒烤自助餐暨賞月派對，歡迎所有網友光臨，食物自備。怪俠特地到《海倫的花園》留下私人回應，邀請美麗的女士光臨舍下。

海倫一向堅持不與網友見面，這一回卻有點心動。既然那麼多網友都去，看來不會有問題，只是素未謀面的男女貿然相見恐怕有些尷尬，是否有這樣的必要呢？她承認自己太孤獨，對方或許也是孤獨的，正渴望與自己結識。女人必須矜持，尤其是中國女人，人家邀請你就一定要去嗎？於是她忐忑不安了好些天，故意不明確答應是否出席，模稜兩可地作了簡短回應。

孩子們回家準備開學了，女兒住到學校去，這女孩子早熟，已經有男朋友，母女曾開心見誠地討論過結交異性的問題，女兒甚至勸媽媽出去認識男朋友。兒子也有女孩常來找，有一次孩子提到彼得叔叔，問媽媽為什麼不考慮考慮。兒女長大了，將來都會有他們的小天地，是值得高興還是傷感呢？

聽見前面敲門的聲音，海倫下樓打開前門，是另一邊隔壁的鄰人。這一位香港鄰居是個麻煩的女人，投訴海倫的樹枝伸到她家院子了。彼此都是中國人，眼裡揉不下砂子，雞毛蒜皮的事也計較。倒是人家老外彼得助人為快樂之本。沒好氣地回到後門，看看彼得感謝他的三文魚和沙拉，順便說了樹的事。這洋漢子聽罷抄起一條長凳拿起鋸子，立馬站到櫈子上鋸伸出去的樹枝，三下兩下那枝椏跌了下來。海倫說，拿回去燒吧，彼得高高興興地扛起來。

外國的月亮分外圓，明月高掛在北美蔚藍的天空，遙望嫦娥守著寒宮，陪伴她的只有玉兔，尤如自己守著大宅花園。海倫的心覺得好堵。孩子們都玩去了，她決定開車出去兜風。西區靜悄悄地，這裡多住老外，他們不懂中秋節。於是她向東區馳去。駛過十字路口轉入那條街，海倫悄悄將車子泊在街口，靜靜地下車朝燈火輝煌處走。

這一區多為不甚富裕的華人居住，周圍全是一排排三層樓高半獨立式的房子。唐人習慣晚上洗澡，老外喜歡早晨沐浴，如此鄰居必因單薄的間隔牆相互影響，自從多了中國人，洋人都相繼搬到郊外去了。到處充斥著燒烤的油煙味，許多孩子在空地上玩燈籠，大人圍坐著品茶吃月餅聊天。海倫遠遠地聽到有個大嗓門在講古，似乎從盤古開天講起，看來要說到月落吧？那是一把誇誇其談的蒼老聲音，一位長者正沉浸在中國的歷史長河中。在外國講中國歷史挺有市場，似乎有些諷刺的意味。她突然明白了，怪俠上載的全部是他年輕時的照片，所有武俠小說也是他舊時的作品，是他永遠值得炫耀的老本。

海倫突然想起忘記請彼得吃月餅。她踩了油門加速打道回府。她思量先請他坐到玻璃房吃月餅賞月，再慢慢給他講嫦娥奔月的故事。她想起吳剛，彼得下午砍樹的樣子不就有點像吳剛？頭上的月亮格外圓，花園裡一定可以看到嫦娥，也會看到吳剛。

二〇一〇年九月十七日

楓之戀

地鐵列車像一條長龍轟隆隆駛進站。車廂門甫一打開人群便潮水般地外湧，幾乎將月台上候車的乘客隊列沖散。海藻站穩腳跟不讓身體傾倒，身前身後都是衣冠楚楚的型男，人人既想親近又怕褻瀆這仙子。因為長髮姑娘白皙柔弱儀態典雅，不僅長得美，而且渾身上下散發出特殊的氣質，好男人也恐怕為之傾倒不能自持。有些聰明的乘客已經將之與廣告牌上的那位美女藝術家對上號了。待輪到她進入車廂，車門馬上在嘟嘟嘟聲中關緊，險些夾著其長裙。此時她成了沙丁魚罐頭中的一條小魚，動彈不得。她討厭喧囂的都市、嘈雜的聲浪、擁擠的人群、躁動不安的時代。無奈而今走上社會，過往寧靜的讀書生活只能一再緬懷。惟一抗拒的辦法是隨時隨地塞住耳朵，陶醉於隨身聽的音樂中，偶爾任性地放縱一下自己，音樂家本身不該用耳機將矜貴的耳朵弄壞。此時ＭＰ３正播放李翊君的《萍聚》，隨機幾百首歌恰好選中它，是否應感受其弦外之音？

昨夜聽到江峰那把去了童音的磁性嗓子，不曉他從哪裡得知海藻下榻的酒店。分手至今一直沒有聯絡，只知道他回國不久就結婚，其岳丈是家大公司的董事長，老婆已經替他生了兒子。見與不見？海藻心中難免掙扎，不見顯得小器絕情，可見了又如何？如今孑然一身，顧影自盼我見猶憐，難道是拿得起放不下？前塵往事一幕幕如電影般重現，徹夜未能入眠。

溫市的秋天美得令人心悸，楓火包圍處處飄紅。秋末初冬時分，黛綠的群山猛然間披上一襲火紅的外袍，漫山紅遍層林盡染。無邊無際洶湧起伏的紅葉熱情奔放，它們縱情展現著，燃燒著，彷彿明白生命的短促，渴望淋漓盡致地奉獻自己，然後痛痛快快地步向死亡。海藻踩著如金色地毯的一地落葉，入眼的楓林像一場停頓的夢，入夢的楓火似一縷炫目的相思，少女禁不住做了個深呼吸，竭力壓抑心中那份無法按捺的躁動，內心深處期待著渴望著什麼，自己也未曾瞭然。

自幼隨父母移民過來，海藻在ＵＢＣ修讀完音樂，而後報考美國印地安納大學碩士課程，即將啟程前往新的學校。週末她帶著水果和麵包，一個人靜悄悄地賞楓來了。遠處層層疊疊的山峰，漫山遍野黃紅相間的楓樹在風中搖動，近處或金黃或火紅美得令人窒息的楓林，一坡一坡的濃淡層疊，多姿多彩的滿目翻飛。啊，每天不是將自己關在圖書館閱讀，就是在學校或家中的琴房苦練，十八年如一日，辜負了多少良辰美景！這年年都有人人不覺希奇的楓林，自己竟像是第一次瞧見，驚覺而震撼！

信步穿過一片紅豔豔的小樹林，投入眼簾的竟是一隅碧綠的草地，一棟白色的小樓房。紅葉掩映下，幾位中外男女生席地而坐；三兩個在小桌上一邊「鬥地主」，一邊品嚐水果飲料；三兩個在燒烤爐前翻煎忙碌，燒焦的豬牛雞肉發出陣陣香味。

「哈囉！」一位男生向海藻招手。

「哈囉！」海藻禮貌地回應，且不由自主地趨前。她記不起他的名字，不能肯定認識他。

「海藻，我名叫江峰，上週末在同學的派對聽你拉小提琴。」男孩伸出手來，一雙厚實溫潤的手。

「歡迎你的加入！」

「很高興認識你！」海藻大方地伸出她圓潤的玉手。

秋日溫柔和暖，金色的陽光從空中灑下來，透過枝葉往草地上射下無數光束。少男少女們吃著、喝著，隨著音樂響起來，跟著唱著、跳著。江峰邀請海藻共舞，她羞人答答地應允了。她是一個好女孩，忙於功課無暇與男孩約會，今天第一次全身心地放鬆，讓男孩摟在懷中狂舞。她跳得累極了，且未喝先醉了，便氣喘兮兮依偎在男孩胸前，肆無忌憚地興奮狂放。

七八點鐘夕陽才西下。彎彎的月牙兒升上天空，星星閃爍著銀色的光芒，深紅色的楓葉顏色轉淡，飄落在淡淡的夜色中，萬籟俱寂。一對對男女生不知不覺地失去影蹤，做他們喜歡做的事去了。江峰攙著一臉潮紅的海藻上樓。這座小樓被房東間隔成一個個套間，全層為中國留學生所用，江峰租住其中一房。偌大的開放式空間，沙發、睡床、電視、音響俱全。海藻往洗手間用冷水沖了沖臉，想讓熱度退下來，出來時音響正唱著李翊君的《萍聚》。第一次聽這首歌她就喜歡上了，平時演奏的都是古典音樂，對流行歌曲不大在行。聽那歌詞很有意思，雖然她不大懂中文，尤其聽不懂普通話。

海藻坐在沙發上，江峰並不靠近，他端坐在地板上，不時臉朝上迷戀地望著少女。柔和的燈光照著男孩方方的臉龐高高的鼻子，圓圓的大眼濃濃的蠶眉。海藻心想：「這男生比我還小！瞧他那清純的神氣、幼稚的舉止、上唇乳黃的汗毛，估計二十歲不到。然而他有寬闊的肩膀、親切的笑容、柔和的眼神。天哪，我的心跳得這麼快，我的臉一定因發燒漲紅了，我乾涸的唇多麼渴望滋潤，我竟然希望貼上他的胸膛！」

她的淚終於盈眶而滴落。江峰向前溫柔地抹去她的淚珠，將她的長髮盤起，擁入懷中輕輕拍打她的背……

清晨醒來天高氣爽，小樓裡的學生們沉醉在夢鄉不願醒。海藻踮著腳尖提著靴子輕輕下樓。遠遠近近的楓林如火如荼，撒滿草地的落葉璀璨生輝，紅楓在陽光照耀下熊熊燃燒。少女彎腰拾取兩片葉子，打開書包裡的樂譜，小心翼翼夾上。從今往後打開這本子，思念就會像飄落的楓葉緩緩而至，相思仿如山腰飄逸的紅雨，穿越時間空間來到心田，淚水或會將它鮮紅的色彩沖淡。

歡愉的時光易過，海藻該東去了。沒有海誓山盟，沒有地老天荒，該留的留，該走的走。一切如樂章劃上休止符。兩年後江峰畢業回國接他父親的生意去了。一晃又是幾個年頭。今次海藻參加一個交響樂團到香江演出，江峰把握的是公幹出差的機會。這小子機靈得很，雖然遠隔著太平洋各居東西半球，雖然不曾通信沒有鴻雁往來。本來他們鑾可以像舊友重逢般在酒店喝咖啡聊天，也可以如情侶把臂暢遊淺水灣或太平山頂，江峰百思不得其解，為何海藻約他到人山人海的中環麥當勞見。

「女人心，海底針哪！」就是姑娘她自己又能說的清楚嗎？

海藻挑了個最靠裡的角落，拿出一本書來讀，她告訴自己千萬不能心浮氣躁，不讓心緒泛濫，不許心潮澎湃。魚與熊掌，事業和愛情，自四歲學琴始，注定了一生的伴侶是琴弦，她沒有選擇，這就是命運。

似乎有人輕咳一聲，海藻猛然抬頭。他來了！是他？不是他？面前的他不再是幼稚的羞赧的小男生，已然成長為一個玉樹臨風的男人。臉上剛刮過的青青的鬍鬚，身上飄著淡淡的古龍水的香味，雪白的襯衫、筆挺的西裝，一個成功的事業型男人。百變未變的是他的氣息，他的孩子氣的燦爛笑容。淑女原先的風度，一向的淡定和自信，經不起輕輕一擊，倏地兵敗如山倒。她顧不上失儀，一躍撲上去，淚水簌簌而下，濕了他那漂亮的絲質領帶。

他擁著她縮在小小的座位裡，輕輕拍打她的背，傾聽她的哭泣，時間彷彿回到從前。記憶中的紅葉似在心深處燃燒，燒得海藻滿臉通紅。一個個笑逐顏開的孩子跑過，一陣陣歡笑戲謔的聲浪喧嘩，小朋友們在開生日會，「麥當勞叔叔」陪著他們玩耍，五顏六色的汽球飛上天空。海藻聽不清江峰在說些什麼，說什麼也好，剛才歌者不是在唱嗎：只要一首歌一首愛的歌，就能陪伴你一生不再寂寞……不用說抱歉啊只要說再見，只要你永遠想念我想念我……

二〇一一年二月五日

不再孤寂①

今年冬天真冷，亞城已經連續下過幾場大雪。昨天傍晚時分，滿天如雲如霧的雪粉撒落紛飛，夜深時轉為鵝毛飄落，早晨醒來地面積雪尺許，往日灰黃的草坪一片白茫茫。孩子們歡呼起來，今天是週末不必上課，她們穿上羽絨風雪衣，套上膠靴子，戴上墨鏡。四鄰的孩子們都跑著，跳著，紛紛從地下室搬出救生圈，急不及待地充氣，輪流睡到「小艇」上，讓爸爸在前面拖著繩子當老牛，陪他們一同嬉戲。從落地窗玻璃望出去，叮噹深深感覺心曠神怡，大自然將人的心靈洗滌潔淨。電腦屏幕上出現的中文字正在繼續打下去。昨夜丈夫深情地望著自己敲擊鍵盤的十指，不言而喻地表示默默的支持和理解。女兒問媽媽在寫什麼，叮噹說，等你長大了，中文學好了，媽媽把它作為禮物送給你。

一直以來，叮噹很想將青春歲月的心路歷程寫下，還遠遠不到寫回憶錄的年齡，回顧的僅是人生旅程的一個驛站。雖然以往也曾寫過《受洗見證》、《回憶祖父》和《奇異恩典》，但從未直面自己的內心世界。出國以來，求學、求職、結婚、生孩子，永遠做不完的事擺在面前，這些都不失為逃避的藉口，深究下去終是不敢觸摸舊日的傷痕。原本期望歲月的流逝會沖淡一切，然而如煙的往事卻不斷地逸

① 此文改自叮噹《心路歷程》。

出。回首固然令人痛苦，深藏又如鯁在喉。突然有一個聲音，一種感動，鼓勵她寫下來，為愛她和她所愛過的人。而這思緒一經打開，就像開閘之水湧動不停。

思想飛回二十多年前。

一九八八年夏，嬌小可人的叮噹芳齡十七，高考放榜了。一向景仰的北大、清華未予錄取，濱城大學只是叮噹排在後面的報考志願。但也不錯，她可以像飛出籠子的小鳥衝向天空。在榕城老家，上有當大學系主任的祖父母一輩老知識份子，次有任教授的父母，「讀好書為出國作準備」這一無形的壓力幾令人窒息。父母親已進入中年尚且孜孜不倦地背頌英文單字，她能逃得了？為應付考試多年來「兩耳不聞窗外事，一心只讀面前書」，豈料未盡人意。

回想六年中學生涯，哪次考試不是年段第一就是第二，能與自己比拼的只有那個名叫原野的男生。那時候叮噹和原野分別代表男女生兩個陣營，要是哪次考試原野不及叮噹，男生們就會很失望地起鬨，「加油！加油！」公然叫囂。高中階段兩人都被編入「實驗班」，彼此在心裡較勁，叮噹就是不信邪，誰說男生一定勝過女生？居里夫人不是女性嗎！然而老師就是拿原野當寵兒，讓他出去參加各類競賽活動，高三一整年幾乎不見他在班裡，漸行漸遠。後來原野獲得國際大獎成為媒體的焦點，學校竟然要求同學們寫他的軼事投稿去發表，許多人跟著哄鬧瞎編，叮噹憤而交白卷以示抗議。

原野被保送北大，他特地上門來道別。

「叮噹，我明天飛。」原野靦腆地站在老家大門外。

「恭喜閣下高中狀元！」叮噹正為考試成績不理想鬧別扭，本不想見任何人，既然有人送上門就不會給他好臉色，也不邀請他進屋深談。

「不曉得咱們還能再見嗎？」原野囁嚅著，聽對方揶揄的口吻不敢造次。

「也許吧，有緣的話。」女孩心不在地焉回答。

「再見！」原野訕訕地告辭。

叮噹望著男孩遠去的背影，不知為何有些惆悵。一個忠厚的同窗六載的鄰家小男生，我倆需要再見嗎？什麼叫緣份？其實她並不明瞭。門前的桂花樹香氣襲來，殷紅的三角梅爭妍鬥麗，女孩收回目光，自己也該收拾行裝啟程了。

抵濱城叮噹先去市區看姥姥，再去學校報到登記宿舍，大學座落在海濱郊外。職員通知新生須入營參加為時三個星期的軍訓。三週快樂的時光令她如沐春風，心中的不快漸漸遠去。

「立正—向右看齊！向前看—稍息！」

教官是北方人，高高的個子，濃濃的蠶眉，陽光的臉膛襯托出一口白牙，在女生面前一張口就臉紅，只有在操練時才能展現他的英發雄姿。一班女大學生個頭和年齡參差不齊，開會嘰嘰喳喳，吃飯婆婆媽媽，睡覺拖拖拉拉，上操時有人還嚼著口香糖。當她們的頭頭真不是件容易的事！其實阿兵哥年齡並不比女生大，卻要像大哥一般照顧大家。叮噹是年紀最小的一個，大家當她小妹妹，此時她恢復了頑皮的本性，時時惡作劇戲弄人。教官指定她當連隊指揮，唱什麼歌由她決定，她故意選了最不宜齊唱的歌。只見她清清嗓門起個調子，指揮大家唱《少年壯志不言愁》。奇了，這麼難唱的歌，卻由開始的高低參差到趨於激昂且整齊，少女心中竟湧出一種感動，熱淚盈眶。

離營那天清晨，叮噹最後一次指揮，女生們唱起《大約在冬季》，姑娘們的淚水再也遏制不住。透著矇矓的淚眼，只見教官的背影不斷遠去，他不曾回頭，想必是不願讓人瞧見雄赳赳的軍人亦閃爍著淚光。叮噹一早要了他的地址準備日後通信。或許身為獨生子女，總渴望有個兄長可對之傾訴能受到呵護，對於高大的男生本能地懷有一種信任。只惜鴻雁往來一段時間後，突然無緣無故中斷了。生活多了一絲難言的苦澀，偶爾想起他，叮噹會在心裡問：而今你在哪里？過得好嗎？

離開父母遠離了束縛，生活真個天高任鳥飛海闊任魚躍。而後父母以訪問學者身分出國，更是天高皇帝遠。大學生們自由自在，大碗喝酒，大塊吃肉，談戀愛，開化妝舞會，入學起就等著畢業，人人開心不已。女生想外出兼職掙外快，男生志在謀出國的機會，談戀愛的則大言不慚：全面撒網重點捕撈。父母頻頻來信叮囑：考好托福，畢業後赴美升讀碩士課程。他們雖沒言明，但骨子裡最擔心的還是女兒，假若談戀愛難免影響自身的前途。

俗話道，壓迫愈甚反抗愈烈，反叛的心理令大人越反對的事孩子越想去做。況且當愛來臨又如何抗拒？叮噹愛上一位名叫湧泉的學長，且不加掩飾拖著他的手去見濱城的親友。此舉令所有親人大加反對，尤其是姥姥和阿姨，她們似乎負有監督叮噹的責任。當遠方的父母得知獨生女兒談戀愛時，憂慮的不得了。父母認為女兒辜負他們的苦心，外國有才幹有能力的留學男生多的是。他們或許說的有道理，國內剛開放亂哄哄，北方一直傳來罷課示威的消息，女兒何不將人生目標訂在西半球？只是群起攻之並不能令一對情侶分手，他倆依然執著，希望朝著既定的共同目標走。

估計不到的是節外生枝，注定了另一種結局。

一九八九年是個不平常的年頭。這一年夏天，叮噹的男朋友湧泉組織濱城的大學生上街遊行，支持首都學生要求民主改革的愛國運動。天安門廣場長達五十多天的學生民主運動最終被政府血腥鎮壓而落幕，無數個逝去的年輕生命為中華民族的歷史寫下悲壯的一頁。湧泉被隔離作了一次又一次審查，未待畢業就給遣送回蘇北老家，他們的愛情因國是而中斷了。

事件對叮噹不啻是個沉重打擊，少女本擬反叛到底拒絕出國，卻落得惟一的出路反而是走出國門離開傷心之地。首先要放棄畢業分配才能取得護照，放棄分配又必須回遷戶口，回遷戶口到處碰釘子遭白眼，辦任何事都要有關係，沒有熟人寸步難行，而不願接受分配的「壞學生」，更要嚐盡層層政府官員的冷嘲熱諷。安頓好戶口她必須南下廣州，到美國領事館申請學生簽證，卻因父母留美未返，對方不予以簽發。

被困頓的時日少女簡直要發瘋了。阿姨勸說道，水到渠成，煩惱先擱一邊，咱出去散散心。兩人決定先逛江城再遊榕城。江城有座關帝廟，姥姥交代阿姨去求支簽，老人家說那裡的簽很靈驗。求得第四十一簽「趙子龍抱太子」，簽文道：

佛說淘沙始見金，只緣君子不勞心。

榮華總得詩書效，妙裡工夫仔細尋。

是支中下簽。

讀過三國演義者皆曉趙子龍百萬軍中救劉禪的故事。從景山村人馬失散始，趙雲先救簡雍於危難之際，後助孫乾脫困於牢籠之中，及至尋到糜夫人，夫人遺下兒子投井而死，趙雲懷抱小主人阿斗在長阪坡中與敵廝殺，七進七出。有詩為證：

血染征袍透甲紅，當陽誰敢與爭鋒？古來衝陣扶危主，只有常山趙子龍！

「七進七出？迷信！」少女禁不住鄙夷。「呸！全是騙人的把戲，不批就不批，何至於七進七出？」她將簽條撕碎，往空中一扔，順勢呼出胸中一口鳥氣。

不可思議的是其後整整一年，父母不斷地的要她一試再試。濱城與羊城距離遙遠，有時她自個兒當旅遊走一趟，有時姥姥陪她一起去，每一回的被拒都將少女的心傷害多一次。最後連領事館工作人員都不想見她而直言：除非你母親回國，否則枉費心機。叮噹宣布投降不出國了，母親只好實施本人回國換取女兒出去的策略。事後屈指一算，果真七進七出美國領事館。

天哪，是否冥冥之中真有主宰？

母親與大學簽了教學合同，叮噹總算獲得簽證邁出國門。

湧泉曾東渡日本半工半讀，這一回他鼓起勇氣露面，到榕城見女友的家長。愣頭腦愣的農村小子來自窮鄉僻壤，他愛上富庶的南方，愛上溫柔如水的姑娘，愛情賦予他無比的勇氣。然而當他一跨進那個書香世家，門第的落差令之惴惴不安起來，等待他的會是什麼結局？男孩像極了等待審判的被告。老家大院落是曾祖父蓋的，曾祖父曾獲教會獎學金到美國讀神學和教育學，學成後在南洋做了十年宣教士才回榕城辦學兼傳教。幾代文化人，胸無城府的鄉下小子怎麼懂得應付？母親直逼視男生雙眼：

「你自己尚且前途未卜，憑什麼給我女兒幸福？光有愛是不夠的。」

小子一敗塗地，氣餒退縮了。

去國前叮噹將帶不走的信件和照片付之一炬，讓一把火埋葬她的青春她的初戀和她的愛。當她踏上飛機舷梯回望生於斯長於斯的祖國，已經沒有一絲留戀，心中充滿悲泣和失望，因為家人不能理解她情感的哀傷，因為現有的社會制度令她失望。她決心將過往的一切都埋葬，獨自踏上征途，哪怕前面荊棘遍地也不能回頭。

在美國讀書並非容易，若讀傳統學科如數理，中國的教育基礎的確扎實；而新興學科如生化、分子生物學，中國的教育就差遠了。這類實驗學科既要有經費又要有好老師，國內年輕的教師都爭著出國，年歲大些教的都是陳舊知識。課程對美國學生尚且有難度，何況留學生。首先必須過語言關方能順利學習，已獲得的獎學金也僅等同助學金，需要應付繁重的助教工作。叮噹算是嘗試到戰戰兢兢如履薄冰的滋味。

「哈囉！你幾歲了？不可能是研究生，該不會是高中生吧？」

「中國到底有多大，為什麼有那麼多人？」

發話的是叮噹的學生，即使路上老遠看見，他們也可能跑過來打招呼。南方的黑人男生有的身高達一米九，他們的中國少女導師身高才一米六。一年來她帶了一百多個學生，幾乎能叫出每個人的名字。除了與他們一起上課，課餘也一起玩壘球，叮噹的英文水平突飛猛進。美國是個多元文化的民族，只要不觸及隱私，人與人之間的關係相當友善。這些本科新生都只是些單純的孩子，跟他們相處讓叮噹憶起自己的大學生涯，他們給憂鬱的姑娘帶來不少歡樂。

什麼壓力都可以克服，惟有孤獨難以忍受。雖然山高皇帝遠，將在外軍命有所不受，母親的忠告可以暫放一邊，可是遠隔太平洋，與湧泉雖仍聯絡距離卻越來越遠。叮噹替他辦理了中部一個學校的入學手續，湧泉終於踏上美利堅國土，然而此時兩人已沒有再見面的衝動。男孩在信上提出分手，彼此都累了，誰也沒有精力再耗下去。

姑娘明白緣份已盡，既然無可挽回，就讓它過去吧。

一次春節聚會偶然聽到有首歌叫《機遇》，歌詞唱道：「像天空繁星忽現忽隱，像水面浮萍漂流不停，人生的機遇稍縱即逝……我心向往我靈渴羡我願追尋。」優美的詞曲令她聯想到自己，如水上沒有根基的浮萍，不知要漂向何方。

冬季學期即將結束，叮噹收到一封請柬，被邀請參加為期三日的春節福音營，講演員遠志明是《河殤》作者之一。來自中國的人們聚會在一起，聽遠志明講述他當年如何出逃，輾轉到歐洲和美國，如何為理想和信仰而努力卻屢屢碰釘，看到人性自私醜惡的一面；講述他走投無路失去所信的悲哀，一直引以為傲的理念並不能給國人帶來真正的民主和自由，幸而在萬般絕望之中，卻有神親自對他說話，讓他打開心扉。

此時的叮噹頓悟了，有如重錘擊於其心。她的理想和信仰被現實擊碎，思想情感亦為世俗嘲弄，四面高牆沒有出路，周圍無可傾訴之人，心中充滿憂傷和絕望。她曾以為不會再落淚，此時淚水卻簌簌而下。她感受一雙手在輕撫其受傷的心，在她心中點燃一支蠟燭，照亮她黑暗憂傷的心靈。姑娘看到了藍藍的天空、綠茵茵的草地，聞到花香，聽到鳥語，原來心靈的重擔是可以放下的。

一九九五年春叮噹意外地接到一個電話，那頭是原野的聲音，人在休士頓。此後每個夜晚原野都在屏幕的另一端，靜靜地陪伴她度過許多不眠之夜。他長大了，不再是天之驕子般的小男生，而是一個有風度的成熟男人，一個有默契的好聽眾。有個晚上男孩給她送來一支歌，歌名《不再孤寂》：「就像宇宙中滑過的流星，各自有它的軌道和終極，是命運讓我們相遇撞擊……从此展開長遠的情誼。」

歌聲深深觸動了姑娘的心。飄泊已久，是否將接近平靜的港灣？

一九九七年秋，原野博士后畢業到亞城工作，同年感恩節受洗為基督徒。一九九八年春，叮噹完成畢業論文答辯，六月畢業，選擇去疾病控制中心當博士后。一九九八年底兩人結婚，他們深深感謝神的引領。

故事寫至此並非結束，回顧過去是為了更好地走前面的路，希望二十年之後，如果神允許，叮噹再寫的便是回憶錄。叮噹將心緒收回，關上電腦站到門前。

「媽媽！媽媽！過來打雪仗！」孩子們向她扔來雪團。

「看我來啦！」她突然童心未泯，急匆匆地加入父女的混戰。

太陽出來了。

雪在融化。

屋檐下有水滴聲，溝裡注入融化的雪水，尤如對於遠方海洋的向往，水流成為一種歡樂的奔赴。灰色的樹幹上很快會生出嫩綠來，留有殘雪的花園草叢裡傳出啾啾的鳥雀聲，比地面花草搶先透露出一點春天的訊息。

二〇一一年二月九日

櫻花盛開的日子

二〇一一年三月八日
東京

飛機甫抵成田機場，芳芳一落地就朝出境處奔去，她只有隨身行李，入境手續很快便辦好。姑娘一眼看到出口處的男朋友，加藤嘉一早在閘口等候多時。他急不及待奔了過來，少女情不自禁撲向高大的男孩。「吾愛！吾愛！」他喃喃自語。他們相擁而吻。每年三月至四月是東瀛的櫻花節，絢爛的櫻花由南而北，從沖繩島出發一路浩浩蕩蕩開向北海道。早在三年前他倆預定了這趟旅程，準備去老家伊豆欣賞櫻花綻放的妙曼身姿。

記得川端康成的《伊豆舞孃》，書中描寫東京學生川島在乍晴乍雨的伊豆山道上觀看巡迴藝人的演出，嬌小玲瓏的舞孃薰梳著古代髮髻背著大鼓，可愛的模樣深深吸引了他。川島邀請藝人同住一家旅館，為薰朗誦劇本，兩人產生了一段刻骨銘心的愛情。雖然這段情誼終在悲傷中流逝，卻牢記在讀者芳芳的心坎上。舞孃薰在碼頭送川島揮動手帕的影像一直留在芳芳腦海中。但芳芳是一個幸福的時代女性，她將擁有最美滿的愛，即將陶醉在愛的花海中。

芳芳和加藤三年前邂逅於南半球，那是否前生訂下的緣份呢？飛往東京的空中，過往的歲月一幕幕重現在女孩眼前。

八十年代中母親帶兩個姐姐到香港，當時中國政府規定一個家庭只許帶兩名子女出境。芳芳是八十後「超生」的孩子，況且母親帶著幼女如何謀生？順理成章么女給留在鄉下外婆家。多年後母親儲夠了錢使用一切關係申請小女兒出國。一個該上中學卻只識二十六個英文字母的孩子，如何適應香港的學校生活？雖然有所中文學校願意收她，姐姐們亦千方百計為她安排補習，但她的英文成績永遠不合格。

十九歲那年芳芳決意赴澳洲讀語言學校，苦讀三年終於邁過了英文這個坎。家人一向節衣縮食，以港幣換取高昂的澳元無私予以供給，然而懂事的姑娘希望通過半工半讀去完成學位課程，她選修了心理學。功課都在上午，下午時間和週末假期都可以偷偷出去打工，中國留學生都往中餐館跑，只有她另闢蹊徑，看上一家西餐館。

距離學校不遠的居民區有對老年夫婦經營一家咖啡廳，芳芳曾與同舍在那裡喝下午茶，她留意到門上聘請兼職侍應的招貼紙。女孩悄悄找了老闆娘密談。移民局明文規定外國留學生不可以工作，但世事並非絕對，姑娘的誠摯終於打動這位有愛心的僱主，從此她的大部分時間都留在這家海邊小屋。

「哈囉，法蘭克太太！」每天中午芳芳趕到咖啡屋，老闆娘就急著回家，她先生病了，廚房工作交給丈夫的弟弟湯姆。幸虧餐牌上只有ＡＢＣＤＥ幾個款式，熱狗、生菜和義大利麵是主食，來吃午飯的僅是在附近工作的一班熟客，下午茶只賣三文治和咖啡，簡簡單單。

「哈囉，伊婉，拜託了！」伊婉是芳芳的洋名，法蘭克太太挺客氣。芳芳已經向她學會烹煮咖啡和使用收銀機。

上班幾個星期後芳芳已經熟悉了一班老客人，有的直呼其名，有的叫她「中國姑娘」，親熱得很。

顧客來了侍應小姐送上咖啡，客人走了洗洗杯盤抹抹桌椅，沒有客人時還可以看看書，她對工作很滿意，湯姆也很合作。週末來的多是大學生，芳芳留意到一個東方面孔的小伙子，他總是坐在戶外面海的陽傘下。今天下午他又來了，仍然穿著T恤、球鞋和牛仔褲。

「哈囉！卡布奇諾加芝士三明治？」芳芳記得他老吃這兩樣東西，含笑問道。

「不錯！」男孩有些靦腆，臉紅起來。他仍然坐到老位子上。

週末客人很多，男人喝啤酒聊天，學生玩電腦，老人看電視播放足球賽。少年一直坐著看書，直到太陽西下，人們都走了他還沒動。

「木村拓哉！」芳芳揶揄他一派帥哥的模樣，示意店子要打烊了。

「我叫加藤嘉一，昆士蘭大學博士生。」男孩羞赧地起身收拾書包告辭。

「加藤再見！」芳芳望著他的背影，心上徜徉起一種甜甜的感覺。

再一次道別那天是星期四。

星期五他沒來。

週末、週日仍不見影子。

他不會是病了？芳芳擔心起來，不斷將眼睛瞟向加藤慣坐的位子，卻是張空櫈。以往週日最累，一躺上床就睡著了，今晚她輾轉反側徹夜難眠。

法蘭克先生似乎病得不輕，法蘭克太太問芳芳願意搬到店裡住嗎？芳芳求之不得，立馬捲了鋪蓋過來，接下老闆娘的鑰匙，當起臨時店主來了。這下子她既省下房租又省下時間，連伙食都不成問題，賣不完的食品有的是。然而不曉得為何，她覺得從未有過的空虛和惆悵。

加藤終於來了，明顯瘦了不少。當四目交投之時，兩人都看出對方眼中的思念，愛神丘比特的箭射中了他們，雙雙共墮愛河。相愛的日子過得多麼快啊！轉眼間加藤完成畢業論文馬上就要回國，而芳芳還得讀三年。他們相約等待三年，三年後芳芳一定守約到加藤的家鄉伊豆觀賞櫻花。

今天芳芳來了，她更漂亮了。柳眉杏眼桃腮的中國姑娘亮麗如日劇明星，「常盤貴子」終於投入「木村柘哉」的懷抱，活脫一齣《美麗人生》！

三月九日
遊伊東

坐落在伊東高原上的大室山海拔並不高，遠望山的形狀規整如麵包，但給人一種震撼力。他們乘坐纜車上山，見到滿山白色的蘆葦在風中左右搖擺，一片片白一片片黃如浪濤翻滾，十分壯觀。近處有個仙人掌公園，園內除了種植各式各樣的仙人掌，還養著好多動物，牠們就在公園裡自由行走，遊人可以上前親近，細看孔雀、猴子、鸚鵡、袋鼠、山羊等，也可以與動物合照，甚或攬抱撫摸牠們。一對情侶相擁在孔雀開屏前留影。

三月十日
遊河津

芳芳知道《伊豆舞孃》裡面描寫的就是河津。河津市有座「伊豆舞孃」文學紀念碑，河津七瀑布那兒有「伊豆舞孃」的雕像，到處洋溢著川端康成書中所描寫的一派古樸。此時主幹河的兩岸開滿櫻花，或緋紅或純白，風一吹過陣陣櫻花如飄雪，漫天飛舞洋洋灑灑花落滿地。芳芳咀嚼起魯迅先生在〈藤野先生〉一文描寫櫻花的字句：「上野的櫻花爛熳的時節，望去確也象緋紅的輕雲」。路旁的櫻花樹伸展的樹冠幾乎欲合攏來，櫻花如中國的梅花先葉開放，粉色的白色的花朵成片地綴滿枝頭。長而下垂的花柄端部掛著的花蕾和花萼是紅的，遠望去果然「確也象緋紅的輕雲」。

加藤介紹櫻花中最多見的吉野櫻，吉野櫻約佔日本櫻花數量八成，每朵花有五片粉紅色花瓣。最漂亮的則是枝垂櫻，又稱瀑布櫻花，如粉紅瀑布一般的櫻花懸掛下來，極度的詩情畫意。他覺得人生就如這櫻花一般，僅有最燦爛華美的一瞬。加藤告訴芳芳，日本人奉櫻花為國花，象徵大和民族不惜一切、力求向上、堅忍不拔的精神。

到處是摩肩接踵熙來攘往賞櫻的人流，不論年輕情侶或老年夫婦，還是成群結隊的外國遊人。遊客們仰著頭含著笑，觀看交錯枝條上緊密生長的花朵，無數高舉相機的手在捕捉櫻花的千姿百態，人們不遠千里而來為的正是尋找櫻花璀璨的一刻。盛開的櫻花樹下鋪著一張張藍色塑膠布，有人席地而坐聚餐飲酒；有人又彈又唱笑語喧嘩；有的只靜靜地躺著，欣賞碧空之下優雅迷人的櫻花。芳芳體味到日本人賞櫻的美妙景致。

三月十一日
伊豆

今天加藤要把愛人帶到伊豆老家，他們將得到母親的祝福。小伙子袋裡藏著一枚鑽戒，今晚他將把戒子戴到芳芳手上，抑制不住的幸福寫在男生臉上。午飯後兩人攜手來到老家附近，加藤一路介紹自己長大的地方：這邊是幼稚園，那邊是小學校，超市在對面街，前面拐彎就到家了。他想母親一定等得心急，「新婦茶」老人家今天喝定了。

突然大地強烈地搖晃。

地震對日本人而言是家常便飯，加藤從小到大受過無數次應付災難的訓練，男孩攬著女友的腰走到空地上，姑娘臉色蒼白緊緊依偎著情郎。這時許多居民從屋內跑到外面來，街上的人頭頓時如螞蟻般攢動。糟糕，母親在家裡！但願她沒事！芳芳跟著加藤跑進一所住宅，門戶洞開，加藤看見爐火在燃燒，馬上熄滅火，大聲喊「媽媽」。此時兩人都聽到房內有動靜，母親被櫃子上跌落的陶瓷茶罐砸中腰部倒地發出呻吟，慶幸沒有大礙。芳芳見到一地茶葉，大廳桌上擺著一套漂亮的茶具，幾隻杯子跌落滿地碎片。她明白加藤母親正在燒茶準備迎客，想不到在這種場合與他的家人見面，心中惴惴不安起來。

驚魂稍定加藤打開電視，赫然發現他們彷彿進入災難片電影。日本東北部的強烈地震引發了海嘯，整片村莊、大量民居、汽車、火車都給沖走了，許多船隻被衝到岸邊，海水湧向內陸沖毀建築物和公路，大量天燃氣洩漏，多處地方起火……災害究竟造成多大損失，誰也無法估計。

大家面面相覷沒有出聲。芳芳跟著加藤去超市買水和食物，架上的瓶裝水、麵包和方便麪幾乎被買光了，他們只好買些僅剩的袋裝食品，包括肉乾、小魚、餅乾條、糖果，只要能吃的都好，還有蠟燭、打火機、手電筒和一應藥物。兩人回家一邊收拾屋子，一邊留意電視新聞，所有廣告和節目都停播，二十四小時連續播放滾動新聞。全國大部分鐵路都已停駛，到處停電、停水，人們戴著安全帽步行幾十公里回家。

三月十二日
伊豆

今天的新聞更加挑動人民的神經。滾動新聞不斷播送死人的名單，加藤看到名單上有自己的同事、朋友和親戚，他們被證實已經遇難。更恐怖的是福島核電廠發生火警，隨時會洩漏輻射爆發核災難，當局已安排附近的居民疏散。核危機陰雲籠罩日本，不少國家正在醞釀撤僑。加藤安撫了母親，開朗的媽媽決心守衛家園。加藤準備開車回東京寫字樓，他須先送芳芳上機回國，芳芳的家人擔心不已，不斷發電郵催促。

纏綿的夜。

哭泣的夜。

芳芳的杏眼腫成核桃。

「加藤，你跟我一起走。」

「我不會在這個時候離開自己的國家。」

三月十三日
東京

一路上車龍堵塞，短短的車程從早晨開到傍晚才到達機場。

機場人頭湧動水洩不通，芳芳持的是來回票，否則一票難求。

送行止步。

「你要為我保重！」加藤再次抱緊女友。

「再見……」芳芳想起伊豆舞孃送別川島的情景，難道紅顏都是同樣的命運？姑娘揮了揮手跌跌撞撞地跑入閘口，淚流滿面不敢回頭。

機場電視正在播放世界各國對日援助行動，加藤加大油門趕回公司。雖然假期未滿，但救災比什麼都重要，好男兒為國出力的時刻到了。

二〇一一年三月二十一日

感恩節絮語

屋外下雪了。你坐在窗前，凝視一片片鵝毛雪花，看它們噗噗地落在冬青樹上。今年感恩節未到就三天兩頭地下雪，轉眼又快聖誕，之後便是新的一年。歲月無情，能不叫人心潮起伏嗎！週日團契聚會，兄弟姐妹們重溫感恩節的由來，你再一次為之動容。

你的思緒飛到三百九十年前，眼前浮現出一艘名叫「五月花號」的輪船，一艘僅重一百八十噸、長九十英尺的木製帆船，它載著一百零二名英國清教徒，這些大人小孩為了逃脫宗教迫害的魔爪，在大西洋的洶湧波滔中顛簸。偌大的天地，何處是天涯淪落人的歸宿？海上風急浪高，帆船就像狂風暴雨中的一片樹葉，艱難地向前漂泊，隨時可遭船毀人亡的滅頂之災。航行持續六十六天，死了一個人，有位母親在船上誕下一名嬰兒。輪船終於在麻薩諸塞州的普利斯敦登陸。

從大西洋上吹來的凜冽寒風像魔鬼一樣在空中嘶鳴，漫天的冰雪無情地拍打著草蘆茅舍。新移民在冰天雪地裡缺衣少食，繁重的勞動令許多人累倒累病，甚至倒下不再起來，接踵而至的傳染病更奪去不少人的生命。一個冬天過去，歷盡千難萬險來到美洲的一百零二名移民只剩下五十人。幾乎每天都有人死去，每家都有人辦喪事，絕望的氣氛籠罩在每個人的心頭。難道尋找新天地的美夢就這樣被粉碎嗎？不！上帝伸出大愛之手，祂引導純樸、熱情、智慧的的印地安人來幫助他們。土著民教導新移民捕魚、狩獵、耕作和飼養火雞，使他們的開墾耕種獲得豐收。從此為了感恩，每年的這一天人們舉行隆重慶典，逐漸演變成美國人的一個重要節日。

這個古老又真實的故事總是令你緬懷過去，回想幾十年前還是毛頭小子的自己。那一年高考因受父親的「歷史問題」牽連名落孫山，街道居委會上門動員說，毛主席有指示：「一切可以到農村去工作的這樣的知識分子，應該高高興興的到那裡去。農村是一個廣闊的天地，在那裡是可以大有作為的。」你響應了黨的號召，插隊到郊外紅星農場。初赴農場的少年立志學習邢燕子，率領農友們開山僻地。是你領先上黃嶺砍下第一根木頭扛回農場蓋廠房，是你帶隊在荒原上開出第一片大寨梯田，也是你籌劃創辦糖廠並熬製出第一批紅糖。冬夜你跪在母牛身邊，接生第一頭牛犢；早春你往茶山採茶，製作第一道香茗。你的汗水和足跡遍農場。那時候你滿懷革命情操，滿腦革命理想，保爾・柯察金是你的偶像，黨指向哪裡你奔向哪裡，直到紅太陽高照的那一個六月天。

那天清晨你從夢中驚醒——槍林彈雨、拳棍交加、你死我活、直面死神、亡命逃生……所有在書本上讀過和未讀過的，聽過和未聽過的，都以最原始、最殘忍、最血腥的方式一一演繹，從此重壓在你的身上、心上，透不過氣來。一日之間，在硝煙与血泊中，在驚駭與逃亡中，你突然長大了，成熟了，開始反思腳下的路，懷疑被灌輸的一切，看透迷幻的謊言……痛定思痛的你接受無情的現實不再受騙，獨立思考的結果使你決心保持冷靜。農場分裂成兩派，紅衛兵們進行著無休無止的武鬥。因為你不忍心去鬥「走資派」場長們，造反派硬把你劃為「修正主義接班人」，強給你扣上「保皇黨」的帽子列為陪鬥對象。曾幾何時的開山造田英雄與「牛鬼蛇神」們關押在一起。

三伏天。白天下田烈日當空，聽見有人喊：「老楊中暑了！」你見來了幾個年輕人，將場長拽進草棚，老人命不該絕活了過來。晚間牛棚潮濕悶熱，蚊蟲咬得人渾身起紅疙瘩，連看守都受不了開溜出去乘涼。睡在對面舖位的老場長向你招招手：「年輕人，勞你幫我抄一抄這份檢查，咱這手抖寫不來。」你接過一沓字跡瞭草的紙張，埋頭謄寫起來。這是一份歷史交代，原來場長出身貧苦農家，土改時期參加工作，老家就在河南郊外。你沒說一句話，屋裡只有紙頁翻動的沙沙微響和蚊子的嗡嗡聲。忽然你發覺紙裡面夾了張小字條，上面只有兩行字，看似無意寫上的地址和人名。你默不作聲繼續抄至完畢，謹默然記於心中。

軍代表進場奪了造反派的權，你給釋放了，還被推舉參加「三結合」，你推不了亦不想再受人凌辱。老場長仍未「解放」，繼續留在學習班。恢復自由令你意氣風發，你有一週假期可以回城看爹娘。對你的牽掛令父母越發蒼老，這年頭平安就是福，他們健在你就心安了。理了髮洗了澡換上乾淨衣物，你朝著心中所思奔去。

過了珠江大橋就是河南。你的心忐忑如小鹿，臉膿熱異常。其實你憑什麼預感且興奮呢？只因一個地址和一個女孩的名字，那又有什麼？然而你真的開心不已！是的，你見到老場長的獨生女兒楊揚，一個婷婷玉立的花信少女。只因為同是天涯淪落人，你們產生共鳴成為朋友，自此你的所有假期便與之相守。當農場第一次下達招工名額，你不再當愚蠢的「雷鋒」而是迅速把握了機會。你成為一名機修工人，隨後娶了楊揚生了孩子。你已經脫離可怕的農村進入城市。

老子曰：「禍兮福所倚，福兮禍所伏。」微薄的工資只能過清貧的日子，楊揚不時埋怨你沒有上進心，情願當一名沒出息的工人，放棄三結合等於放棄仕途，這一輩子永遠出不了頭。你們之間的分歧越來越大，這令你痛苦萬分。楊揚心高氣傲，是個能幹的女人，從不放棄讀書學習等待機會。天掉下來一個偶然的機遇，你服務的車隊不曉何故被調到外事辦，你不必再當藍領轉而做起文員來。後來恢復高考也給楊揚帶來機會，她成了大學生還留校執教鞭，你們終於平靜地分了手。

時光飛逝，來到八十年代末那個多事的夏天，其時你已進入不惑之年。紅星農場的舊友常來常往，你與他們份屬老友，進城哪能不找你喝茶？羊城距離香江最近消息最靈通，人們爭相流傳一些來自京城的消息。人民覺醒了，一座座火山爆發了！二十一年後的同一個六月天，你的好朋友趙光、錢明、孫磊、李洛，還有周家兩兄弟，他們為民主自由的崇高理想獻出了年輕的生命。噩耗傳來，你義憤填膺悲痛不已，而那些人順籐摸瓜，魔爪伸向了你。

因工作之便你有一張旅遊護照，這在外事辦本是平常事。你匆匆買了機票離境，連父母也來不及告辭。香江的朋友聯絡了亞城一位老同學，他負責來接你。當你踏上飛機舷梯回望生於斯長於斯的羊城，心中滿是苦澀和失望，前途未卜荊棘滿途，你沒有絲毫把握卻不能回頭。你不會說一句英語，用本能的身體語言過海關。在芝加哥轉機等了四個小時，你捨不得花錢買吃喝。除手持護照身無長物，你到亞城將如何生活？待護照到期移民局大可趕你出境！

許是天無絕人之路。當接機的朋友出現在你面前，熱情的擁抱給了你堅定的信念。素未謀面的留學生們視你為他們的弟兄，援助來自四面八方。秋天你去鋤草，冬天你去鏟雪，白天修理汽車、整理花園、打掃衛生，你樣樣勝任；夜間上學過語言關，你從不曠課，學業突飛猛進。時間飛快地流逝，轉瞬六個月簽證到期了，這才是大問題！移民局已下了通牒令，再過一週你得收拾包袱打道回府。

臨行前最後一次參加聚會。留學生們唱道：「像天空繁星忽現忽隱，像水面浮萍漂流不停，人生的機遇稍縱即逝，切莫等待切莫遲延切莫因循……」優美的歌曲令你激動不已，想到此時有如水上沒有根基的浮萍，禁不住熱淚盈眶。男兒有淚不輕彈，你默默低頭掩飾難堪，準備向大家作別。突然有人拍了拍你的肩膀，是同室友人老衛，他身後站著位不相識的女郎。

「來，麗蓮！」這家伙將姑娘推向你，還做了個鬼臉。「來自中國的老湯。」

「嗨！」女郎大方地伸出玉手。

「嗨！」你囁嚅了，漲紅雙頰像個關公。

你似乎聽見旁邊有人在竊竊私語，還有女孩子們嘻嘻的偷笑聲。你明白朋友們出於善意的安排，理解卻也尷尬極了。你知道自己既非帥哥亦不風流倜儻，一無所有連身分也無，誰會看上這倒霉蛋？據後來朋友們所言，事前確實沒一個人看好這場「相親」。人家麗蓮自小居美，除了記得幾句家鄉話，滿口標準英語，在加州政府部門有很好的職位，憑什麼對你垂青……

是神的引領？麗蓮是虔誠的基督徒。她溫潤柔軟的小手握在你粗糙起繭的大掌中，毅然拖著你步出室外，女郎手心的溫暖幾令你無法自持。在朋友們的祝福聲中，執子之手登機飛加洲，開始神仙眷侶的婚姻生活。身後的朋友們唱起了那首留學生最喜愛的歌：宇宙中滑過的流星／各自有它的軌道和終極／是命運讓我們相遇撞擊／綻放友誼／就像大海中漂流的細砂／不停地忍受潮水的沖洗／是緣份讓我們相知相悉／從此展開長遠的情誼……

轉眼在這片土地上生活逾二十載，夏季你們決定用累積的假期再度蜜月。從三藩市到西雅圖，再飛芝加哥，而後遊科羅拉多州的首府丹佛。「風城」芝加哥比二十年前更顯宏偉，更令人流連忘返。從高樓上鳥瞰，是彎彎曲曲的地平線和莽莽蒼蒼的天地奇景；進了設計新穎風格獨特的千禧年公園，相機快門急忙按個不停；當然沒忘記去看著名的波音公司。丹佛坐落在洛磯山脈上，有名的「一英里高城」。

你們不僅瀏覽這座美麗城市的外貌，而且細心領會各項城市設計的深刻寓意，還專程去參觀國父下榻過的酒店。旅遊之外的更大收穫是訪友。在這地球的另一端，西雅圖有原粵林車隊的一位老同事，芝加哥有闊別近四十載的紅星農友。多年的舊友重逢，相擁喜極而泣。

十一月一日起，你告別了工作多年的加州教育部。你尚未習慣這種悠閒的退休生活，雖說期盼已久。瞧，鄰人們都在為感恩節忙碌，除了準備豐盛的火雞大餐，也要給房子添加色彩，牆角那一車小南瓜和彩色玉米，就是很應景的裝飾物。感恩節當天一早得先去教堂作崇拜，中午女兒、女婿會趕來團聚，下午舉家享用豐盛的火雞大餐。那天傍晚社區有項很重要的活動，就是觀賞美式足球賽。女兒十多年前來美讀書，大學畢業不久結了婚，夫妻都有很好的工作。

窗外的雪越下越大，四周的白羽絨越積越厚，大地彷彿蓋上一床雪白的棉被。明天起不用早醒趕上班。從今往後，你和麗蓮儘可以做喜歡做的事，遊覽任何向往的地方，隨心所欲地享受後面的人生。

二〇一一年十二月二十二日

旅人小札

河內之旅

靜極思動。生活在水泥森林之中，日子變成數字和日曆，人生成為掙錢和花錢，好想去聽聽大海吹吹山風，感受大自然的氣息；好想鎖住逝去的光陰，重溫舊日的情懷。終於穿越一條時光隧道，回到三十年前。

香港航空公司ＨＸ５１８夜機飛行一小時五十分，於香港時間二十七日零時（越南時間二十六日二十三時）抵達河內。戰火紛飛幾十年的越南統一後仍貧窮，八十年代中始施行「革新開放」，略見成效，但步伐緩慢。當清晨街道上還朦朧著層層霧障，電單車方陣嚴陣以待，準備紅綠燈一轉馬上衝閘。此情此景不正是三十年前的深圳東門十字路口？一條條大街小巷的店鋪和攤擋擺賣，也讓人想起家鄉鯉城老區的街景。

車子經過廣寧省海防港，不禁想起七十年代中葉至八十年代中期，投奔怒海的難民潮。美軍的撤出令南越青年腰纏黃金，美鈔捲成煙捲，臥貨輪底倉逃亡，其中不乏富豪人家的公子哥兒，包括今日影視界紅星呂良偉其人。越南統一後赤貧，為擺脫國內政治壓迫，大批男女從海防經廣西南寧偷渡香港。那時天天都有船民抵岸的新聞，東南亞各國皆不肯收容，只有英統治下的香港以人道的寬容接納他們。投奔怒海者源源不絕，來自不同地區不同幫派的船民時時械鬥，東方之珠勉力承受巨大負擔，一九八八年終於實施甄別政策。老香港怎會忘記「不撈東奈，木精塞內……」那段廣播？

今天的海防已是頗具規模的貨運碼頭，附近工廠林立，看到冒著濃煙的大煙囪，彷彿回到六十年代祖國大建設，時光倒流了幾十年。紅河三角洲大片平原上，一丘丘水稻田剛插下嫩綠的秧苗。今日即使去深圳，你也見不到耕作的農戶，良田都蓋了工廠，農民下海不下田。作為開放的城市河內仍落後，缺乏高速公路橋及各種設施，衛生條件也差勁。遊客來到此地是為了那珍貴的自然遺產。陸龍灣、下龍灣為喜愛旅遊的人士開闢新途徑。都道「桂林山水甲天下」，遊過雙龍灣方曉風景這邊也好。桂林山歸山水歸水，灕江淺又窄，而這裡的山都從水中冒升上來，如潑墨山水。美哉桃花源！

踏入鐵殼小艇，農家為遊客撐船划槳，收取微薄的小費。享受這山，這水，這陽光，這清風，洗滌世間的塵埃，聆聽大自然對心靈的呼喚。恒生指數、道瓊斯工業指數拋開腦後，忘卻人間多少憂煩，彷彿回到從前。想想這裡的人民生活未臻富裕，平均月入一千港元，但這兒沒有乞丐，人們可以喝一杯咖啡胡扯兩個鐘，邁著悠閒的步伐，錢花了再慢慢掙。越南人民開心指數高居世界排行榜第五。知足常樂，正是對那些馬不停蹄、營營役役者的絕大諷刺。

寧平省的陸龍灣如一條小河蜿蜒，壯麗的石灰巖融入碧綠的水中，兩面襯著水稻田，水淺而濁。搭竹伐遊寧平碧洞，偶見小屋遺世獨立，一派寧靜的鄉村景色。下龍灣則是個煙波浩淼的港灣，星羅棋佈著一千多個大小島嶼和奇峰異石，傳說中的安南古國受外敵侵略，神龍為拯救人民於水火，率當地眾神現身，口中吐出大量珍珠散落海上，珍珠幻化成一千六百多座大大小小的島嶼，形成自然防衛，驅除外患侵入的危機，因而有「海上石林」美譽。山連山水連水，坐在遊船上欣賞一幅幅山水畫，你不時聽到有人感歎：哎呀，沒電了！可就算有備用電，美景又怎拍得完？

河內之旅外一篇

拖著丈夫步出機艙時，你的手一直在顫抖。同事們都不明白，你們為何選擇到河內度蜜月。提起北越，總不免與戰爭、落後、貧窮掛鉤，香港的年輕人都生活在幸福的年代，他們又怎能明白你的心結？自有記憶始，父母就在你耳邊絮叨：父親南方的家，母親北方的家，將來你長大了，找到你的另一半，一定要回去尋找自己的根。

你的祖父是個生意人，二十世紀七十年代初在西貢經營一家金屬工廠，家境相當富裕。祖母共生了三個兒子兩個女兒，大姑出嫁了，大伯、二伯都跟祖父做家族生意，四姑和最小的父親尚在求學年齡。一九七三年三月美軍撤退，大伯被南越政府拉去打越共，慘死戰場。人人都想逃亡，正是「電燈柱可以走都要出走」。每當夜幕落下時，人們如生活在地獄中不敢合眼。原打算舉家離境，無奈遇上奸人，祖父被騙走大量黃金，接著只能安排二伯單獨逃難。

「母親將她的陪嫁金子碾成金箔，縫在二哥的褲腰內。那晚父親付了一筆美金，我和母親陪二哥到碼頭下船，一船都是年輕男子。母親哭成淚人，有我扶住她才沒昏倒。」這一段往事只聽父親說過一次，你都記住了，誰也不想再提及。幾十年來再也沒有二伯的消息，恐怕他當年並未成功出逃。聽說那些船有的被海盜打劫，有的翻船，有的用罄燃油飄流海上，偷渡者都餓死了。

一九七五年四月，西貢（胡志明市）被北越軍隊佔領，戰爭結束。祖父被打成「資產階級分子」，給抓進去關了十多日，有人傳話說可用金子把他贖出來。這一次花了十幾兩金子，又左右託人事，幾乎傾家蕩產。祖父出獄後全家被下放到農場，由於受不了艱苦的體力勞動，加上思念兒子，幾個月後他病死了，未嫁的小姑姑被迫賣淫養活一家。

「爸爸和大哥死了，二哥生死不明，小弟你一定要逃出去，不能全家在這裡等死。」小姑姑決絕地對父親說。

一日小姑姑帶一個姑娘來家，姑姑塞給父親一包香煙，將那姑娘的手放在父親的手上。

「你們兩個都是我最愛的人，一個是我的兄弟，一個是我的好友，逃難去吧，她會給你帶路的，願佛祖保佑你們。」

小姑姑選擇留下來照顧祖母，將機會讓給了這一對青年，他們就是你的父母。你的母親是北越人，她帶父親往北走，先回到河內鄉下見自己父母，也就是你的外公外婆，然後著手籌劃逃亡。從海防渡海需給蛇頭大量費用，風險也大，姑姑給的那包「香煙」是捲成煙狀的美鈔，不到最後關頭不能花。他倆決定從陸路出發，先偷渡到中國廣西，再改水路往香港。兩人與一批志同道合者上路，為了躲避軍隊和民兵的搜索，日宿夜行，忍飢受凍。父親是個富家少爺，未慣受苦，幸有生於北方共產制度下的母親強力支持，方可渡過一切難關。

「有一晚我們走錯方向，進入一條苗族村寨，苗人都很好客，見我們一臉菜色，為大家準備兩道特別的飯菜，以便補充體力繼續上路。」母親後來回憶。她生動的描述令你感到一切歷歷在目，似乎逃難的是你本人。

有個苗人找來幾隻鼠狀的小動物，稱之曰「甦鼠」，你後來查閱資料，懷疑是臭鼬。胖嘟嘟的小鼠給裝在一個長形籠子裡，主人用力拍籠子作狀追趕，鼠便從籠子一頭奔向另一頭，一邊跑一邊放臭屁，其臭無比。等鼠們跑累了，他伸手抓出籠子活生生將之摔死，剝皮放到土罐內下米燒飯，煮熟的鼠肉又香又鮮美。

幾個村人在地上挖了個深深的洞，抓來一隻猴子，將牠活埋下去，一直埋到頸項，只剩下頭部。猴子哇哇大叫，慘不忍睹。接著苗人淋下柴油引火，可憐的畜生發出淒慘的哀號，燒成一團火球……

每想到這裡，你忍不住按住胸口閉上眼，防止胃裡的食物嘔出來。人們把燒得焦了皮肉的猴子拖出來，那東西四隻腳縮起，大睜雙眼，彷彿在抗議可怕的人類。刮掉牠頭上已燒胡的灰燼，撬開牠的天靈蓋，那畜生的腦子像一碗微溫的豆腐腦。給尊貴的客人倒出家釀的米酒，請！猴肉燒得又香又脆，也是下酒的好菜。

你聽過一個逃到新加坡的女孩說，她乘的那條船沒了燃料，在海上漂流幾天幾夜，渴的人喝自己的小便。她弟弟餓死了，人家將他殺了來吃……

哪個故事更殘忍？

你此次參團志不在旅行，而是為了簽證的方便，你們已經去過一趟南越，也是先跟團後自由行。西貢那邊仍未找到姑姑的線索，祖母應該不在人世了。北越外婆外公也早過了世，貧窮和憂患將人的壽命都縮短了。你們終於聯絡了母親外家的親戚，見面的情景原是事前意想不到的。

一九八六年後，執政的越南共產黨改變經濟政策，以中國大陸為師，學習市場經濟的模式，施行「革新開放」，經濟有了穩健的成長，亦逐步舒緩政治壓力。河內街頭仍聳立著不少法統治時期的「管子式」排樓，當年統治者住的是「宮殿式」洋房，卻只允許平民百姓蓋「管子式」樓房。今天河內的農民多有能力，親戚蓋的是廣州碧桂園式的複式洋樓。他們見你臉色蒼白吃不下睡不著，知道你不服水土，給你刮了痧作了按摩，還熬了香噴噴的新米粥。你的轆轆飢腸填充了能量，疲憊不堪的身子終於可以休息，甜睡在故鄉的懷抱，一夜無夢。而當陽光照到睡榻上，你醒來時既為他們高興，也替他們難過。

你看到親戚的殘疾兒子，他畸形的雙腿向身體兩邊撇開，撐著一副拐杖邁橫步，去刺繡工場上班才坐輪椅。越戰期間出生的畸形兒以前只在畫面見，今天擺在眼前，受影響者逾五百萬人。戰爭給越南帶來深重的災難，造成五百萬平民死亡，留下滿目瘡痍的土地和八十八萬孤兒、一百萬寡婦、二十萬殘疾人、二十萬妓女及大片雷區。戰後男女比例為一比三，當然現在不同了，是一點一四比一，人口已經恢復過來。但美軍在越南使用了約七千二百萬公升枯葉劑，這些有毒物質的含量推定高達五百五十公斤，散布各地之後美軍又投擲燒夷彈，結果產生更大量的戴奧辛。戴奧辛導致流產與死產、胎兒先天異常、女性性器癌及肝癌。先天異常主要症狀有手指腳趾異常，四肢、口唇、頭部、顏面、耳蝸以及全身皮膚異常等。這類先天異常算是症狀較輕的，更嚴重的是內臟畸型。為此，你和丈夫更堅定了不要小孩子的計畫。導遊推銷咖啡豆，你不敢說也不買。枯葉劑使越南咖啡豆的戴奧辛含量居世界第一，因而有些國際咖啡組織，不允許越南的咖啡豆進口，這亦是越南咖啡豆很便宜的一大原因。

別了，故國！一路若非有新婚丈夫陪同，你早已被擊倒。你的根在這裡，腳下是祖先的土地，你心裡的痛只有自己知。

二〇一〇年三月四日

西藏之旅

一批居住在世界各地的老同學策劃了一場朝聖之旅，彼此相約八月二十九日鐵定在拉薩聚會，我憑藉親友的關係參與。人們分別從美國、加拿大、香港、北京、上海、福州等地，乘搭各種交通工具出發。本人必須於二十八日飛成都過一晚，第二天轉機進藏。

八月二十八日。抵達成都下榻的酒店已近下午四時，放下行李即招的士去杜甫草堂。遊途中認識三位進城打工的年輕人，結為忘年之友，頓減去孤身流浪的寂寞。草堂位於西郊浣花溪公園旁，佔地二十四公頃。杜甫因安史之亂流亡成都，在友人嚴武的支持下於浣花溪畔蓋起一座茅屋。居住此處四年，杜甫寫了二百多首詩，是其創作的高峰期。馮至在他所著《杜甫傳》中曾這樣說：「人們提到杜甫時，盡可以忽略他的生地和死地，卻總忘不了成都草堂。」怎能不在這塊石頭旁邊留影？

步出草堂已入夜，年輕朋友們帶路，四人打的到錦里古街吃晚飯。錦里古街是條商業街，據說秦漢時期便已存在，街道呈現一派古蜀民風，實際上是一條民俗商業步行街，以三國文化及川西文化作招徠。來回程轉機均須途經成都這個大城市，能夠重點遊覽其部分著名景點，也算充份利用間隙時間吧。

八月二十九日由成都入藏。來過的朋友提醒我找個好位置。恰好乘搭的是部大機，乘客又少，我迅速霸占了最佳的座位，避開機翼擋住視線。腳下是祖國西南邊陲一片海拔平均四千五百米，面積達二百三十萬平方公里的土地，世界上最高的高原，號稱「世界屋脊」和「地球第三極」。東連雲貴高原和四川盆地，西達帕米爾高原，北鄰內陸沙漠，南眺印度大平原，青藏高原雄奇高峻、傲視四方，其奇異的地理構造和地貌景觀以及獨特的文化積澱和歷史皺褶，堪稱世界一絕。下面是世界上任何地方都見不到的奇景：一團團棉絮般的白雲下，空氣透明如鏡，青藏高原就像一片海底世界，一座座山峰猶如乾枯的樹葉纖維，呈現出它的全部脈絡。

閃過皚皚白雪的是貢嘎雪山，如一匹綠緞子蜿蜒飄過的是雅魯藏布江，眼底一片片金色的青稞麥田，就要抵達拉薩了。拉薩海拔三千六百五十米，拉薩河流經此地在南郊注入雅魯藏布江。拉薩是西藏政治、經濟、文化中心，也是藏傳佛教聖地。正午室外氣溫僅二十五度，但頭頂上紅日直射紫外光極強，來不及取墨鏡和帽子，過馬路走向停車場，無遮無擋的陽光如火烤一般炙熱。

各路朋友抵達機場的時間不同，先到者須靜心恭候。無奈汽車不開冷氣，說是開了馬力不夠，車子成了烤箱，旅客變成烤箱中的麵包。乍到不能洗澡，不多說話，要慢動作，這是人們一再叮囑的，可年輕的導遊、司機與搭訕者如長舌婦人，口沫橫飛煙霧繚繞，從毛澤東講到趙紫陽，從李光耀談到戈爾巴喬夫，在旅客面前拋書包。老奶奶被煙嗆得忍無可忍，甩手下車避去。

八月三十日。一夜無眠是高原反應的表現，早起頭痛難忍。今天的行程是朝拜布達拉宮和哲蚌寺，亦參觀拉薩的「頤和園」羅布林卡，一年一度的雪頓節剛開始。

布達拉宮這座宮堡式建築群建在瑪布日山上，公元七世紀初松贊幹布為迎娶文成公主始建，共有九百九十九間房，吐蕃王朝滅亡後宮堡大部分毀於戰火。公元十七世紀五世達賴喇嘛重建，及後歷代達賴相繼擴建，方具今日的規模。主樓十三層高一百一十五米全為木石結構，五座宮頂覆蓋鎦金銅瓦，金光閃閃氣勢宏偉，集古建築藝術精華，堪稱高原聖殿。遊客哪怕氣喘兮兮也只能站著不能坐下歇息，惟恐坐下就起不來了。平均年齡六十七歲的團隊，沒有一個落下。

只惜參觀所有廟宇內部須脫帽除墨鏡，只可眼觀不準照相，而近景的布達拉宮外觀亦難拍攝。布達拉宮中原該有十三位達賴喇嘛的靈塔，實際並非如此：其中幾位早殤者肯定是政治犧牲品；更沒有六世達賴喇嘛的靈塔，「情僧」倉央嘉措——一個最富傳奇色彩的詩人。西藏所有景點門票皆十分昂貴，羅布林卡只是座公園乏善可陳，哲蚌寺亦無驚喜。只有布達拉宮給人以無比的震撼，還有倉央嘉措靈魂深深的吸引，我一定會再來看你。

八月三十一日。早起出發去林芝，那裡是西藏的江南，海拔僅二千九百米，享有九寨溝的美譽。西藏早晚溫差很大，最好是早穿層層衣服中午一件件脫下。藏人只穿一件袍子，但會根據需要將袖子逐次褪下。昨晚睡得好早起放鬆警惕少穿衣服，到達米拉山口下車觀景時著涼了。米拉山口海拔五千零一十三米，一下車就感覺有些頭重腳輕。由於團費掌控在中國旅行社，導遊和司機沒有油水，為了調動兩人的積極性，遊了秀巴古堡和眺望南迦巴瓦峰後時間尚早，大家決定加遊魯朗林海，送給他們一點甜頭。有說魯朗媲美瑞士花園，瑞士是個童話世界，魯朗雜草叢生一地牛糞。也罷，原不該作比較，這裡是我的祖國。

坐在電瓶車上，風吹得手發抖臉發麻，抵林芝八一鎮酒店後感覺尤甚。測一下血壓嚇了一跳，雖已夜深也得奔醫院去。所幸血壓沒事，只是缺氧而已，含氧僅百分七十。買了個大枕頭氧氣袋，姐妹倆輪流吸四個鐘恢復過來，明天還有好行程。

九月一日。清晨的巴松措（措乃湖之意）湖水碧綠卻沒有太陽，湖中有個小島，島上有座小廟，即使山青水秀稱其為小瑞士又是太誇張了。乘坐遊艇暢遊雅魯藏布江，兩岸風光明媚秀麗。切開喜馬拉雅山脈的雅魯藏布江大峽谷全長三百七十公里，平均深度五千米以上，最深處逾五千三百米，谷底最窄處僅為七十四米，一般寬度在八十至兩百米之間，是世界上海拔最高的大峽谷。過去被稱為世界第一大峽谷，深達三千兩百米的祕魯科爾卡大峽谷因之退居到次要地位。

繼續留宿八一。八一鎮海拔兩千九百米，位于尼洋河畔，距雅魯藏布與尼洋河交匯處三十餘公里，距拉薩市四百多公里。最初這裡只有幾座寺廟，幾十戶人家。一九五一年西藏和平解放時人民解放軍開始在此建設，故取名八一。林芝是門巴族、珞巴族等少數民族的聚居地，這裡是一片平坦的自然沖積地，四面群山環繞，市容井然有序。八一鎮也是一九五九年西藏平亂後新建的工業城鎮，乃林芝地區政治經濟和文化中心。

九月二日全程在回拉薩的車上。晚間最要緊的是去廣場拍布達拉宮夜景。華燈初上的布達拉宮像一幅暮色中的剪影，成群的鳥兒盤旋在它的上方，掠過金頂和五色的經幡。我入迷了。遙望宮殿，那裡似乎亮著星星點點的昏黃燈光，那些黧黑臉上刻著深深皺紋披挂著紅袍的老喇嘛，他們在默默頌經守護著人去樓空的殿堂。靜靜地觀看這座孤獨的宮殿，那裡曾經有過松贊幹布和文成公主的足跡，我願意傾聽他們的訴說。

風中是誰在吟詠倉央嘉措的《那一日　那一月　那一年　那一生　那一世　那一瞬》：

那一刻　我升起風馬　不為祈福　只為守候你的到來
那一日　我壘起瑪尼堆　不為修德　只為投下心湖的石子
那一月　我搖動所有的經筒　不為超度　只為觸摸你的指尖
那一年　我磕長頭在山路　不為覲見　只為貼著你的溫暖

那一世　轉山不為輪迴　只為途中與你相見

我癡了……

廣場上一片水跡只能顯示一點點倒影，我百思不得其解，不曉得人們是如何拍出那些美妙的夜景，迷糊間正想打車回旅館，音樂突然響起來。啊，音樂噴泉！我急急往回奔，忘記高原不能奔跑，簡直瘋狂了！七彩繽紛的燈光將暮色中的布達拉宮襯托得更美麗更神祕。

九月三日前往山南澤當，這條路線很少遊客前往，而我覺得收穫甚豐，此程頗值得。當地藏人導遊先帶我們騎馬上雍布拉康，一大群藏人早已牽著馬匹等在山下。七十三歲的鄒大姐尚且不怕跌下來，我等豈能遲疑？下了山乘車去參觀昌珠寺，二樓珍藏著一幅價值連城的珍珠唐卡，已有八百年歷史；還有文成公主親手繡的唐卡，乞今一千三百年。最後渡船去桑耶寺，桑耶寺藏文意為「無邊寺」或「不可想像寺」。相傳赤松德贊為了弘揚佛教，請印度僧人蓮花生為其建寺傳法。蓮花生施展法術，一座寺廟現於掌心，赤松德贊見此大驚，寺廟建成後，便命名為「桑耶寺」。桑耶寺是一片寺林，圍繞主殿周圍有一百零八座大大小小的寺廟，桑耶寺也是一家佛學院，殿塔林立樓閣高闊規模宏大，融合了藏、漢、印三種風格，素有「西藏第一座寺廟」之美稱。

在一個較為偏僻的側殿裡，供奉著的菩薩有座雙修佛像。多嘴的我追問導遊，他卻搪塞非歡喜佛，稱是密宗的最高境界。歡喜佛的男身代表法，女身代表智慧，男女體緊擁表示法與智慧雙成。藏傳佛教的寺廟中，堂堂然供奉著密宗現雙身的本尊佛，北京雍和宮裡則被重重鎖住或者包裹得嚴嚴實實。或者寺廟認為遊客對密宗雙修不甚了解根基淺薄，敷衍了事不願作講解罷。

夜宿澤當。

九月四日。驅車前往後藏日喀則。沿途遊覽羊卓雍措和卡若拉冰川。羊卓雍措藏語意為「碧玉湖」，與納木措、瑪旁雍措並稱西藏三大聖湖，是喜馬拉雅山北麓最大的內陸湖泊，湖光山色之美冠絕藏南。羊湖湖汊極多，形似珊瑚枝，湖水碧藍映天，景色妖嬈秀美，集雪山、冰川、島嶼、牧場、農莊為一體。卡若拉冰川是乃欽康桑大雪山的組成部分，在冰川腳下仰視晶瑩壯麗的卡若拉，聖潔動人而雄偉。卡若拉冰川是電影《紅河谷》的外景拍攝地，很多旅行者都不遠千里趕到這裡欣賞卡若拉冰川的壯觀。此處可經江孜縣遠觀抗英遺址宗山城堡。

夜宿日喀則。

九月五日。日喀則乃西藏第二城，藏語為「土地最肥美的莊園」之意，位於年楚河與雅魯藏布江匯流處，海拔三千八百三十六米，距拉薩兩百七十八公里。清政府為平衡達賴喇嘛的權力，培植以班禪達賴為主導，建立另一個政治、經濟、文化和宗教中心。相對於以拉薩為中心的前藏，日喀則地區被稱為後藏。即將參觀的扎什倫布寺在日喀則市西面的尼瑪山南坡上，周長三千多米，建築面積約十五萬平方米，是後藏最大的寺院，俗稱吉祥須彌寺。我們的時間只夠參觀三座殿堂。

強巴佛殿

殿內供奉著世界上最大的銅佛——強巴佛。強巴佛即漢人的彌勒佛。據記載該殿由九世班禪於一九一四年親自主持建造，耗時兩年用工匠一百一十人，僅黃金就用了八千多兩。強巴佛殿高約三十米，共五層，有木梯一百零五階。佛殿全部用方石壘砌而成，強巴佛就在這宏大的殿內坐在三點八米高的蓮花基座上，高二十六點二米，肩寬十一點五米，耳長二點二米，僅眉宇間鑲飾的大小鑽石就有三十二顆，珍珠、琥珀、珊瑚、鬆耳石約一千四百多顆。如此巨大的銅鑄佛像，絕無絲毫粗糙之處，豐滿的佛體和倍感細膩的肌膚都顯示出無比精湛的工藝。

（一）班禪東陵扎什南捷

該殿是五至九世班禪合葬靈塔祀殿。文革期間五至九世班禪靈塔遭到嚴重破壞無法恢復。一九八二年，十世班禪請示中央修一座合葬靈塔祀殿，得到中央政府和信眾的支持。靈塔祀殿於一九八四年四月開工，一九八八年十二月竣工，歷時四年八個月。

（二）釋頌南捷

即十世班禪靈塔殿。文化革命中紅衛兵毀掉了五世至九世班禪的遺骨，十世班禪大師完成了他們的合葬儀式後，因辛勞過度在此悄然圓寂。國家全資建築釋頌南捷大殿，總面積為一千九百三十三平方米，高度三十五點二五米。十世班禪大師靈塔面積為兩百五十三平方米，塔身高十一點五五米，以金皮包裹，遍鑲珠寶。

當晚回拉薩。再次前往布達拉宮看夜景。人工湖都乾涸，倒影不明顯，布達拉宮像個害羞的姑娘，用枝葉遮住自己的臉頰。廣場上有人穿起藏族服裝載歌載舞，我卻感到有些茫然若失。

九月六日晨啟程往納木措，納木措位於西藏山南地區浪卡子縣和貢嘎縣之間。人曰：沒去香格里拉等於沒去過雲南，沒去納木措等於沒去過西藏。納木措藏語意為「天湖」，是西藏三大聖湖之一，湖面海拔四千七百一十八米，東西長七十公里，南北寬三十公里，面積一千九百二十平方公里，是西藏最大的湖泊，更是世界上海拔最高的鹹水湖。雖有不輕的高原反應，卻不曾想過放棄；雖要經五千一百九十米的山口，背著氧氣筒照樣上車。一路上太陽反常地不露臉，天色未亮雲層厚重，在到達目的地之前不遠處，老天不僅下起雨，下起雪，還落下冰雹。雨雪飛濺，車前窗玻璃被打得乒乓作響。

歷盡艱辛專為你而來，難道納木措不歡迎遠方的客人？正當情緒跌入低谷，天竟然放晴了。萬歲！大家歡呼著下了車，忘記避諱衝出去。長長的一段距離走起來氣喘加劇，碧藍的湖水發出海潮拍岸的聲響，呼喚遊子速速前去。我來了！天哪，是藍天降落地面還是湖面升至空中？天湖名副其實！我終於親眼見到人間的仙境！天堂如此蔚藍，我的靈魂不知不覺地被這無法言傳的藍色洗滌，我的心醉了！

九月七日。上午有半天自由活動時間，逛大昭寺看信眾轉經朝拜、等身禮佛。八角街上有一家「瑪吉阿米」酒吧，傳說六世達賴倉央嘉措在這裡幽會情人達娃卓瑪。記起那首詩：在那東方山頂／升起皎潔月亮／年輕姑娘面容／漸漸浮現心上／黃昏去會情人／黎明大雪飛揚／莫說瞞與不瞞／腳印已留雪上／守門的狗兒／你比人還機靈／別說我黃昏出去／別說我拂曉才歸／人家說我的閒話／自以說得不差／少年我輕盈步履／曾走過女店主家／常想活佛面孔／從不展現眼前／沒想情人容顏／時時映在心中……

不知不覺腳步又踱到布達拉宮。太陽不出來天空陰鬱，心情如雲層有點兒憂傷。別了，美麗的布達拉宮，今生能來看你是緣份，你已然烙在我心中。

下午飛成都，已然沒有興致去看飛機下的景色。

九月八日上午遊成都武侯祠。武侯祠博物館由惠陵、漢昭烈廟、武侯祠三義廟等部分組成。大門額匾是郭沫若手書「武侯祠」三個大字，前後三對石柱，分別掛三幅對聯：

第一幅：「三顧頻繁天下計，一番晤對古今情」；

第二幅：「時艱每念出師表，日暮如聞梁父吟」；

第三幅：「兩表酬三顧，一對足千秋」。

丞相祠香火遠遠旺過先主廟香火。

接著逛寬窄巷。寬窄巷由寬巷子、窄巷子和井巷子三条平行排列的老式街道及其之間的四合院群落組成，是清朝遺留下來的古街道，尤如北方的胡同，是一種古文化建築。

下午返港。旅程圓滿結束。

二〇一一年九月十日

寄蒼央嘉措——西藏之旅外一篇

飛越千山萬水追尋你的蹤跡
你默然無語
仰望瑪布日山上的古老宮殿
只有風在淺唱低吟

那一天　我閉目在經殿的香霧中　驀然聽見你頌經中的真言
那一月　我搖動所有的經筒　不為超度　只為觸摸你的指尖
那一年　磕長頭匍匐在山路　不為覲見　只為貼著你的溫暖
那一世　轉山轉水轉佛塔　不為修來世　只為途中與你相見①

攀上世界屋脊
布達拉宮巍然屹立

---

① 此四行詩謂蒼央嘉措所作。

為蒼生拒當傀儡
哪兒有六世達賴蛛絲馬跡
你拋卻玉食錦衣
寧作苦行僧江湖浪跡
看透世情頓悟離去
留給後人無盡猜疑

三百年前的活佛
請告訴前來的遊子
我的前生是誰
來世又將去哪裡
你為政治犧牲
我被時代拋棄
你行過乞
我種過地

說什麼耽於酒色不守清規
說什麼是假達賴請予廢黜

欲加之罪何患無詞
政治陷害從古到今未曾停止
難言的民族苦難背起
誰明瞭你的心曲
挑戰信仰拒受比丘戒律
需要怎樣的勇氣

來到酒吧瑪吉阿米
傳說你與情人相會之地
何等風流何等倜儻
姑娘們深深為你著迷
世間安得雙全法
不負如來不負卿
身居青燈古殿面對枯燥典籍
心中渴望自由向往另一片天地

莫談政治莫說歷史
多少人只為你的詩歌而至

你從高高的殿堂下來
像民間一落魄公子
你悄然遜位給後來者
為建造長治久安的理想雪域
心懷天下以死遁世
真正的活佛是你

因你的詩陶醉
細細咀嚼一字一句
為你的歌喝采
點點滴滴融入心底
六世達賴蒼央嘉措
布達拉宮沒有你的靈位
你占據更高層次
無人可以企及
無人能夠代替

二〇一一年九月十五日

遊歐日記

懷著平常心出遊歐洲，或許旅程太匆忙太累，當時來不及多思想，回來後整理大量相片上載博克，竟產生了一份感動。讀萬卷書不如走萬里路，旅行令人視野開闊。今把一路所見所聞回憶記錄下來，將流水帳與各位友人分享。

遊梵蒂岡

七月十日午夜由赤鱲角機場起飛，乘搭凌晨零時五分往羅馬的國泰CX293班機，全程十三小時。香港與義大利時差六個鐘，抵羅馬達文西機場為當地時間十一日七點。義大利位於歐洲南部，天氣十分炎熱，香港領隊帶遊梵蒂岡及鬥獸場廢墟。梵蒂岡是世界天主教中心，位於義大利首都羅馬城西北角高地，乃世界上最小的國家，面積只有四十公頃，人口不滿一千五百人，皆為神職人員。聖彼得教堂大廣場可容納逾六萬人（有說容得五十萬人，那便有成沙丁魚罐頭之虞）。

聖彼得大教堂重建於十六世紀，其設計和建築均為巧奪天工的驚世之作。教堂中央是直徑四十二米的穹窿，頂高約一百三十八米，前面有兩重用柱廊圍繞的巴洛克式廣場。時值歐洲文藝復興時期，建築師和藝術家貝尼尼、勃拉芒特、拉斐爾、米開朗基羅和小莎迦洛等都曾參與設計，堂內保存許多著名藝術家的壁畫與雕刻。

最顯目的壁畫《最後的審判》尺度巨大，佔滿了禮拜堂祭台後方的整面牆壁，畫中描繪人物多達四百人。米開朗基羅創作此畫歷時超過九年，作完此畫，畫家由中年人變成白頭翁。他於二十五歲雕塑的《聖母哀子像》亦是舉世佳作，像中的石材表現出聖母柔和的衣紋，令人歎為觀止。

參觀比薩斜塔

十一日晚離開羅馬，夜宿路加。由於經濟衰退，雖然歐洲各國並無邊界設防，但所有國家收過境稅三百歐羅。義大利納粹（稅）黨更為搶錢，規定每進一個城市收買路錢三百歐羅，所有旅行團還須聘請當地導遊。只因我們遲了些許，導遊「工作時間」已到，什麼也沒做撈了份工資。即使他「工作」了亦沒人懂其義大利語。上午參觀比薩斜塔和比薩教堂。

因為比薩斜塔的傾斜和它同時具有的美麗，從十二世紀建造至今一直受到人們的關注，已列入世界文化遺產。斜塔與其相鄰的大教堂、洗禮堂外牆均為乳白色大理石砌成，各自相對獨立卻又形成統一羅馬式建築風格。斜塔即為大教堂的獨立式鐘樓，至今無人知曉其設計者何許人，自一一七三年開工至一三七二年峻工，五十四米高的八層鐘樓共有七口鐘，由於鐘樓時刻都有倒塌的危險，鐘從來沒有撞響過。

遊威尼斯

威尼斯是義大利東北部著名的旅遊與工業城市，也是威尼斯地區的首府，人口約二十七萬。威尼斯與帕多瓦組成大帕多瓦-威尼斯地區，人口約一千六百萬。威尼斯橋駁橋島連島，涵蓋義大利東北部亞得里亞海沿岸一百一十八個島嶼和鄰近一個半島，別名「水之都」、「橋之城」、「漂浮之都」、「運河之城」及「光之城」，是最美麗的人造都市，堪稱歐洲最浪漫的城市之一。

威尼斯既是浪漫水都，亦是藝術之城。它的美，固然在於那水波盪漾輕舟漫遊的詩情畫意，也在於其足以傲視世界的文化藝術遺產。由於威尼斯早期是東方國家與歐洲世界往來通商的要港，繁榮的商務不僅為當地帶來雄厚的建設資本，也帶來了東西文化摻和的藝術特質。聖馬可廣場是威尼斯最大的一座廣場，是威尼斯市民活動的中心。整座廣場約十公頃，成一長方形狀，廣場周圍除了靠碼頭的地方留有一出口外，四面都為豪華典雅的建築物所環繞，有教堂、宮殿、美術館、劇院等等。廣場面海處有兩根高聳入雲的石柱，分別雄踞著威尼斯的守護神——「聖馬可翼獅」及「聖者托達洛」，儼如威尼斯的一對門神。

經茵斯布魯克往富森

昨夜宿於希爾頓酒店，行程的頭兩天真熱，第三天開始北上就涼爽了。今天需經奧地利的茵斯布魯克往德國的富森。奧地利位於歐洲中部，座落於阿爾卑斯山山區，茵斯布魯克北臨德國，南面義大利，西通瑞士，東往首都維也納，是一座位於中歐十字路口的城市。

在歐洲各地進入炎熱夏季之時，美麗的山城茵斯布魯克海拔雖然只有五百米，卻成了一個最好的避暑勝地。這裡氣候非常宜人，帶著阿爾卑斯山溶雪水的萊茵河從城中流過，送走熱量帶來清新的空氣。遊人沿河漫步，奔流而過的悅耳流水聲給人的感覺是寧靜。漫步在城中的馬路上，遠眺阿爾卑斯山的殘雪，層層疊疊的森林被襯托得清新脫俗，綠草如茵的山坡更顯得鮮豔奪目，形成一種絕美的山城氣氛。

茵斯布魯克是個充滿古典氣息的古城，街頭上化妝藝人全身塗上金、銀色行乞。往富森沿途風景十分優美，投入眼簾的是阿爾卑斯山一幅幅美麗畫圖：湛藍的天空、碧綠的草地、紅瓦小屋、尖頂鐘樓、一兩頭牛羊點綴其間，令人連想起《白雪公主》、《小紅帽》等童話故事。

經華多茲往瑞士

十三日黃昏抵德國小鎮富森，天空飄下小雨，大家趕去超市掃貨。一路以來喝水、如廁都要花錢，一公升水約二十多港元；可樂、冰淇淋是香港的二、三倍價錢；上公廁零點五至一點五歐元不等。上超市買飲料就便宜多了。下了一夜雨，十四日晨車子駛到舊天鵝堡，堅持上山的難免都濕了鞋子，許多人的傘柄都給吹折了。遠處的山莊朦朦朧朧被籠罩在雲層中，雲霧偶爾讓風吹散，新天鵝堡如披著婚紗的公主，羞澀地露出玲瓏身段，敷衍應酬東方遠來的客人。

新天鵝堡是歐洲最浪漫的童話城堡，據說迪士尼樂園內的睡美人城堡，就是由這座城堡得來的靈感。新天鵝堡為巴伐利亞國王路德維希二世興建，他曾在舊天鵝堡度過童年，那座城堡內的中世紀傳說及浪漫風格深深影響了這位國王，因而建造了這座夢幻城堡。由於路德維希二世強烈嚮往神話《天鵝騎士》裡的傳說，更喜愛華格納的歌劇《天鵝騎士》，因此取名為「新天鵝堡」。

中午經著名郵票小國列茲登士坦首府華多茲，此國位於瑞士和奧地利之間，面積一百六十平方公里，人口三萬一千人，以發行印刷精美的郵票著稱。這個小國家沒有軍隊和警察，無罪案無文盲，其低稅率吸引附近其他國家來此設立公司總部。列茲登士坦與瑞士的關係很微妙，有如一隻母袋鼠懷著小袋鼠。這個小國雖以出郵票及紀念品聞名，但是價格昂貴，只能拍攝地上的郵票完心願。午膳後我們將繼續驅車前往瑞士度假聖地琉森。

歐洲屋脊少女峰

今晨起個大早準備登歐洲屋脊少女峰，並非徒步而是乘火車去攀登雪峰，全歐洲最高的山頂火車站海拔三千四百五十四米。登山火車面世九十九年（至筆者寫此文計），百年前就發明這種登山火車實在令人震撼。遊客先從山腳坐一程普通火車到山腰，再轉乘齒輪火車上山頂。處身阿爾卑斯山脈，三步一飛泉，五步一流瀑，隨處可見冰川瀑布和峽谷，近觀美景遠眺雪峰，山光水色如同世外桃源。

美麗的少女峰流傳著動人的故事。少女峰，顧名思義美如妙齡女郎，她一點也不孤獨。瞧遠處是對之含情脈脈的艾格峰，中間加插了愛管閒事的僧侶峰，多麼妙趣！

齒輪火車在山間隧道鑽了一整個小時後到站，上面可以活動的範圍主要在室內。出了海拔三千五百米的火車站就是遊客中心，各種紀念品商店、郵局、餐廳好不熱鬧。穿過冰宮越過一段隧道，可以去觀景台觀雪，也可以到雪地走走，不遠處更是著名的滑雪勝地，年輕人還可以玩其他活動。有些人怕冷不願出戶外，在下自是不甘寂寞，當然選擇走出去。一步一驚心，差點被眾人踩成的鏡面滑倒，其實只要抓緊繩索踏出第一步便沒事。站在雪峰上，身邊飄過朵朵白雲，感覺太棒了！

遊瑞士琉森湖

瑞士是公認的世界公園，這個阿爾卑斯山腳下的國家，以鐘表、畜牧及銀行業為主，雖沒有舉世注目的跨世紀歷史遺跡，卻擁有童話般的湖光山色，山青水秀、空氣清新、如畫風光，美得難以用言語描述。

早在一八五六年托爾斯泰就稱琉森是瑞士最浪漫的地方。琉森位於瑞士東北部琉森湖畔，曾是瑞士首都，名列全球最被遊客青睞城市第六名。在這座八世紀建成的古城中，中世紀的教堂、塔樓，文藝復興時期的宮廳、邸宅、長街、古巷，比比皆是。琉森之美在於她的水，她的山，她的天空，她的雲彩，她的建築，還有她獨特的情調。

徜徉在琉森湖上，天鵝在波光粼粼的湖面上悠閒地游泳，湖水反淌著一幅幅如詩如畫的倒影，耳邊彷彿飄來陣陣仙樂，是瓦格納的戀曲？還是貝多芬的月光曲？琉森市地標十三世紀歐洲最古老的教堂橋映入眼簾，琉森的「城市徽章」是獅子紀念碑，紀念在法國大革命中保護法國國王路易十六及其家族而獻身的瑞士僱傭兵。紀念碑並非普通的錐體，而是一隻雕刻在岩石淺穴裡的垂死雄獅，牠背部中箭，痛苦而哀傷地倒地。馬克．吐溫謂為「世界上最哀傷最感人的石雕」。

德國卡素爾．科隆

科隆大教堂是德國最大的教堂，被聯合國教科文組織保護列入世界歷史文化遺產，是歐洲最高世界上排名第四的教堂。就其規模和重要來看，僅次於第一名的梵諦岡聖彼得大教堂，第二名的英國倫敦聖保羅大教堂，第三名的義大利佛羅倫斯聖母百花大教堂。科隆大教堂也是歌德式建築的代表之一，和巴黎聖母院一樣，都有著極重要的藝術價值。

此建築物占地相當於一個足球場，由十六萬噸磨光石砌成，如同石筍般向上延伸直向蒼穹，象徵人類與上帝溝通的渴望。除兩座高塔外，周遭還有許多小尖塔。傳說舒曼震攝於大教堂的氣勢而萌發了創作《萊茵交響曲》的意念。由於人類對環境的汙染、鴿子高酸性糞便的肆虐，酸雨空氣無情地侵蝕教堂的每一塊斑駁石頭。科隆市政府規定城內所有建築不得高過教堂，當地的建築物皆受高度限制。

德國的物價相對其他國家便宜，每週四次集市，每次為時半日，大家下車買了許多草莓和櫻桃，可口極了。德國人真會享受生活，工作半天後喝啤酒聊聊天。德國豬手味道不錯，歎息份量太足了。東、西德合併之後，有些東德人未能適應資本主義生活，他們裝扮成街頭藝人表演行乞，有人見到中國遊客扯起條幅支持法輪功。

遊阿姆斯特丹宿布魯塞爾

昨夜宿荷蘭首府阿姆斯特丹，老天不作美下起雨來。上午的行程內容風車村沒甚吸引力，對參觀鑽石工場興趣也不大，阿姆斯特丹雖擁有美麗的鬱金香和閃爍的鑽石，只惜本人囊中羞澀。下午乘玻璃船遊運河網絡最為開心，冒雨上甲板拍照，當然效果很差，無法捕捉她的美。

阿姆斯特丹素有「北方威尼斯」的美稱，包含九十個小島和一百六十條運河以及一千兩百八十一座橋樑。市區道路雖多卻秩序井然，船隻可在運河中自由航行到區內任何地方。遠眺達姆廣場，那是城市心臟地帶，坐落著著名的王宮，內有珍貴的藝術寶藏。街道上有個奇景，隨處可見踩單車的人，停車場更像單車海洋。你可以租借一部單車，這個站入閘那個站出閘還車。居民們看來心胸開放，難怪吸引著來自世界各地的觀光客。然據悉此處亦有品流複雜的黑社會，盛行黃、賭、毒，傳有出名的色情「慾海四肥花」。

黃昏驅車往比利時首都布魯塞爾。比利時脫離荷蘭後較為貧窮，布魯塞爾街道殘舊，遊客只能買點巧克力，或擠到膾炙人口的撒尿童銅像前拍幾張照，惟有大廣場遼闊壯麗，攝下不少照片，郊外酒店亦十分富麗堂皇，其餘乏善可陳。

遊凡爾賽宮及賽納河

先溫習一點凡爾賽宮的歷史。這裡原是一片森林和沼澤，一六二四年國王路易十三買下一百一十七法畝荒地，修建一座二層樓作狩獵行宮，當時僅有二十六間房。一六六〇年路易十四見財政大臣富凱沃子爵府邸，為其房屋與花園的宏偉壯麗所折服，當時王室在巴黎郊外的行宮無一可與之相比。路易十四以貪汙入罪富凱，將之投入巴士底獄，命令府邸的設計師替其設計新的行宮。

由於十六至十七世紀的巴黎市民不斷發生暴動，路易十四決定將王室宮廷遷出巴黎。他以路易十三在凡爾賽的狩獵行宮作基礎擴建新宮殿，為此徵購六點七平方公里土地。整個宮殿和御花園直至一七一〇年才全部完成，成為歐洲最大、最雄偉、最豪華的宮殿建築。

塞納河是法國最大河流之一，在巴黎市區河段長度約二十公里。塞納河橫貫巴黎，乘塞納河遊船欣賞兩岸名勝，羅浮宮、奧賽博物館、拿破崙墓、巴黎聖母院、艾菲爾鐵塔等盡入眼底。晚間在艾菲爾鐵塔上享用晚餐最為浪漫，餐前先拍下鐵塔下的一組圖片。

遊巴黎羅浮宮

今日的羅浮宮加上貝聿銘設計的門扉金字塔，成為華人的驕傲。進入拿破崙廣場，晶瑩剔透的三角形金字塔赫然就在眼前，它被半圓形的羅浮宮環抱著，讓一池碧波簇擁著，猶如躍出水面的碩大三角鑽石，在藍天下熠熠生輝。羅浮宮主要鎮宮三寶——蒙羅麗莎、勝利女神和維納斯，叫層層人牆包圍，但我還是擠上去拍下了，儘管沒有專家拍的好，卻心滿意足。

下午市內觀光。中國同胞攻陷歐洲商場，他們意氣風發滿臉春風，女人們瘋狂排隊搶購名牌手袋，男人「閃」不了等買單找個梯級呆坐恭候。老外常把來自香港和台灣的旅客錯當日本人，誤會在於與國內同胞相比，顯然我們窮得多。在瑞士見一中國婦人帶著三個未成年的兒子，一口氣買下三隻勞力士錶，她手持的法郎大鈔足有兩寸厚。由於沒閒錢，這種時段吾等只好逛街喝咖啡消磨時間。

搭歐洲之星赴倫敦

上午乘坐列車經英法隧道抵倫敦。午餐後旅遊巴士上來一位老婦，孩子們對她說：「婆婆妳上錯車啦！」來人大笑了一餐，原來是當地導覽。瞧她細細的雙腿支撐著肥胖的身軀，打著鴨頭傘，分明把我們當「鴨子團」。導遊風趣詼諧，帶領大家遊唐人街後，說去「阿里巴巴大拎博物館」。不管怎麼說，誰叫你的祖國曾是弱國被人欺負呢？凡爾賽宮、羅浮宮門票不菲，大英博物館卻不收費用，芝麻開門。大英博物館太大了，只能走馬看花。參觀埃及館看木乃伊、木乃貓、木乃狗，東方館則有唐三彩。唐三彩後面是一幅敦煌全畫，占了整整半幅牆。

出館時下起雨來，泰晤士河畔雨勢頗大。大笨鐘、西敏寺、白京漢宮、塔橋、聖保羅大教堂……孫大聖怎能不到彼匆匆一遊？

遊牛津・溫莎堡

上午參觀牛津市。牛津大學創立日期不確，其歷史大約可追溯到十二世紀末，九百年前這裡是養牛的農莊，一二〇九年牛津學生與鎮民發生衝突，一部分牛津學者遷離至東北方的劍橋鎮，並成立劍橋大學。自此之後，兩間大學彼此之間展開相當悠久的競爭歲月。九個世紀以來，牛津大學一直是全英乃至世界級的頂尖學府。牛津大學有二十幾個學院，英國有十三位首相，還有美國前總統克林頓，皆出身於此校。哈利波特的作者在這些城堡得到許多靈感，憨豆先生亦畢業於牛津。

溫莎堡為花崗岩建築群，是世界最大、最古老的城堡，它是英女王的官方居所之一。這個城堡濃縮了九百年的英國歷史。城堡佔地五公頃，包括一座宮殿、一個宏偉的教堂以及很多人居住和工作的場所。宴會廳美輪美奐，女王常在溫莎堡隆重設宴接待外國貴賓，亦或慶祝王室盛典。

著名的聖喬治大教堂外形瑰麗，是經典的哥德式大教堂，可以稱之英王室的「祠堂」，教堂內有十個君主的墓，包括查理一世、亨利八世和他的第三任妻子，還有維多利亞女王的兒子、孫子和王夫依次排列，他們均死在女王之前。女王最疼愛她的孫子，放在表示心臟的位置。聖喬治大教堂可與西敏寺的禮拜堂媲美，一九九九年愛德華王子就是在這裡舉行婚禮。

可惜所有不見天日之處皆不準攝影。幸虧溫莎堡外是一大片青蔥草地，還有穿著英格蘭絨制服的衛兵，遊客可以與之合影。溫莎堡龐大的維修費用引起人民反感，因而才對外開放，但所收門票並不足彌補。溫莎堡周圍是個小鎮，街上的屋舍都是英式風格，並因為溫莎堡聲名大噪。大街小巷終年可見許多世界各地慕名前來的遊客，小鎮旅館及飯店總數逾百家。

二十二日傍晚由倫敦希斯路機場搭國泰機返港，時差七小時，抵香港為二十三日下午一點十分。

二〇一一年七月二十九日

安良堡的故事

二〇一三年十月二十九日
福建大田
同行：老瞿、榮芳、安家

屈指算起來，久未回鄉亦不過五年而已；久未見一班老同學，則是搬動所有手指連腳趾，也不夠湊數。近半個世紀，一個轉身竟是一生。你原本不喜歡趁熱鬧，不想參加什麼聯誼會，忐忑一輪，折騰一夜，最終還是克服心魔出發了。

家鄉早已不是當年的古城，一座老鐘樓便可以確定東南西北。新區馬路四通八達車水馬龍，到處是酒店和辦公大樓，讓人目不暇給。舊城區雖保留老樣子，但人頭簇擁喧囂嘈雜，自行車、摩托車、汽車、行人混在一起，令人眼花撩亂。你惟有依賴別人導遊。不同的城市景觀大同小異，值得一看的倒是郊外的桃花源。

群友許炳輝特地為歸來的朋友安排了一個行程。當年許多知青插隊到戴雲山區，不少人到過三明、永安、大田，你沒去過是個例外，因而有些期待。許君乃建築工程師，在彼處指揮一個施工項目。當今對ＧＤＰ的最大貢獻無非圈地蓋樓，樓房都建到大山區來了。

由許君的搭擋開車，一行四人目的地乃大田縣桃源鎮東坂畲族村。

高速公路上沒有多少車輛經過，視野遼遠，駛入村道高度方始爬升，兩側的谷壁逐漸收窄，先前廣闊的景觀變成綠意盎然的梯田，足見村落居於深山老林之中。道路彎彎曲曲，來到一處地勢緩和的山谷，小車進村停靠在一棟小洋樓下。客人交給一位當地女地主，女人從懷裡掏出一大串鑰匙，說得為諸位準備午飯，你們隨便走走瞧瞧，不必拘泥，便忙她的事去了。

好久不曾在黃土地上漫步，大家饒有興致地隨處遊覽。清晨的陽光尚未令煙霞消散，周邊寂靜無聲，草木青蔥枝葉蒼翠，是南方幽深的秋日景致。有棵逾百歲巨木巍然聳立村口，寬闊的溪谷中一大片金黃的稻草茬子，三幾間三合院零零星星錯落其間。一棵老樹身上掛著「農家飯」的牌子，樹下陰涼處幾籠走地雞鴨鵝，溪水不遠不近在什麼地方嘩嘩流淌。

突然前面山坡上呈現一座氣勢非凡的建築，半圓形的土堡依山矗立，右方圍牆筆直左方牆身微拱，高聳的土牆頂部層層疊疊如階梯般懸掛於坡。正面厚重的拱形大門上端匾額書寫著「安良堡」三個大字。大門前有小溪流過，只有一座小巧的木板橋可過，形成天然的護城河。整座土堡占地約一千二百平方米，前低後高落差逾十四公尺。

同伴掏出鑰匙打開大門，落入眼底的景象更為壯觀。迎面為兩進三間寬的上下堂屋，沿大門牆體用大塊毛石鋪成階梯，是通往堡頂高處的左右通道。興沖沖拾級而上，你站到中軸綫的廳堂，放眼望去，三面景觀盡收眼底。整座土堡共建四十八個小型隔間，兩面跑馬廊各十六級，級級上升，堡頂收起成圓弧狀，造型優美氣勢宏偉，不愧為地方歷史建築經典之作。

你心下不禁一凜：不會是近百年前的土匪巢穴吧？那個時代盜匪猖獗，一點也不奇怪。看這座兩百年前的原木結構老房子，打開兩扇三層厚高大笨重的木門，里面是座被樓房環抱的大院，容得下百多人馬。想當年只要將大門一關，樓上四周廊檐裡滿站持槍彪形大漢，每個隔間都有窗口朝外，即使發生槍戰，整座院子所有角落，沒有一處不可發揮巨大火力。

從左邊一間間房走過去，繞半個圈逐一瀏覽。如此呈不規則半圓形造型的土堡，防禦性獨特，居住形式別致，布局、結構、通風、排污、採光等功能均十分科學合理。最具特色的是主體布局沿山而起，呈前低後高之勢，城牆自下而上似魚鱗重疊，層層屋頂仿若懸山遞進狀，別出心裁，頗具觀賞價值。

人走進木板房踩得樓板吱吱作響，一個個空蕩蕩的房間內，斜射進來的陽光照見塵土飛揚。當年聚集在這裡的兵勇和槍彈不留一絲蹤影，你想像他們躺在蓆子上，抽著鴉片摟著女人。那些被搶來的女人若家人無錢替之贖身，便得為奴為婢，白天替匪徒洗衣做飯，夜裡被輪流姦宿。間或財物分贓不均，或為爭奪女人撕破臉面時，隨時可能發生火拼，想必便會熱鬧非凡，甚或有來無回，通統去見閻王。一定得有心狠手辣的匪首方能鎮得住他們。

然而人家說，安良堡乃民居，為熊氏嗣孫熊坤生於清嘉慶十五年（一八一〇）所建，歷時五年方建成。據說土堡是用來居住和防禦，主要用於臨時避難。粗觀土堡大門從外表看並無奇特處，細看門拱上兩注水孔暗藏玄機。據說若遇土匪攻擊，只要順著注水孔將滾燙的熱水或熱油往下淋，便可燙傷土匪；若土匪火攻大門，注水孔能起消防栓的作用。也許這是始建時的初衷，可是你看不到堡內有任何水源。倒是傳說光緒二十一年（一八九五）時曾有盜匪侵擾，東坂畲族人依靠土堡的防禦而安然度過。可見早期設計土堡時，居民仍居住於附近，盜匪流寇侵擾時才退入堡中進行短期抵抗，等待支援或侵擾者自行離去。

樓下正面的廳堂大概初為祠堂，後來供作會議使用，廳堂兩旁依堡牆建有廂房，部分或曾經作為廚房遺下一些廚具，大部分為儲物或居住空間，過水還有座石磨。整個堡內最特殊的莫過於牆上的橫木杠，好似做戲練輕功時使用的杠子，不明其真正用途。

順著跑馬廊繞一內圈，跟著高度的爬升俯瞰堡前的谷地，頓時生起一股佔山為王的自豪感。透過整座土堡的一盞盞紅燈籠、四圍張掛的紅彩綢、大廳堂上的紅雙喜字，你更相信匪窩版本的故事並非無中生有。正值你將信將疑，這時瞥見廳堂左面木板牆上有塊黑色大木牌子，映入眼簾的是顯目的金色大字：

中國工農紅軍
紅九軍團總部住所
舊址
一九三四年四至七月

查閱歷史資料，一九三四年五月，紅九軍團因在中央蘇區第五次反圍剿作戰中傷亡過大，被撤銷第十四師番號，該師所屬部隊分別編入第三師和紅三、紅五軍團。當年七月，紅九軍團奉命護送由紅七軍團組成的紅軍北上抗日先遣隊東進過閩江。一九三四年春夏紅九軍團曾在安良堡住過，究竟是借用當地人的土堡，還是收容這裡的「地方組織」，可以說是個謎題。你甚至幻想這土堡原就是匪巢，被紅軍策劃反正，成為光榮的中國工農紅九軍。反圍剿後的幸存者亦可能在一九三四年底參加長征。一九三七年，原紅九軍團主力編為八路軍一二〇師三五九旅一部，投入抗日戰爭戰場。

歷史的一頁已經翻過去，土匪也好紅軍也罷，無須分辯不必假設。百年來中國百姓的可悲在於無法主宰自己的命運，當過土匪轉當紅軍即是最好的出路。善哉，由不義轉而為義！假如你願意，這份素材還可以編寫出更動人的故事。

二〇一五年一月七日補記

東歐遊記

兩個月前準備遊東歐。為了屆時不至於稀里糊塗一無所知，草草讀了點歐洲近代史，年少時老師教的西史早已丟到爪洼國去了。記得三年前遊歐，對十六世紀歐洲文藝復興時期瞭解一點皮毛，僅為認識聖彼得大教堂、凱旋門、凡爾賽宮等名勝。深深吸引熙來攘往遊客的，不是歐洲悠久的歷史文化，而是其現代化的整體形象，以及馳名世界的亮麗名牌。

東歐（確切說是中歐）的歷史有所不同。僅僅追溯到十九世紀初，一百多年之前這裡有過一個奧匈帝國，它曾經是歐洲五大列強（德、英、法、奧、俄）之一，幅員遼闊地跨中歐、東歐、南歐，其存在時間直至第一次世界大戰為止。在一九一四年的「薩拉熱窩事件」中，奧匈帝國皇太子斐迪南大公被激進分子加夫里洛．普林西普刺殺，導致一戰爆發。

探討奧匈帝國自然涉及歐洲史上最顯赫、統治地域最廣的王室哈布斯堡王朝。哈布斯堡家族發源於法國阿爾薩斯，後擴張至瑞士北部的阿爾高州，並在一〇二〇年築起鷹堡「哈布斯堡」，其勢力擴展到萊茵河西岸流域。將會到訪的奧地利曾劃歸哈布斯堡王室長達六百餘年，直至一戰戰敗為止。

提起歷史總令人噓唏。此程經過多個國家，他們擁有各自的歷史和獨特的民族文化，除卻奧地利和德國的西德部分，六個國家曾屬於蘇聯社會主義陣營，冷戰結束後，上世紀九十年代陸續加入北約，二十一世紀初加入歐盟。常言道：走萬里路勝讀萬卷書，遊歷令人親身體認歷史地理，重新認識偌大世界，一路上將大量照片上載臉書和微信，而後補充這份簡單記錄，與各位朋友分享。

第一天

六月二十八日

布達佩斯

氣溫十三至二十四度

六月二十七日夜出發香港赤鱲角機場。二十八日凌晨零點二十五分乘北歐芬蘭航班飛赫爾辛基，手錶轉了十一個圈，需倒撥五小時。在赫爾辛基停留時手錶又走了兩個半圈。轉飛匈牙利首都，手錶再走一個半圈，須倒撥一小時。抵達布達佩斯為當地上午時間。

匈牙利人口約一千萬，首都布達佩斯約兩百一十萬居民。多瑙河把布達佩斯分成布達和佩斯兩部分。佩斯非常繁榮，國會大廈、博物館、酒店商場民居多在這一邊。必到的英雄廣場最顯眼的紀念柱和兩旁雕像為紀念一八九六年匈牙利立國一千年而建。雕像人物是組成國家的七個部落首領和幾位民族英雄。繼而往聖史提芬大教堂，瞻仰死後火化尚完好無缺的聖人掌骨。

布達的歷史悠久，城堡山和漁夫堡名勝在這一邊。城堡始建於十三世紀，一六八六年火災受到重大破壞，所見乃遺留部分加重建。漁夫堡除了供拍照留影，更是個觀光台，可以一覽多瑙河風光。河上有多條各自精彩的橋樑連接兩岸，最出名的當數落成於一八四九年的鏈子橋，更有宏偉的伊麗莎白橋。伊麗莎白橋右手挽布達，左手牽佩斯，讓遊人沉溺於多瑙河的懷抱。

坐上遊船漂流美麗的多瑙河，遠觀河畔的國會大廈，華麗堂皇宏偉非凡，縱然其歷史不算悠久（一九〇四）。兩岸風光如詩如畫，令人無比陶醉。

夜宿佩斯。

第二天

六月二十九日

馬術公園↓札格勒布

氣溫十六至二十六度

上午前往近郊馬術公園。說是參觀歐洲傳統馬術表演，心下卻想：匈牙利人會否血緣突厥匈奴，馬背上騎射原是他們所擅長吧？午膳時有樂隊助興。續往克羅地亞首都札格勒布。克羅地亞在一九九一年從南斯拉夫社會主義聯邦共和國獨立，二〇一三年加入歐盟，面積約五萬六千平方公里，人口約四百三十萬，絕大部分人信奉天主教，人口密度為每平方公里七十七人。

小城十分先進井井有條，電車環繞全城，到處可見聯鎖商舖如ZARA、H&M等，人民物質生活豐富，晚間青年男女聚集廣場大電視前看世界盃足球賽。團隊將在此住宿兩晚。

第三天

六月三十日

十六湖國家公園

氣溫十六至二十六度

十六湖國家公園美其名曰「歐洲的九寨溝」，早列入世界遺產。拿十六湖和九寨溝比，皆因兩者的湖群有著同樣絢麗的色彩。或許九寨溝風景更美，但十六湖沒有公路和機動車，沒有小賣部，沒有到處兜售紀念品的人，這裡更為純淨。

十六湖占地近兩萬公頃，森林面積逾七成。湖泊根據地形分為高低兩組，上組在白雲石亞地層山上，下組位於一條石灰岩峽谷中。十六個相連的山地湖泊總長十公里，湖與湖之間蜿蜒由木橋連接。湖水呈特殊色澤，水清見魚游，現水底玉樹奇觀。十六個湖的連接形成大小各異的十六條瀑布，有的如絲如縷並不壯觀，但在青山綠水中像盆景一般細膩；有的從高聳的石壁上飛流而下，氣勢恢弘，令人驚嘆不已；有的上下流水顏色不儘相同。

天下著雨，且越下越大，有些兒冷。續宿札格勒布。

第四天

七月一日

斯洛文尼亞↓布斯當娜鐘乳洞

氣溫十三至二十四度

鐘乳洞八度

朝斯洛文尼亞進發，去探索世界上第二大的布斯當娜鐘乳洞。登上小火車深入洞底，呼呼的冷風吹來，事先若未準備好，有大衣出租。這個洞深入地下兩百米，奇石存在逾十萬年，因為保護洞中隱居的動物實行燈火管制，更嚴禁拍攝。奇石美景拙筆難以描述。這兒還發現冰水中生存一種四腳魚。有所感觸的是：咱中國亦有不少鐘乳洞，但管理方面太不專業，任遊客和當地人使用強閃光燈，難道不怕造成破壞？

午膳後往首都盧比安娜。斯洛維尼亞為前南斯拉夫一加盟共和國，一九九一年六月二十五日獲得獨立，二〇〇四年三月加入北約，五月一日加入歐盟。斯洛文尼亞國土面積為二萬零二百七十三平方公里，全國人口約二百零五萬，人口密度為每平方公里九十五人。鐵托曾授予首都盧比安娜「英雄城市」之稱。

盧比安娜小廣場上最吸引人的是獻藝的音樂家，西裝革履風度翩翩的藝術家賣藝街頭，中國人恐怕做不到。孩子們心服地獻上硬幣（每個一歐元）。環城走走，當地人皆悠哉遊哉，四點多鐘就在街邊洋傘下喝啤酒。集市都收攤了，店鋪還開的。

夜宿盧比安娜。

第五天

七月二日

碧湖↓薩爾斯堡

氣溫十四至二十六度

上午遊碧湖度假區。登上雄偉的千年古堡，它是當年德王送給主教的禮物，今日已化身成博物館。俯瞰碧湖美景，湖中心有座小教堂，醉人風光盡收眼底。

下午抵奧地利薩爾斯堡——奧國歷史最悠久的城市，早已被列入世界遺產。這個城市人口僅十五萬，建築風格以巴洛克為主，是音樂天才莫扎特的出生地，城市亦因舉辦音樂節而著名。冒著紛飛細雨瀏覽古城，參觀教堂瞻仰莫扎特肖像並一一留影。在新城中漫步，突然有一種似曾相識的感覺，彷彿又到了威尼斯。

今晚的中菜雖比不上家庭小炒，但久未享唐餐，感覺尚可以。宿薩爾斯堡。

第六天

七月三日

維也納

一開始提過哈布斯堡乃歐洲歷史上最為顯赫，統治地域最廣的王室之一，奧地利劃歸哈布斯堡皇室長達六百餘年，直至一戰戰敗。來到維也納，對哈布斯堡幾代美女的故事尤感興趣。

瑪麗亞·特蕾莎，於一七四〇至一七八〇年在位，是個成功的統治者和政治家。她憑藉出眾的美貌和智慧經營自己的婚姻，為了江山，女強人犧牲十九寸腰身變成兩百多磅的「肥婆奶奶」，自十九歲出嫁（戀愛而非指婚）後二十五年肚皮一直沒空過，共生育十六個子女成活十一個，其中三位任各國主教或修道院院長，其他的子女全用來聯姻維持帝位。值得一提的是她的小女兒嫁給路易十六，成為法國大革命被送上斷頭台的女皇后。

街頭巷尾都是茜茜公主（一八三七至一八九八）美麗的倩影，其真實生活並非小說和電影描述的那麼美好，卻是人民最擁戴的女王，被稱為「世界上最美麗的皇后」。茜茜公主因為美貌出名，人民尤其關注其時尚、飲食、運動（特別是對馬術的熱愛）。茜茜極端重視外貌，花費大量時間去保持她的美麗，嚴格遵循苛刻的飲食和運動療法，以維持二十英寸（五十公分）腰圍，幾近厭食消瘦的程度。

瑪麗亞·特蕾莎的曾孫女，十八歲的奧地利女大公瑪麗·路易莎與法國皇帝拿破崙一世和親，一八一〇年四月一日在羅浮宮舉行婚禮。新娘的父親弗朗茨希望藉此加強奧地利帝國和法蘭西帝國的連繫，拿破崙則欲通過與歐洲最顯赫的哈布斯堡王朝聯婚確立其合法性，從而產生合法的皇位繼承人。次年三月二十日瑪麗・路易莎為拿破崙誕下皇子約瑟夫・波拿巴。當拿破崙離開法國作戰時，瑪麗・路易莎曾二度擔任法國攝政王。一八一四年拿破崙退位被流放到厄爾巴島，瑪麗・路易莎逃回奧地利再嫁。

雖然美泉宮以凡爾賽宮為藍本美侖美奐，奈何規矩嚴厲過前者，裡面不準拍照，遊客只能用眼睛享受，遙想茜茜公主當年美妙的宮庭生活，而後到御花園取景。歷史悠久的維也納市內名勝無數，建築物恢宏壯觀，維也納的古典主義音樂在世界上名聞遐邇，市內有音樂家莫扎特、蕭邦、小約翰史特勞斯的紀念碑。晚間觀賞了一場華爾茲音樂會。

第七天

七月四日

捷克小鎮捷斯基古姆洛夫↓布拉格

氣溫十二至二十四度

捷斯基古姆洛夫，只能用「美得令人嘆息」來描述這個漂亮的中古小城。經歷過五個世紀的和平時代，建築遺產被原封不動地保存了下來，一九九二年成為世界遺產。歷史上小鎮先後由幾個家族（包括哈布斯堡家族）所有，一直到一九四七年。二戰期間曾被德軍占領，後由美軍解放，由於沒怎麼交火保存完好，捷克共和國成立後收歸國有。

伏爾塔瓦河將小鎮緊緊圍繞，流水、橋堤和城堡構成了小鎮的一切，故被譽為「歐洲最精緻的小鎮」。一條條狹窄的小巷兩旁都是色彩各異、風格獨特的老房子，一家家形形色色的小店和餐廳，到處擠滿了遊客。無論從高處俯瞰，或是穿街過巷，遊客似踏入一個中世紀的夢。

終於來到嚮往已久的歐洲最美麗城市，下午抵布拉格，幸運地住在市中心。

尼采說：當我想以一個詞來表達音樂時，我找到維也納；而我想以一個詞來表達神祕時，我只想到布拉格。布拉格是全世界第一個整座城市都被指定為世界遺產的城市，擁有各個歷史時期各種風格的建築，包括羅馬式、哥德式、巴洛克式、新古典主義和超現代主義，故有「金色城市」的美稱。簡單地說，街上的每一棟建築物都像香港的半島酒店，文藝氣質飄蕩於每一條大街小巷之中。晚餐後逛胡斯廣場，這裡八、九點鐘天還亮堂著，滿是人群。廣場上有座五百年歷史的天文鐘。

第八天

七月五日

布拉格堡

十六世紀初波希米亞處於哈布斯堡王朝的統治之下，魯道夫二世在位時（一五七六至一六一二），再次將神聖羅馬帝國的首都設在布拉格。此君熱愛藝術，使得布拉格成為歐洲的文化之都。後來發生三十年戰爭，繼而瑞典軍隊攻佔並洗劫布拉格，神聖羅馬帝國宮廷遷往維也納，布拉格進入一段蕭條時期，一六八九年的一場大火燒毀了布拉格，隨後該市才得以重建。

上午遊覽布拉格堡。布拉格堡內有座聖維特教堂，尖塔高聳入雲，教堂為波希米亞君王加冕和葬禮御用。黃金小徑內一排售賣紀念品的小屋，其中兩個房間曾是作家卡夫卡的工作室。經過一座十六世紀的小監獄，內有刑具。古堡大門前有兩個衛兵站崗。遊客從這裡俯瞰，整個古堡映入眼底，紅瓦黃牆色彩絢麗，難怪布拉格號稱歐洲最美麗的城市。踏上查理斯橋，是十世紀木橋火燒後重建的，遊人如鯽熙來攘往，橋上橋下風光如畫，令人嘆為觀止。

夕陽西下，天邊被染成金色，伏爾塔瓦河靜靜地流淌，米蘭・昆德拉的文字重上心頭，《生命不能承受之輕》——何等沉重的《布拉格之戀》！但願歷史不會重演……晚上再逛一回胡斯廣場，更有人相中心儀的水晶，旅程中的另一收穫。續住宿布拉格。

第九天

七月六日

錫克森小瑞士↓德勒斯頓

氣溫十三至二十三度

德國境內錫克森國家公園幽谷高山風景優美，衝到距離山下不遠便得急著往回趕集合，因為上山更難需時更長，只能遠眺山下的寧靜小鎮。一條小橋圍住山間最美的風景，花一點五元歐元可以走過去看看。值！

中午去到錫克森首府德勒斯頓，這裡擁有數百年的繁榮史、燦爛的文化藝術和無數精美的巴洛克建築，號稱「易北河的翡冷翠」。太美了！急著脫隊拍照犯了糊塗，遲到六分鐘才找到集合地點，差點掉隊，一額汗！

夜宿柏林。

第十天

七月七日

遊柏林

此程最大的收穫是目睹曾將東西德領土分開、分割東西歐的鐵幕象徵柏林圍牆。柏林圍牆始建於一九六一年八月十三日，全長一百五十五公里。最初以鐵絲網和磚石為材料，後期加固為由瞭望塔、混凝土牆、開放地帶以及反車輛壕溝組成的邊防設施。稱「反法西斯防衛牆」，目的是阻止東德居民逃往西柏林。曾幾何時，圍牆如一把利劍插入德國人民的心臟。

拆了的圍牆又重建，為了不忘記歷史。請來全世界著名畫家在新圍牆上作畫。當然，自由世界也可以塗鴉。拍！拍！拍！發狂了似地衝出「一百米死亡地帶」。自由是關不住的！多少人曾經為自由獻出寶貴生命。

當然還有許多節目，已經不重要。勝利女神和凱旋門似的紀念碑已經是拿破崙時代的產物，德國歷史博物館也值得一看，人類必須反思方能進步。中午在市區休息，老者於咖啡廳享受下午茶、觀賞街景，年輕人流連大商場購物，各適其式。夜續住柏林。

第十一天

七月八日

普茲朗→華沙

氣溫十二至二十三度

從柏林到華沙淨車程六小時，上車睡覺下車屎屎（例牌五毛歐元），歐洲工作時間有嚴格規定，中途加油站司機需休息。車站若有麥當勞，遊客可一邊吃零嘴一邊上網，發發照片談談足球。途經普茲朗小鎮午膳乏善可陳。黃昏抵華沙。

第十二天

七月九日

遊華沙

歐洲十九世紀浪漫主義音樂代表人物蕭邦是華沙的光榮，華沙機場命名為「蕭邦機場」。蕭邦出生於波蘭，父親是波蘭籍的法國人，母親是波蘭人，根據蕭邦的遺願，死後被葬於巴黎市內的拉雪茲神父公墓，但要求將他的心臟裝在甕裡移到華沙，封在聖十字教堂的柱子裡。柱子上刻有聖經馬太福音六章二十一節：「因為你的財寶在哪裡，你的心也在哪裡。」蕭邦的波蘭友人將故鄉的一罐泥土帶到巴黎，灑在蕭邦的墓上，使蕭邦能夠安息在「波蘭的土地」下。

上午先參觀華沙皇家國家公園，園內有蕭邦的大型雕塑，一面是人像一面為象徵彈鋼琴的巨手；接著去聖十字教堂瞻仰蕭邦柱及瀏覽華沙大學區；而後到無名英雄紀念碑觀賞衛兵換崗；最後驅車古城午餐。

想不到華沙老城這麼美，竟然是首都最有特色的景點！古城建於十三、十四世紀之交，擴建於十五世紀，改建於十七世紀，採用哥特式建築風格。以札姆克約廣場為界，外有城牆，廣場上有座手持十字架的雕像，紀念把波蘭首都從克拉科夫遷至華沙的西格蒙德三世。

波蘭的歷史是一部苦難重重的歷史，十八世紀末到二十世紀初一百多年間，三次被沙俄、普魯士和奧地利帝國瓜分。華沙在一五九六年成為波蘭首都。二戰末華沙舉行反納粹占領者起義失敗，希特勒下令把華沙從地球上抹掉，古城因而有百分之九十被毀。戰後，波蘭人展開了重建華沙的工作。到一九六六年，所有舊城的紀念建築都依照十四至十八世紀原樣重新修建，并且擴建了新城，使得這座十八世紀末歐洲最大的城市呈現出現代都會的風情。

回程由蕭邦機場搭夜機飛芬蘭赫爾辛基。

第十三天

七月十日

下午兩點三十分抵港

華沙飛抵赫爾辛基需一個半小時，加撥一個鐘時差，十點鐘的赫爾辛基太陽尚未下山。在機場買了麵包充飢。零點登機飛港，稍眠後醒來以為吃的是夜宵，其時相當於香港的早點。睡足九個鐘，刷牙洗臉後以為用的早餐，卻是香港的午飯。手錶再撥快五個圈，抵達香港機場近午時三點，全程時差六小時。

二〇一四年七月十四日

釀小說65　PG1291

迷失的橡樹
——短篇小說集

作　　者　李安娜
責任編輯　陳佳怡
圖文排版　楊家齊
封面設計　蔡瑋筠

出版策劃　釀出版
製作發行　秀威資訊科技股份有限公司
114 台北市內湖區瑞光路76巷65號1樓
電話：+886-2-2796-3638　傳真：+886-2-2796-1377
服務信箱：service@showwe.com.tw
http://www.showwe.com.tw
郵政劃撥　19563868　戶名：秀威資訊科技股份有限公司
展售門市　國家書店【松江門市】
104 台北市中山區松江路209號1樓
電話：+886-2-2518-0207　傳真：+886-2-2518-0778
網路訂購　秀威網路書店：http://www.bodbooks.com.tw
國家網路書店：http://www.govbooks.com.tw
法律顧問　毛國樑　律師
總 經 銷　聯合發行股份有限公司
231新北市新店區寶橋路235巷6弄6號4F
電話：+886-2-2917-8022　傳真：+886-2-2915-6275

出版日期　2015年6月　BOD一版
定　　價　289元

Printed in Taiwan

國家圖書館出版品預行編目

迷失的橡樹 : 短篇小說集 / 李安娜著. -- 一版. --
臺北市 : 釀出版, 2015.06
面 ; 公分. -- (釀小說 ; PG1291)
BOD版
ISBN 978-986-445-002-2 (平裝)

857.63 104006021

讀者回函卡

感謝您購買本書，為提升服務品質，請填妥以下資料，將讀者回函卡直接寄回或傳真本公司，收到您的寶貴意見後，我們會收藏記錄及檢討，謝謝！
如您需要了解本公司最新出版書目、購書優惠或企劃活動，歡迎您上網查詢或下載相關資料：http:// www.showwe.com.tw

您購買的書名：________________________________

出生日期：________年________月________日

學歷：□高中（含）以下　□大專　□研究所（含）以上

職業：□製造業　□金融業　□資訊業　□軍警　□傳播業　□自由業
□服務業　□公務員　□教職　□學生　□家管　□其它_____

購書地點：□網路書店　□實體書店　□書展　□郵購　□贈閱　□其他

您從何得知本書的消息？
□網路書店　□實體書店　□網路搜尋　□電子報　□書訊　□雜誌
□傳播媒體　□親友推薦　□網站推薦　□部落格　□其他__________

您對本書的評價：（請填代號　1.非常滿意　2.滿意　3.尚可　4.再改進）
封面設計____　版面編排____　內容____　文／譯筆____　價格____

讀完書後您覺得：
□很有收穫　□有收穫　□收穫不多　□沒收穫

對我們的建議：________________________________

____

____

____

請貼
郵票

11466
台北市內湖區瑞光路 76 巷 65 號 1 樓
秀威資訊科技股份有限公司 收
BOD 數位出版事業部

（請沿線對折寄回，謝謝！）

姓　　名：＿＿＿＿＿＿＿＿　年齡：＿＿＿＿　性別：□女　□男

郵遞區號：□□□□□

地　　址：＿＿＿＿＿＿＿＿＿＿＿＿＿＿＿＿

聯絡電話：(日)＿＿＿＿＿＿＿＿　(夜)＿＿＿＿＿＿＿＿

E-mail：＿＿＿＿＿＿＿＿＿＿＿＿＿＿＿＿